ちくま新書

# 古事記を読みなおす

三浦佑之
Miura Sukeyuki



876

古事記を読みなおす【目次】

章扉写真提供＝序章：三浦佑之／第一章—終章：文藝春秋

## 【古事記の本文について】

本書をお読みいただくには、お手許に古事記の本文があったほうがわかりやすいと思います。この本では現代語に訳して古事記を紹介しますが、その訳文は、一部改変しながら、拙著『口語訳　古事記［完全版］』（文藝春秋。文春文庫『口語訳　古事記［神代篇《かみよ》］』『口語訳古事記［人代篇《ひとよ》］』）を用いています。この本には詳細な注や系図・索引などが付いていて便利です。

漢文体の原文や訓《よ》み下し文で古事記を読みたい方には、岩波文庫『古事記』や角川ソフィア文庫『新版　古事記』が入手しやすく読みやすいでしょう。詳細な注釈書としては、西郷信綱『古事記注釈』全八冊（ちくま学芸文庫）があり、近代の古事記研究における最高峰として高く評価されています。

日本書紀もいっしょにということであれば、岩波文庫（全五冊）や新編日本古典文学全集（全三冊、小学館）で読むことができます。講談社学術文庫には『全現代語訳　日本書紀』（上下二冊）があります。

序　章
# なぜ古事記を読みなおすのか

紀元2600年記念「八紘一宇」の塔(宮崎市)。高さ37m

## †「記紀」という呪縛

今、古事記研究あるいは日本神話研究は大きな転換点に立っていると思います。古事記の研究者のだれもがそのように考えているかどうかはわかりませんが、わたしは、意識的に神話研究あるいは古事記研究の変革を目指しています。というのは、従来の研究には根本的な誤りがあったと考えているからです。

西欧型の近代国家の構築を目指した明治政府は、西欧の法律を導入することで国を治めようとしました。国家を安定させ永続させるには、人びとを力で治めるための制度（法）とともに、国家の精神的な支柱となる幻想が必要だというのは、いつの時代にも、どこの国でも変わりがありません。そこで、力としての制度と対になるかたちで、神話的な幻想とでも言うべき国家の精神的な支柱を模索します。そして、法については西欧近代を模範としながら、精神的な支柱としては、古代律令国家の再現を夢見るかのように、天皇という古色蒼然《こしよくそうぜん》たる遺物を掘り出し、その幻想を保証するバイブルの役割を、「記紀」と併称される古事記と日本書紀とに受けもたせたのです。

近代国家における天皇の地位や継承については「大日本帝国憲法」や「皇室典範」で定められましたが、「法」はあくまでも制度であり、精神的な支柱にはなりません。「大日本帝国ハ万世一系ノ天皇之ヲ統治ス」（大日本帝国憲法第一条）と規定される「法」を国民が納得して受け入れ、天皇を精神的支柱として仰ぐことができる、その根拠は、由緒正しい起源と歴史とを記述しているとみなされた「記紀」が受けもったのです。「万世一系ノ天皇」という存在を信じないかぎり、立憲君主制国家は存立しえなかったわけですが、それを可能にしたのが天皇の起源と歴史とを伝える「記紀」でした。

一九四五年八月まで、近代天皇制は揺るぎなく続きました。そこでは、国史や国文の学者たちの、「記紀」に関する研究が大きな役割を担いました。そして、ほとんどの論者は古事記と日本書紀との違いを問題にすることがなく、二つの書物は一体化され、途絶えることのない天皇家の由緒を語る神話、一つの日本を保証する歴史書として「記紀」を称揚したのです。

これは、古事記にとって大きな災難だったとわたしは考えています。日本書紀は古代律令国家を支えるために編纂《へんさん》されたのですから、近代国家のために役立つのは二度めのご奉公であり、晴れがましいことであったと言えましょう。しかし、古事記にとってはとんでもない濡れ衣でした。その原因が、古事記の冒頭に置かれている「序」にあるのは明らかですが、戦前の学者たちが、古事記を正しく読めないままに、ねじ曲げた神話や伝承の解釈を人びとに押し付けた責任も大きいとわたしは考えます。

## †古事記と日本書紀

たとえば、ヤマトタケルを考えてみます。

日本武尊と表記される日本書紀のヤマトタケルの記事を読んでも、ただ天皇に忠誠を尽くして戦う皇子の姿が漢文的な美辞麗句を連ねて描かれているだけで、いささかの心に響くおもしろさもありません。一方、倭建命と表記される古事記のヤマトタケル伝承を読むと、父である天皇に疎んぜられてさすらう翳《かげ》りのある少年英雄の、死を約束された悲劇的な冒険物語が展開します。だれが読んでも物語のおもしろさは古事記のほうにあって、心を寄せてしまうはずです。しかし、古事記に描かれている天皇像や天皇と御子《みこ》との対立的な関係を強調し過ぎると、統治者としての天皇や制度としての天皇制が傷つきかねない内容をもっているように読めてしまいます。それでは近代国家にとって不都合です。

そこでどうしたか。

「記紀」と併称するかたちで、歴史としての味気ない日本書紀と、情緒的な語りで人びとを魅了する古事記とを融合することを試みたのです。その結果、神話的な幻想をふくらませる悲劇的な英雄像と、国家と天皇のために戦う戦士像とがうまい具合にミックスされた理想の英雄ヤマトタケルが、近代国家のための物語として造型されていきました。そのあたりの具体的なありようについては、国定教科書における神話教材の分析によって、その一端を窺《うかが》うことができます（三浦「国定教科書と神話」）。

古事記と日本書紀とに対するこうした処遇は、戦後になっても変化することなく継続されます。今考えると、「記紀」という併称は、単なる略称ではなく、恣意《しい》的にどちらかを見せたり隠したりする時にたいそう都合よく使える呼称だったということになります。古事記と日本書紀と、この別個の二作品を「記紀」と一括し、そのどちらかの性格を両方の作品に担わせたり、両方を混ぜ合わせて一つの作品のように見せかけたりできるのです。

研究者のあいだでは、以前から古事記と日本書紀とは別の作品であるという認識はありました。しかし、そこで行なわれる議論の多くはテキストの個別性というようなところに主眼があって、両書の存立を揺るがしかねない本質的な検証には展開しませんでした。その原因は、別個の作品だと言いながら古事記の本質をつかめていないために、「記紀」という呪縛（マインド・コントロール）から完全に解き放たれていないせいではないか、わたしはそう推測しています。

「記紀」という呪縛という観点から戦後の研究を眺めてみると、もっとも大きな弊害は二つの面にあらわです。その一つは歴史書の成立に対する認識とその誤り、もう一つは出雲神話に対する不当な処遇です。これらの過ちは、古事記が浮かび上がらせようとする真実を、「記紀」という併称が都合よく覆い隠すことによって生じたものです。

## †背反した二つの歴史

古代律令国家を支える両輪として、「法」の策定とともに、史書の編纂は重要な課題でした。そして求められたのは、中国の歴史書を模範として構想された、紀・志・伝から成る「日本書」です。本格的に編纂事業が動き出したのは、日本書紀天武十（六八一）年三月条《じょう》に記された天武天皇《てんむ》の詔《みことのり》であったとみなしてよいでしょう。それが紆余曲折《うよきょくせつ》を経て、『日本書　紀』として奏上されたのは養老四（七二〇）年のことでした（同時に奏上された「系図一巻」は「紀」の一部で、『漢書』でいえば「表」にあたる）。

「紀」は歴代天皇の記録であり、並行して「志」（各種制度の記録や地誌など）や「伝」（功績のあった皇子や臣下の伝記）も構想されましたが、いつの頃にか頓挫《とんざ》して日の目を見ることはありませんでした。そして、以降の正史は『続日本紀《しょくにほんぎ》』以下、「紀」だけが編まれることになったというのが、以前からくり返し論じているわたしの史書成立史です。

このように考えると、古事記の成立がいかなる地平にあったのかというのが、神話研究は言うに及ばず、歴史学においても文学研究においても、きわめて大きな問題として残されてしまいます。

ところが、「記紀」という呪縛が強固なために、古事記もまた日本書紀と同じく、天武天皇の意志によってもくろまれた「国家の歴史」に違いないという、ほんとうなら疑ってよい認識を無批判に受け入れてしまったのです。つまり、古事記「序」の記載を鵜呑みにして、最初に古事記の編纂をもくろんだのは天武天皇であり、数十年後に元明《げんめい》天皇の命令を受けた太朝臣安万侶《おおのあそみやすまろ》が、稗田阿礼《ひえだのあれ》の誦習《しょうしゅう》する「勅語の旧辞《きゅうじ》」を文字化したという記述を事実とみなし、その先への思考を停止してしまったというわけです。

古代の歴史書を考えようとするなら、まずは古事記「序」の記述が正しいのかどうかということを検証しなければなりません。なぜなら、日本書紀と古事記と、この二つの歴史書がともに律令国家の手になったとは、とうてい考えられないからです。本書においてわたしは、古事記三巻の内容を読みなおすことでその性格を明らかにし、あらためて古事記の成立について考察するつもりです。

古事記という書物は二度の災難を被っていると、わたしは考えています。その一つは、近代国家が天皇制を強化するのに利用され、日本書紀とともに「神典」の扱いを受けたことです。そこでは、当時の国策に乗った学者たちが、古事記を正しく読めないままに時代のなかで躍り、ねじ曲げた神話や伝承の解釈を人びとに押し付けました。

もう一つの災難は、太朝臣安万侶の手になるという撰録の経緯を記した「序」をもったことです。古事記と日本書紀とを並べてみれば、二つの書物が矛盾に満ちて存在しているのは明らかなのですが、その矛盾を「序」が消し去りました。そして、「序」の内容を信じることによって、「記紀」という併称が生まれたのです。

この「記紀」という呼称には、古事記と日本書紀とを、まるで八歳違いの双子でもあるかのように認識させてしまう魔力が埋め込まれています。その結果、どちらも律令国家が必要とした歴史書だという、どう考えても論理性のない学説を生き延びさせてしまったのです。それは、近代国家にとってまことに好都合なことでありました。

## †日本書紀が削除した出雲神話

日本書紀には出雲神話が存在しません、ほんの一部を除いて。それなのに、「記紀の出雲神話」というような言い方をする文章にしばしば出くわします。

日本書紀三十巻のうち、最初の二巻が神代巻と呼ばれ、古事記上巻に対応する神話が載せられています。編纂者が正しい伝えとみなした「本文」（便宜的に「正伝」と呼ぶ）と、何種類かの書物から引用したと考えられる「一書」とを並べるかたちで神代巻は構成されています。その正伝を見ると、スサノヲは高天《たかま》の原《はら》を追放されて出雲に降り、ヲロチを退治したのと引き換えにクシナダヒメを手に入れて結婚し、オホナムヂを生みます。そして、オオナムヂが生まれるとすぐに「根の国に就《い》でます」と記して第八段正伝（第一巻「神代上」）は閉じられます（「正伝」のあとに何本かの「一書」は続きますが）。

続く第二巻「神代下」の冒頭に置かれた第九段正伝では、高天の原の神々が出雲の神々に降伏を迫る、いわゆる国譲り神話が展開します。ところが、国譲りを迫ろうにも、それに見合うだけの強大な相手が葦原《あしはら》の中《なか》つ国《くに》に存在したという記述が日本書紀には見当たりません。ほんとうなら、第八段と第九段とのあいだに、古事記が語るような出雲の神々の活躍があったほうがわかりやすいはずです。しかし、それがないために、日本書紀における高天の原から地上への遠征軍の派遣は、「葦原の中つ国の邪悪《あしきもの》を撥《はら》ひ平けしめむ《む》」というふうに、まるで未開の荒野へ遠征するかのように始まります。

古事記上巻の神話のなかで、オホクニヌシ（別名オホナムヂ・ヤチホコなど）をはじめとした出雲に出自をもつ神々が活躍する物語は、分量的にも内容的にも外せない位置を占めています。それなのに、出雲神話と総称される神話や系譜を、日本書紀がまったく載せないのはなぜか。この点に明快な解答を与えないかぎり、古事記を正しく読みなおすことはできません。そのために本書では、出雲神話に重点を置いて考察するつもりです。

古事記と日本書紀と、この二つの歴史書をどのように理解し、出雲という世界をどのように位置づけるか。これは、日本列島の古代を考える上できわめて重要な、そしてもっとも興味深い課題です。それを解く鍵が古事記の出雲神話の前には置かれています。

## †古事記神話の古層性

古事記と日本書紀とでは、いかに違っているか。大きな枠組みとしていえば、律令国家が自らの根拠を主張するために編んだ日本書紀と、それに抗うかのように古層の語りを主張し続ける古事記との違いであるとみなすことができるというのがわたしの見通しです。出雲神話が上巻の四分の一もの分量を占めるというのは、それによって古層の神話を語ろうとする意志が、古事記には明瞭なかたちで存在するからです。

そして、その古層性を支えているのは、文字によって叙述するという律令的な史書編纂への志向とは別の、音声の論理によって支配される「語り」の世界だとみなせます。もちろん、「語り」が生きられないからこそ書かれたのですが、古事記三巻を通して見出せる論理は、文字の底に潜む古層の「語り」なのです。

神話や伝承を音声によって語り伝える集団がいたという痕跡《こんせき》は、ヤチホコ（オホクニヌシ）の神語りをはじめ、中巻や下巻の歌謡や伝承にもさまざまなかたちで見出すことができます。その集団の呼び名の一つ「乞食者《ほかひびと》（祝福する者たち）」が万葉集には遺されています。そうした研究史の流れを、現今の神話研究や古事記研究は無視し過ぎたのではないか、わたしのように時代の波に乗り遅れてしまった者には、そのように思われてなりません。そして、「語り」の論理から隔たれば隔たるほど、古事記は読めなくなってしまうということを危惧します。そのことも、この本では主要な柱の一つになるでしょう。

たとえば高天の原神話、岩屋（天の石屋《いわや》）にこもったアマテラスを引き出そうとするオモヒカネをリーダーとした神々の大騒ぎを語る神話には、語りの論理を通してしか理解できない猥雑さや笑いが抱え込まれているのに、それを理解しないままに大まじめで大嘗祭《だいじょうさい》がどうのというような議論だけを展開しようとします（高天の原神話については、第一章参照。なお、天の岩屋神話については『古事記講義』で分析した）。

鏡を作るイシコリドメは溶けた鉄を「石のように凝り固める（イシコリ）」女神であり、相槌を打つアマツマラは「聖なる男根（アマツマラ）」をもつ男神です。アマツマラとイシコリドメとが鏡を作る場面には、聴く人びとを歓喜の渦に巻き込んでしまうエロチックな所作さえも想定しなければなりません。また、鏡を差し出されて岩屋の戸口から一歩前に踏み出してしまったアマテラスは、この場面では鏡を知らないうつけ者であり笑われる女神を演じています。この神話には全編にわたって猥雑さや笑いが仕組まれており、それは背後にある「語り」の世界を踏まえないと理解できません。

ひとまず、疑問の多い「序」を古事記から切り離し、三巻から成る本文に語られる神話や伝承を読んでみましょう。そうすると、古事記は、「記紀」と併称される日本書紀とはまったく異質な作品であり、律令国家が生み出した歴史などではないということがよくわかるはずです。その作業を通過した先にある古事記に、本書では迫ってみたいと思うのです。

このように書いたからといって、堅苦しい本だとは思わないでください。本書は、古事記の神話や伝承を読むことのおもしろさや楽しさをじゅうぶん味わっていただけるように配慮しながら全体を構成しました。分量のかぎられた新書本なので、古事記のすべてを取りあげることはできませんが、必要な情報は埋め込んであります。古文の解釈で立ち止まることのないように、引用する古事記本文は、旧著『口語訳 古事記』を用いています。それでは物足りないという方は、お好みの本文をお手許に置いてご参照ください。

本書では、古事記に登場する神名や人名はカタカナで表記します。はじめは戸惑われるかもしれませんが、音声にこだわりたいという思いを共有してほしいのです。また、神武とか仁徳とかの漢字二字の天皇号（漢風諡号《かんぷうしごう》という）は、古事記が書かれた時代には存在しなかったという理由で避けています。

そのような細部にもこだわりながら、古事記と古事記研究のあるべき未来を模索します。

もう二度と誤った読まれかたをされないために。

わたしが試みようとしているのは、国家とは距離をとった古事記の読みです。それ以外の道は、「古事記一三〇〇年」以降の古事記には残されていない、とわたしは考えています。その試みがうまくいくかどうかを見守りながら、どうぞおつきあいください。

第一章

# 青人草と高天の原神話

沖ノ島。ウケヒ神話でアマテラスが吹き出した女神を祀る

## 1　人間の誕生と死――神話はなぜ語られるか

### †神話とは何か

　人は生まれ、それぞれの土地で、それぞれの時を生き、そして死んでゆきます。そのとき、なぜ自分たちはここに生きてあるのか、この世界はどのような場所か、人はなぜ生まれたのか、なぜ死んでゆくのかと問いたくなります。いつの時代もおなじですが、人は、そうした不安を納得し受け入れるために、生きる根拠が必要なのです。そして、それを保証するのが神話です。

　神話は、人が、大地やそれをとり囲む異界や自然、あるいは神も魔物も含めた生きるものすべてとの関係を、始まりの時にさかのぼり、そこに生じた出来事として語ろうとします。それによって、今、ここに生きることの根拠が明らかにされます。それが限りない未来をも約束することで、共同体や国家を揺るぎなく存続させます。神話というのは、古代の人びとにとって、法律であり道徳であり歴史であり哲学でありました。そして、当然、楽しい文学でもあったのです。だからこそ、人が人であるために神話は語り継がれなくてはならなかったのです。
古事記には人間の誕生が語られていないという研究者が多いのですが、わたしはそうは思いません。断片的なかたちにはなっていますが、人の誕生が古事記には語られています。それは、冒頭部分に置かれた次のような神話です。

天《あめ》と地《つち》とがはじめて姿を見せた、その時に、高天《たかま》の原《はら》に成り出た神の御名《みな》は、アメノミナカヌシ。つぎにタカミムスヒ、つぎにカムムスヒが成り出た。この三柱《みはしら》のお方はみな独り神で、いつのまにやら、その身を隠してしまわれた。
できたばかりの下の国は、土とは言えぬほどにやわらかくて、椀《まり》に浮かんだ鹿猪《しし》の脂身《あぶらみ》のさまで、海月《くらげ》なしてゆらゆらと漂っておったが、そのときに、泥《どろ》の中から葦牙《あしかび》のごとくに萌えあがってきたものがあって、そのあらわれ出たお方を、ウマシアシカビヒコヂと言う。

まずは天と地とが姿をあらわしたと語られます。それがどのようにして姿を見せたのかということについては何も語りません。旧約聖書「創世記」のように、ゆいいつ絶対の創造神がいて、その神が造ったというわけではありません。なぜなら、どのような神もまだそこには存在しないからです。何もないところに、ある時ふと姿を見せる、そのようにして天と地とが生じてくるわけです。

そして、天空にある高天の原という神々の世界に、三柱(「柱」は神や皇子などを数える数詞)の神が成り出ます。だれかが造ったわけではなく、「なる」のです。この成るという発想こそ神話の「古層」だとみたのは、思想史家の丸山眞男《まさお》でした。丸山は、世界の創成神話には、「つくる」「うむ」「なる」の三つの語り方があって、古事記の場合、「なる」が古層にあり、それは、主体を必要とする「つくる」や「うむ」とは違うと考えました。そして、「なる」という古層を通してみた宇宙は、「永遠普遍なものが在る《ザイン》世界でもなければ、無《ニヒツ》へと運命づけられた世界でもなく、まさに不断に成りゆく《ヴェルデン》世界にほかならぬ」と述べています(「歴史意識の『古層』」)。

## †ウマシアシカビヒコヂの出現

丸山眞男のいう「なる」は、「柿がなる」などという時のナルです。それは、天と地とがはじめて姿を見せた時のさまとも同じだということがわかります。

ただし、ここに語られている三柱の神、アメノミナカヌシ、タカミムスヒ、カムムスヒという神自体が、古層かどうかはわかりません。ムスヒという名は、ものを生じさせる力をもつことをいう「産《む》す」とかかわるでしょうから、タカミムスヒとカムムスヒは古い神格をもつとみることができます。

しかし、アメノミナカヌシ（天之御中主）という神の名は新しそうです。天の真ん中の主《あるじ》というのは、まるで、両脇に文殊菩薩と普賢菩薩とを侍らせた釈迦如来像のようなイメージです。あるいは、釈迦三尊像の姿が投影しているのかもしれません。仏教は六世紀半ばまでにはこの列島に伝えられているわけですから。

続いて、大地のほうにも神が成り出ます。最初に生まれた神は、ウマシアシカビヒコヂと呼ばれます。現代語訳で紹介しましたが、訓読文と原文を引くと次のようになります。

つぎに、国わかく浮けるあぶらのごとくして、
クラゲナスタダヨヘル時
あしかびのごとく萌えあがる物によりて
成りませる神の名はウマシアシカビヒコヂの神

次国稚如浮脂而
久羅下那州多陀用弊流之時
如葦牙因萌騰之物而
成神名宇摩志阿斯訶備比古遅神

この文章は原文を確認するとわかるのですが、漢文で表記した部分と和語（ヤマトのことば）を生かすために音仮名で表記した部分とが、交互に組み合わされています。「国わ

かく浮けるあぶらのごとく」は漢文体になっており、次の「クラゲナスタダヨヘル」はすべて一字一音の万葉仮名で表記されています。しかも、はじめに漢文で述べている「浮けるあぶらのごとく」と同じ内容のことが、海に浮かんだクラゲのように海面をゆらゆらと漂っているさまをいう、クラゲナスタダヨヘルという和語で言い換えられています。

また同様に、「あしかびのごとく萌えあがる物」という漢文の言い換えが、和語のウマシアシカビヒコヂという神の名になっています。ウマシは立派な、アシは植物の葦、カビは萌え出す芽（食べ物につくカビと同じです）、ヒコは男、ヂは神格をあらわしますから、ウマシアシカビヒコヂというのは、立派な葦の芽の男神という意味になります。

古事記の原文のすべてがこのような調子で書かれているわけではありませんが、神話のなかには、和語を最大限に生かしながら漢文の構文で書こうと工夫されている部分があって、それがこうした文体を選ばせました。そうしなければならなかったのは、この神の出現を語る神話が、古くから音声によって語り伝えられてきたためだと考えられます。そして興味深いことに、この短い文章のなかに示されたウマシアシカビヒコヂ、泥の中から出現する立派な葦の芽の男神ですが、この神の誕生には、人間の誕生を語る神話がこめられているのです。人は葦の芽として土中から萌え出た、と。

古事記には人間の誕生が語られていないというのが一般的な見解です。たしかに、人はこのように生まれたと語る神話はありません。しかし、わたしは、このウマシアシカビヒコヂこそ最初に生まれた人あるいは人間の元祖となる存在であり、この神話は人の出現を語っていると考えています。なぜそう考えるかと言えば、別のところで人は、「うつしき青人草《あおひとくさ》」と呼ばれているからです。

## †うつしき青人草

青人草ということばは、黄泉《よみ》の国の神話に出てきます。よく知られているように、古事記では、イザナキとイザナミという男女神が、性的な交わりによって島や大地やさまざまな自然神を産み成して世界を造ります。この男女二神は兄と妹とみなされており、こうした神話は、兄妹始祖神話と呼ばれて広い伝播《でんぱ》圏をもっています。

イザナミはたくさんの島や神を産み、その果てに産んだ火の神のために産道を焼かれて死に、黄泉の国に去っていきます。それを嘆き悲しんだイザナキが死者の国に迎えに行くというのが、ギリシャ神話などにも似た神話が存在する黄泉の国訪問神話です。

異論もありますが、黄泉の国は地下にある死者の世界です。イザナミのいる建物の前に行って迎えに来たと言うと、黄泉の国を領有する神と相談するから見ないでと言ったまま、いつまでもイザナミは姿を見せません。待ちかねたイザナキは、約束を破り火を灯してイザナミのいる御殿の中を覗《のぞ》きます。するとイザナミは、蛆虫《うじ》がうごめく腐乱死体となって横たわっているのでした。驚いたイザナキが逃げ出すと、イザナミは「恥をかかせた」と言ってヨモツシコメを追手として遣わします。

イザナキは、頭にかぶった冠を投げてヤマブドウを出したり、櫛《くし》を投げてタケノコを出したりして逃げます。ところがイザナミは、つぎにはおそろしいイカヅチたちに黄泉の国の軍隊を添えて追わせます。逃げに逃げて地上への通路である黄泉《よも》つ平坂《ひらさか》まで来て、そこに生えていた桃の実を投げつけて追手を追い払うことができたのですが、喜んだイザナキは、魔よけの呪力をもつ桃の実に次のように言います。

汝《なんじ》よ、われを助けたごとくに、葦原《あしはら》の中つ国に生きるところの、命ある青人草が、苦しみの瀬に落ちて患《わずら》い悩む時に、どうか助けてやってくれ。

今、「葦原の中つ国に生きるところの、命ある青人草」と訳した部分ですが、原文には、「葦原の中つ国に有らゆる、ウツシキ青人草（於葦原中国所有、宇都志伎青人草）」とあります。万葉仮名で表記された「ウツシキ」という語は、現実のとか、この世のとかいった意味、「青人草」というのは「青々とした人である草」の意味になります。この点に関してはあとで説明するとして、黄泉の国の神話の筋をもう少し先までたどります。遣わした追手をすべて追い返されたイザナミは、とうとう自分でイザナキを追いかけます。そこでイザナキは、黄泉つ平坂の途中に千人がかりで引っ張っても動かないような大きな岩を置いて防御した上で、追いついたイザナミとの間で、「事戸《ことど》」渡しをすることになります。「こと」は言葉で、「戸」はあちらとこちらとを遮《さえぎ》るもの、つまり「事戸」というのは、言葉による遮断、別れの言葉というような意味になります。

その時、イザナミが怒りにふるえて言うた。

「いとしいわたくしのあなた様よ、これほどにひどい仕打ちをなさるなら、わたくしは、あなたの国の人草《ひとくさ》を、ひと日に千頭《ちがしら》絞《くび》り殺してしまいますよ」

するとイザナキは、それに答えて、

「いとしいわが妹《いも》ごよ、お前がそうするというのなら、われは、ひと日に千五百《ちいほ》の産屋《うぶや》を建てようぞ」と、こう言うた。

それゆえに、葦原の中つ国では、ひと日にかならず千人《ちたり》の人が死に、ひと日にかならず千五百人《ちいほたり》の人が生まれることになった。

ここでもイザナミは、「あなたの国の人草（汝国之人草）」というふうに、人間を「人草」と呼んでいます。つまり、地上世界である葦原の中つ国に住む人は、「うつしき青人草」とか「人草」とか呼ばれる存在だったということがわかります。神話の主人公にはなれませんし具体的に登場することもありませんが、古代人たちは、神々の活躍する地上には、神とは別に、自分たちにつながる「青人草」＝人間が住んでいると考えていたということがわかるのです。もっともこれは、人がいなければ神など存在しないと考えれば、当然のことではあります。

## †人は草である

「青人草」という語ですが、注釈書類をはじめ古事記の研究者たちの多くは、「青」と「草」とを比喩とみなして、「青々とした草のような人」と解釈します。しかし、もしそうだとすると、日本語の語順としては、「青草人」となるはずで、「青人草」とはなりません。つまり、「青人草」の「草」を比喩とみなすことはできないのです。また、人のような草と考えることもできませんから、人と草とは同格で、「青人草」ということばは、「青々とした人である草」と解釈するのが正しいということになります。

細かいところにこだわり過ぎていると思われる方もいるかもしれませんが、「草のような人」というのと、「人である草」というのとでは、とても大きな違いがあります。

青は生命力が盛んなことをほめる表現ですが、人草を「人である草」と解釈すると、古代の人びとにとって、人はまさに「草」だったということになります。

わたしが、青人草ということばの解釈にこだわるのは、そのように理解することによって、泥んこの地上に最初に成り出たというウマシアシカビヒコヂという神の姿と、青々とした草として誕生した人とが重なって見えてくるからです。そう考えることで、春になって泥の中から芽吹いてくるアシカビ（葦の芽）からイメージされたウマシアシカビヒコヂこそ「うつしき青人草」そのものであり、この神が、最初に地上に萌え出た「人」あるいは人の元祖だったという解釈を不動のものにします。ウマシアシカビヒコヂというのはアダムでした。

「創世記」によると、アダムは、神が「地の土くれ」をこねて造った土の人形で、それに神が息を吹き込むことによって命を与えられ、人になったと語られています。乾燥した砂漠地帯で育まれ成長した神話らしい語りかたです。それに対して、古事記のウマシアシカビヒコヂは、湿潤な温帯モンスーン気候の日本列島に成り出るのにふさわしい語られかたをしていますし、自然に泥の中から萌え出してきたというのも、なんの作為もない感じがします。丸山眞男が言ったように、「作る」や「生む」は主体を必要としますが、「成る」

という発想には、雨が多く湿潤な大地がはらむ生命力が息づいています。

いうまでもないことですが、大地に萌え出た植物の芽は生長し、花を咲かせ実を実らせると枯れてゆきます。一年草は年ごとに、多年生の草や木は何年か何十年かのサイクルで生命を循環させます。そして、人もまた土から生まれ、成長し、子孫を残して死んでゆく、そのように循環する生命として考えられたのが、人の誕生と死でした。それは仏教的な輪《りん》廻転生《ねてんしょう》という哲学的な思惟に昇華する以前の、ごく素朴な循環する自然としてあり、そのなかでウマシアシカビヒコヂは語り出され、人はそのような存在として自覚されていったはずです。古事記には、こうした古層の神話世界が抱えこまれています。

## †寿命の起源――コノハナノサクヤビメ

人は植物であるという発想は、人間の寿命を語るコノハナノサクヤビメという美しい女神の物語につながります。この神話は、古事記神話の後半、高天の原にいたアマテラスの孫アメニキシクニニキシアマツヒコヒコホノニニギ（以下、略して「ニニギ」と呼ぶ）が、タケミカヅチが平定した地上に降りたという天孫降臨神話のなかで語られます（天孫降臨神話については、第三章参照）。

高天の原から地上に降臨したニニギは、山の神オホヤマツミの娘コノハナノサクヤビメに出逢い求婚します。それを娘から聞いた父オホヤマツミはたいそう喜び、姉イハナガヒメも副《そ》えて嫁がせます。ところがニニギは、イハナガヒメの姿があまりに醜いのを恐れて、親許に送り返し、妹コノハナノサクヤビメだけを留めて契りを交わします。

二人の名前からわかるように、木の花（サクラのこと）の咲くように美しい女神と、岩石のように醜い女神というかたちで象徴化された姉妹は、短命と永遠とを象徴する存在でした。ニニギはそんなことには気づかず、木の花を受け入れ岩石を棄てます。すると、姉娘を返された父オホヤマツミがひどく恥じて次のように呪詛《じゅそ》します。

わたしが娘二人を並べて奉ったわけは、イハナガヒメをお使いになれば、天つ神の御子の命《いのち》は、たとえ雪降り、風吹くとも、いつまでも岩のごとくに、常永久《とことわ》に、変わりなくいますはず、また、コノハナノサクヤビメをお使いになれば、木《こ》の花の咲き栄えるがごとくに栄えいますはずと、祈りを込めて娘たちを差し上げました。それを、かくのごとくにイハナガヒメを送り返し、サクヤビメだけをお留めなされたからには、天つ神の御子の命は、山に咲く木の花のままに散り落ちましょうぞ。

その結果、「故、ここをもちて、今に至るまで天皇命等《すめらみことたち》の御命《みいのち》は長くあらぬぞ」と古事記は語っています。ここでは天皇の寿命となっていますが、それは、高天の原から降りてきた神の子は永遠の命をもつと考えられていたからです。それに対して普通の人間たちである青人草は、最初から死ぬべきものだという認識が古事記では濃厚に存在しました。そのために、あらためて人間の寿命を語る必要はなく、ここは天皇の寿命に限定されているのです。

この系統の神話は、インドネシアからニューギニアにかけての島々で似た話が語られていますが、そこでは、人間の寿命を語る起源神話になっています。日本書紀の一書でも、人の寿命が短くなった謂《い》われとして語られています。したがって、この神話について、神の子孫である天皇から切り離して元のかたちを想定すると、日本書紀の一書で語っているように、人間一般の寿命の起源を語る話だったとみなせます。

## †バナナとサクラ

南の島々では、この系統の神話はバナナ・タイプと呼ばれるのですが、一つだけ、大林太良《たりょう》が紹介しているインドネシアの中央セレベス（現在の呼称はスラウェシ）、アルフール族に伝わる話を読んでおきます。

初め天と地との間は近く、人間は、創造神が縄に結んで天空から垂し下してくれる贈物によって命をつないでいたが、ある日、創造神は石を下した。われわれの最初の父母は、「この石をどうしたらよいのか？　何か他のものを下さい」と神に叫んだ。神は石を引き上げてバナナを代りに下して来た。われわれの最初の父母は走りよってバナナをたべた。すると天から声があって、「お前たちはバナナをえらんだから、お前たちの生命はバナナの生命のようになるだろう。バナナの木が子供をもつときには、親の木は死んでしまう。そのようにお前たちは死に、お前たちの子供たちがその地位を占めるだろう。もしもお前たちが石をえらんだならば、お前たちの生命は石の生命のように不変不死であったろうに」（『日本神話の起源』）

バナナ・タイプと命名され、人はバナナを選んだために短命になったという話で、古事記の神話とたいそうよく似ています。違いは、木の花と石がバナナと石になっているところで、アルフール族の話では美醜という認識が象徴化されていないのですが、同じ起源をもつのは明らかでしょう。

おそらく、バナナ・タイプと名付けられた人間の寿命の起源を語る神話は、環太平洋帯の各地にひろく伝播しており、それを日本列島に住む人びとは、美と醜というモチーフを短命と永遠とを語る神話に編み込んでいったのです。そこに、サクラの花が象徴的に使われます。花の種類は何でもいいと考える注釈書も多いのですが、ここに描かれている木の花はサクラでなければならない（中西進『天降った神々』）とわたしも考えます。

古代の人びとが、移ろいを象徴する花としてサクラを受け入れたのは、人間の起源が草であったという認識と深くかかわっているはずです。人は土の中から萌え出て成長し枯れてゆく、そしてまたつぎつぎに萌え出るといった循環的な観念によって人間の誕生を語るのと、人が死ぬ理由を移ろうサクラによって語るのとは、おなじ心性から出ているに違いないと思うからです。

「青人草」やウマシアシカビヒコヂに加えて、ここで述べてきたサクラを重ね合わせてみると、古代の日本列島に生きた人びとが、人を草や木と同じと考えていたことがよくわかります。そして、老いを迎えたわたしには、この先の生命《いのち》を考えると、こうした古代の人びとの生と死とにかかわる想像力が、とても心地よいものに感じられるのです。

ここに掘り出した神話は、古事記に記述された神話のかなり奥のほうに埋めこまれています。だから、ちょっと読んだだけでは、ウマシアシカビヒコヂが人の起源を語っているとは気づきません。日本書紀では古事記の表現に見られる比喩的な表現は消されています。おそらく古事記では、文字以前にあった「語り」が、遠い記憶として古層のところに遺されたのです。また、コノハナノサクヤビメ神話の場合は、日本列島で語られる神話のルーツとして、南方的な神話素があったということを暗示する一つの事例とみなすことができます。そこにも、古層の神話を抱えこんだ古事記の性格が窺えるはずです。

## 2 高天の原の物語

### †アマテラスとスサノヲ

黄泉《よみ》の国からもどったイザナキは、身についた穢《けが》れを浄化するために、禊《みそ》ぎをします。ミソギの語源は「ミ（身）ソソギ（濯）」あるいは「ミヅ（水）ソソギ（濯）」で、体についた穢れを水によって洗い流すことをいいます。そして、左目と右目を洗うと、日の神アマテラスと月の神ツクヨミが、鼻を洗うとスサノヲが生まれたと語ります。

日本書紀の正伝には黄泉の国訪問の神話がありませんし、イザナミは死なないので、三《み》柱《はしら》の子は、イザナキとイザナミとの結婚によって生まれます。それに対して、古事記では、このあともっとも重要な役割をになうアマテラスとスサノヲの二神が、男神イザナキによる単性生殖のかたちで誕生するのです。この違いが何を意味するのか、とても重要なことではないかと思いながら、うまく説明する糸口がつかめません。

生まれたアマテラスを高天の原に、ツクヨミを夜が支配する国に送ったイザナキは、スサノヲに海原を支配するように命じます。ところがスサノヲは拒否し、死んだ母がいる根の堅州《かたす》の国に行きたいと言って泣き続けます（スサノヲに母はいるのかなど、こだわりたいところもありますが、先を急ぎます）。怒った父イザナキがスサノヲを追放すると、スサノヲは、姉アマテラスに挨拶をしてから行こうと言って、高天の原に昇ります。それを知ったアマテラスは、弟スサノヲが自分の国を奪いに来たのではないかと疑い、男の姿になり武装してスサノヲを待ち受けるのです。

おそらく、古事記の神話をさかのぼって元の姿をたずねると、日の神と月の神との対立を語る神話があったと考えられます。世界中に、なぜ太陽は昼に月は夜に出るかを説明する太陽と月の起源神話が語られ、多くの場合、兄と妹、あるいは姉と弟との対立になっています。そうした原型に、スサノヲという別の属性をもつ神がかぶさってきたために、アマテラスとスサノヲとの対立葛藤が主要な主題となり、古い神話の対立者であったツクヨミは、名前が出てくるだけで役割をもたない神として場外に押し出されてしまいました。

想定しうる原型である日の神と月の神との対立葛藤は、自然説明神話としてあったわけですが、アマテラスとスサノヲとの関係は、自然の摂理や天体の運行を説明するというようなレベルにはなく、何らかの政治性をもっていると考えられます。神々の住まう高天の原の支配者アマテラスの一族と、そのアマテラスに対立し、暴力的な性格をもつスサノヲから始まる一族との争いという、古事記神話の基本的な構想が、スサノヲという神が介在することによって組み立てられたのです。

この構造は、天《あま》つ神と国《くに》つ神との関係として、古事記神話の全体をおおっています。天つ神は、いうまでもなく天皇家につながる高天の原に出自をもつ神々で、高天の原から地上世界に下りて地上の支配者になります。一方の国つ神は、スサノヲが出雲に下りてヲロチを退治したところから始まる出雲の神々を中心にして、もとから大地に根拠を置く神々です。古事記の神話は、天の神々と地上の神々との対立という基本構造をもっています。

## †ウケヒによる子生み

高天の原に昇ったスサノヲは、疑う姉に対して挨拶をしたいだけだと言い、その清明な心をどのようにして証明するかと問われて、ウケヒをして子を生むと答えます。ウケヒというのは、結果が二つに分かれる事柄を選び、そのどちらが現れるかによって神の意志を判断する、一種の占いです。子を生むという行為で説明すると、生まれる子は男か女か、そのどちらかしかありませんから、男が生まれたら神の意志はAである、女が生まれたら神の意志はBであるというふうにあらかじめ決めておいて、生まれた子が男か女かによって、神の意志がAかBかを知ろうとする、それがウケヒです。

ウケヒをするには、まず前提を決めなければなりません。そうでないと、子が生まれても、神の意志を知ることはできないのです。コインの裏表を確認せずにコイン・トスをしても、先攻と後攻を決められないのと同じです。では、アマテラスとスサノヲの場合はどうなっているかというと、次のように語られます。

アマテラスとスサノヲは、それぞれ、天《あめ》の安《やす》の河をあいだに挟んでウケヒをすることになった。その時に、アマテラスが、まず、タケハヤスサノヲの佩《は》いておった十拳《とつか》の剣《つるぎ》を乞い取り、それを三つに打ち折って、玉の音も軽《かろ》やかに、ユラユラと天の真名《まな》井《い》に振りすすぎ、それを口の中に入れたかと思うと、バリバリと噛《か》みに噛んで、息吹《いぶき》のごとくに吹き出した狭霧《さぎり》とともに成り出《い》でた神の名は、タキリビメ、またの名はオキツシマヒメ。つぎに、イチキシマヒメ、またの名はサヨリビメ。つぎに、タキツヒメ。まず、この三《み》柱の女《め》の神が吹き成された。

つづいてウケヒに立ったタケハヤスサノヲは、アマテラスが左のみずらに巻いてござった、八尺《やさか》の勾玉《まがたま》の、五百箇《いほつ》ものみすまるの玉（たくさんの玉を緒に貫いて環状にしたもの）を乞い取り、玉の音も軽やかに、ユラユラと天の真名井に振りすすぎ、それを口の中に入れたかと思うと、バリバリと嚙みに嚙んで、息吹のごとくに吹き出した狭霧とともに成り出でた神の名は、マサカツアカツカチハヤヒアメノオシホミミ。また、右のみずらに巻いてござった玉を乞い取り、それを口の中に入れたかと思うと、バリバリと嚙みに嚙んで、息吹のごとくに吹き出した狭霧とともに成り出でた神の名は、アメノホヒ。また、かずらに巻いてござった玉を乞い取り、それを口の中に入れたかと思うと、バリバリと嚙みに嚙んで、息吹のごとくに吹き出した狭霧とともに成り出でた神の名は、アマツヒコネ。また、左の手に巻いてござった玉を乞い取り、それを口の中に入れたかと思うと、バリバリと嚙みに嚙んで、息吹のごとくに吹き出した狭霧とともに成り出でた神の名は、イクツヒコネ。また、右の手に巻いてござった玉を乞い取り、それを口の中に入れたかと思うと、バリバリと嚙みに嚙んで、息吹のごとくに吹き出した狭霧とともに成り出でた神の名は、クマノクスビ。

こうして、スサノヲの口からは、あわせて五柱《いつ》の男《お》の神が吹き成された。

そして、それぞれが子を生み終えるとすぐに、アマテラスは、ハヤスサノヲに向かい合うと、「この、後に生まれた五柱の男《お》の子は、その物実《ものざね》がわが物によりて成れり。それゆえに、おのずからにわが子なり。また、先に生まれた三柱の女《め》の子は、物実が

そなたの物によりて成れり。ゆえに、その持ち主のままにそなたの子なり」と言うて、
それぞれの子の親を詔《の》り別《わ》けられた。

アマテラスがスサノヲの剣を嚙んで吹き出し、三柱の女神を生み成します。ついでスサノヲが、アマテラスの珠を嚙んで吹き出し、五柱の男神が成り出ます。

なかなか突飛な生みかたであるとか、アマテラスが子生みをする必要があるのかとか、こだわってみたい点はあるのですが、ここでは先を急ぎます。とにかく、二神が、それぞれ女神と男神とを生み成します。そして、その結果を見たアマテラスは、それぞれの嚙んだ品物の持ち主が子の親であると「詔り別け」をして、男神は自分の子、女神はスサノヲの子だと宣言するのです。

なんだか、アマテラスが一方的に子の帰属を決定してしまったような印象を与えます。母胎が重要か、嚙んだ品物が重要かというのは、現代医学における、卵子と精子と、そのどちらを重視するかというような議論に似て興味深いのですが、アマテラスがそれを決定し、男神を自分の子にしてしまうところには、何か大きな意図があるように感じられます。

しかも、その男神アメノオシホミミから始まる血統が、ニニギ、ホヲリ、ウガヤフキアヘズを経て初代天皇として即位するカムヤマトイハレビコ（神武天皇）につながるわけで、

天皇家にとってはもっとも重要な、男系による「日の御子」誕生の始まりを語っているのです。そのためには、どうしても男神アメノオシホミミを自分のほうに帰属させなくてはならないという強い意志のようなものがあったのかもしれません。

## †前提のないウケヒ

ところで、子生みをすることになった原因、スサノヲの清明な心はどうなったのでしょう。引用部分に続く古事記本文によれば、自分は女神を生んだからウケヒに勝ったのだと宣言したスサノヲは、高天の原でさまざまな乱暴をしでかします。アマテラスが神と共食する御殿に糞《くそ》をまき散らしたり、神聖な田んぼの畦《あぜ》を壊したり。最初は弟をかばっていたアマテラスですが、神の衣を織るための神殿の屋根からスサノヲが、生きたまま剝《は》いだ馬の皮を投げ入れ、その皮を頭からかぶったために驚いた機織《はたお》りの女神が死んでしまうと、さすがのアマテラスも耐えられずに天《あめ》の岩屋《いわや》にこもってしまい、そのために世界は真っ暗闇になったと語ります。

ほんとうにスサノヲはウケヒに勝ったといえるのでしょうか。

アマテラスの詔り別けによって、男神五柱はアマテラスの子ということになったわけですが、その長男マサカツアカツカチハヤヒアメノオシホミミは、原文に「正勝吾勝々速日天忍穂耳命」と表記されています。「カツ（勝）」という言葉をもった神を生んだほうが勝ちと考えれば、勝ったのはアマテラスではないでしょうか。

とすると、スサノヲが勝ったと宣言して高天の原で騒いだというのは、負けた腹いせだという解釈もなりたちます。そう読むのが、正しいのではないかとわたしは思うのですが、問題がないわけではありません。

さきほど述べたように、ウケヒには前提が必要です。ところが古事記をいくら読んでも、男が生まれたらどう、女が生まれたらどうという前提が語られていないのです。日本書紀の正伝をみると、どのように心の清明さを証明するのだと問われたスサノヲは、「お願いします、姉上とともにウケヒをさせてください。そのウケヒのなかでかならず子を生みましょう。そして、もし私が生む子が女であるならば、濁《きたな》い心があると思ってください。もし男であるならば、清き心があるとお考えください」と答えてウケヒをしています。

そのあとの展開は、表現などに違いはありますが内容はだいたい古事記と同じです。詔り別けも同じようにありますから、日本書紀では、スサノヲは明らかにウケヒに負けたのです。負けたというより、濁心《だくしん》があったということになります。

これが日本書紀の正伝、つまり日本書紀の編者がもっとも正統であると判断した神話の内容です。それに対して、日本書紀には「一書」と呼ばれる別伝がいくつも並べられているのですが、この場面についていうと、三本の一書があって、そのいずれにも男を生んだら勝ちとするという、アマテラスによる前提の確認があり、子が生まれたあとのアマテラスによる詔り別けはありません。三本のうち一本は、嚙む品物は相手の持ち物なのに詔り別けがなく、他の二本の一書は、アマテラスもスサノヲも、自分が身につけている品物を嚙んで吹き出したと語られているので、詔り別けなど必要がないのです。

自分の持ち物を嚙んだとする二本の一書に載せられた神話のかたちはとても単純で、男の子を生んだスサノヲが文句なくウケヒに勝った（清明な心をもっていた）ということになります。うち一本には、「スサノヲがはっきりと勝つ験《しるし》を得た」と語られています。これら一書の神話が、古事記や日本書紀正伝に比べて古いのか新しいのかは議論があるでしょうが、比較していえば、古事記や日本書紀正伝の神話はどこか作為的な感じがします。

古事記に語られるウケヒの場面にだけ、なぜ前提がないのでしょうか。その理由を、語りの段階で落としたとか漏らしたとか考えるのは無理がありそうです。もっとも重要な要素なのですから、意図的に語らなかったとみたほうがいいのではないか。しかし、そう判断する理由はあいまいです。意図的に前提を外したのだとすれば、スサノヲの勝ち負けをあいまいにしたかったということになるのでしょうか。

日本書紀正伝では、男神を自分の子にすることでアマテラスがウケヒに勝ちました。それに対して、日本書紀一書の伝えでは、スサノヲがウケヒに勝ち、男神はスサノヲの子になっています（第六段、一書第一）。その子をアマテラスが養子のかたちで迎え入れて跡継ぎにするという伝えもあります（同、一書第三）。

現在、私たちが読んでいるアマテラスとスサノヲとのウケヒ神話には、いくつかのバリエーションがあるわけですが、もともとどのようなかたちで語られていたか、何を語ろうとしているかということは明確に把握できません。おそらく、私たちには窺い知ることができないところで、さまざまな変転があって現在のようなかたちになったのです。

その結果、日本書紀正伝が伝える神話が、律令国家と天皇家にとって、もっとも正統的な神話であると公認されたのは明らかです。それに対して、古事記が語る神話は、それ以前に語られていた、あるいは正統から排除されてしまった神話だったのではないか、わたしはひとまずそう考えています。

## †古事記神話のスサノヲ

ウケヒの前提が語られていないので不明確になっていますが、古事記のスサノヲは、日本書紀正伝と同じくウケヒに負けたと解釈することは可能だと思います。女神を吹き出したから勝ったという論理は、古事記や日本書紀における男女の扱いかたからみて通用しにくいことですし、名前のなかに「マサカツアカツ（正勝吾勝）」といういうほめ言葉をもった神がアマテラスの子とされている以上、スサノヲは負けたという解釈は動かしようがないと考えられるからです。

母系的な社会が想定できれば、女神を生んだほうを勝ちとみなす神話が語られるのは可能です。しかし、そこまで古層の神話が埋もれていると言えるかどうか。少なくとも、古事記の展開をたどるかぎり、スサノヲがウケヒに勝ったと読むのは困難です。では、日本書紀正伝のように、スサノヲは負けたのかというと、そうだと断定することもできません。そこに、古事記が語ろうとする神話の眼目があるのでしょうか。今ある古事記や日本書紀正伝の神話が語られる以前に、いくつかの段階が想定できます。

まず初めに、日の神とスサノヲとがウケヒをし、スサノヲの心の潔白が証明されたという神話が語られていた。そこでは、生まれる男神はスサノヲの子で、その子が天皇家の祖先神となった。ここでは便宜的に天皇という言葉を使っています。まだ天皇という呼称が成立する前のことですから大君とでも言ったほうが正しいのですが、話をややこしくしないために天皇と言っておきます。

そこに、アマテラスという名をもつ神が天皇家の祖先神として入り込んできた。そこでは血統が重んじられ、スサノヲの子であったマサカツアカツカチハヤヒアメノオシホミミと祖先神アマテラスとを系譜的につなぐ必要が生じた。そのために持ち込まれたのが、日本書紀正伝に語られているような、「物実」を根拠とした「詔り別け」だったのではないか。もちろん、それがなされたのは日本書紀の編纂段階ではないはずです。それ以前の、いつの段階かにアマテラスが天皇家の祖先神になり、それとともに、アマテラスにつながる系譜が作られていったということになります。

あるいは別の想定も可能です。太陽神アマテラスはもともと天皇家の祖先神であったが、血縁的なつながりを重視するという認識はあまりなかった。それが、ある段階で血縁による直系の系譜が要請されることになった。そこで、アマテラスとオシホミミとをつなぐ必要が生じ、「物実」と「詔り別け」が持ち出された。

いずれにしても、七世紀末に確立した律令制古代国家にとって、日本書紀正伝に叙述されているようなウケヒ神話が必須のかたちだったというのは動かないでしょう。そして古事記のウケヒ神話は、そうした日本書紀的な皇統への認識とはいささか離れたところに置かれていた、あるいは律令的な血筋や正統性の主張にはなじめないところがあったのではないかと想像してみたくなります。

古事記のウケヒ神話の原型となる神話を伝えていた人たちは、スサノヲがウケヒに負けるという展開を忌避した。日本書紀の一書がそうであるように、子生みによってスサノヲは清明な心をもつことが証明された、つまりスサノヲはウケヒに勝利したというかたちを、ウケヒの前提を語らないことによって守ろうとしたと読むこともできるかもしれません。古事記では、女神を生んだということにされたスサノヲは、一方的に「我勝ちぬ」と宣言するわけですが、それを可能にしたのは、ウケヒの前提が語られていないためだというのは明らかです。

はたしてこの推測が成り立つかどうか、自分でも判断しかねていますが、このことは、古事記の成立にもつながる大きな問題であるというのは間違いありません。ひょっとしたら、天皇家の祖先神として重要なオシホミミという神は、アマテラスからつながるのではなくて、スサノヲからつながっている神だということになってしまうのですから。

アマテラスが岩屋にこもったあとは、よく知られているとおり、岩屋の前での祭式を語る神話になります。そこで語られるのは、オモヒカネという知恵の神を中心としてなされる、トリックによってアマテラスをだまして岩屋から引き出すという大芝居です。

アメノウズメという妖艶な女神が、最後の部分では重要な役割を果たしますが、そこに至るために、オモヒカネによる周到な計画と準備が語られていきます。神々は、オモヒカネの脚本どおりに行動し、岩屋の外の喧騒を不思議に思って岩屋の戸を細めに開けたアマテラスに、榊《さかき》の木の枝に下げた鏡が差し出され、それを見たアマテラスは、自分より尊い神が外にいると思って驚きます。そのすきを突いて、アメノタヂカラヲという力持ちの神が、力ずくでアマテラスを引っ張りだしてしまうという、いささか乱暴で滑稽な笑い話になっているのです。

この神話では、アマテラスは鏡を知らないうつけ者として笑いとばされています。その語り口のおもしろさについては、ぜひ、古事記の本文にあたって確認してください。また、その解釈については、拙著『古事記講義』などをお読みいただければ幸いです。

岩屋からアマテラスを引き出して、世界は明るさを回復します。そこで神々は相談し、スサノヲを高天の原から追放することを決定します。手足の爪と髪の毛とを切って穢れを払われたスサノヲは、地上へと送られることになります。古代の人びとは、人のからだから伸びてくる爪や毛には穢れが付着していると考えていたようです。スサノヲは、それを切られることで浄化された存在になったとみなすことができるでしょう。

第二章
# 出雲の神々の物語

「諸手船神事」(美保神社)。国譲り神話に由来するとされる

# 1 出雲神話――古事記の独自性

## †スサノヲと稲種

神々の世界である高天の原から追放されたスサノヲは地上に降りていくのですが、その旅の途中で食事を乞うたオホゲツヒメ（食べ物を司る女神）が、鼻や口や尻の穴から食べ物を出しているのを見て怒り、たちどころに切り殺してしまいます。相変わらずの乱暴さです。すると、殺された女神オホゲツヒメの死体から蚕《かいこ》と五穀の種が生まれます。それを古事記では、次のように語ります。

殺されたオホゲツヒメの身につぎつぎにものが生まれてきて、頭《かしら》には蚕が生まれ、二つの目には稲の種が生まれ、二つの耳には粟《あわ》が生まれ、鼻には小豆《あずき》が生まれ、陰《ほと》には麦が生まれ、尻には大豆《まめ》が生まれた。

その蚕と種は、あらゆる生産を司るとされる高天の原のカムムスヒのもとに差し上げられます。そして、彼女の力を付与された神の種となり、スサノヲに託されると地上にもたらされるのです。

スサノヲによる穀物神殺しのエピソードは、日本書紀では、月神ツクヨミの役割として語られており、高天の原を追放されたスサノヲの神話にはなじまないという見解もみられます。しかし、わたしにはスサノヲこそが農耕（おもに稲作）と養蚕を人びとに伝える神としてふさわしいと考えます。なぜなら、このあとスサノヲは出雲に降りてクシナダヒメに出会い、ヤマタノヲロチを退治したのちに結婚すると語られているからです。そのクシナダヒメの名は、だれもが指摘する通り、「クシ（奇し＝霊妙な）＋イナダ（稲田）＋ヒメ（女神）」の意であり水田の女神です。だからこそ、種をもって降りたスサノヲはクシナダヒメを妻にし、地上世界である葦原の中つ国に繁栄をもたらすことができるのです。

古事記神話の流れを踏まえて言えば、ユーラシア大陸全体にひろがる多頭の怪物を倒す英雄物語が、オホゲツヒメ殺しの神話とつながっているのは、そのどちらの神話も、農耕の起源を語るという共通性をもっているからだとみなしてよいでしょう。

スサノヲのヤマタノヲロチ退治についてはさまざまに論じられていますし、わたしも何度か論じているので（「イケニヘ譚の発生」その他）、ここでは以後の論述に必要なことがらを中心に述べておこうと思います。

ヤマタノヲロチは、斐伊川《ひいがわ》を神格化した自然神とみるのが妥当です。クシナダヒメの両親アシナヅチ・テナヅチは、ヲロチに対して、毎年むすめを一人ずつイケニヘとして差し出すことによって、川の神の怒り（氾濫）をおさえ、豊かな水を手に入れることで実りを手にしていました。そのヲロチへのイケニヘを拒否し、スサノヲとの結婚を認めるということは、スサノヲとの関係のなかに新たな実りが約束されたからだと考えなければなりません。

オホゲツヒメ殺しからヲロチ退治・クシナダヒメとの結婚へと続く古事記の神話は、葦《あし》原《はら》の中つ国における稲作（農耕）の始まりを語っているのです。そして、この神話は、このあとに展開するオホナムヂを中心とした出雲神話への導入的な役割を果たしているという点で、古事記のなかで重要な役どころを担っています。

## †高志之八俣遠呂知

今までヲロチとかヤマタノヲロチと呼んでいた怪物の正式呼称ですが、古事記では「高志之八俣遠呂知」と語っています。ヤマタ（八俣）は、その頭と尾が八つずつあるという異形性をあらわし、ヲロチ（遠呂知）は、「ヲ（尾）＋ロ（古い格助詞で「〜の」）＋チ（威力ある神霊をあらわす語）」の意で、「尾」に霊力をもつ怪物を呼ぶ名前です。だから、退治してまん中あたりの「尾」を斬ると、不思議な力をもつ剣（のちに天皇家の三種の神器の一つとなる草那芸《くさなぎ》の剣）が出てくるのです。まさに、尾に霊剣の力を秘めた怪物であり、殺したとたんに「蛇」と呼ばれることからわかるように、得体の知れない怪物を畏れはばかって呼ぶ名前がヤマタノヲロチでした。

それに対して、頭についている「高志」が問題です。この語は、他の用例からみて、北陸地方をあらわす地名「コシ」に由来すると考えるしかありません。日本書紀では「越」とか「越国」と表記される地域名称は、古事記では、高志あるいは高志国と表記され、出雲国風土記でも高志あるいは古志と書き表されます。

おそらく、地名としての「高志」が、この怪物をますます畏れおののかせる表示として用いられているのです。出雲にとって高志の地は、つねに念頭から離れない相手として存在します。それは、にっくき敵対者であるとともに、ある種のあこがれを秘めた土地として高志が存在するからだと思われます。高志との関係については、本章後半であらためて取り上げることにします。

出雲神話が律令国家の手になる机上の神話だという津田左右吉《そうきち》以来の認識は間違っているとわたしは考えています。それがこの本で論じたい大きなポイントでもあるわけですが、ヲロチを「高志」のヤマタノヲロチと称するところにも、律令国家が作り上げたとは考えられない神話的な思考が潜められています。

日本書紀の場合、正伝と一書にヲロチ退治神話は登場しますが、「八岐《やまた》の大蛇《をろち》」（第八段正伝、第二の一書）、「彼《そ》の蛇《をろち》」（第三の一書）、「人を呑む大蛇」（第四の一書）とあるばかりで、「コシ」という地域名称はまったく出てきません。なぜなら、律令国家にとって「コシ」は、他の国々と変わることのない地方に位置する一国としての「越国（律令では越前・越中・越後の三国に分国されている）」でしかないからです。

「コシ」という呼称が恐怖と憧憬を浮かび上がらせるのは、出雲の視点でなければ成り立たないのです。だから、律令国家の歴史書である日本書紀に載せるヲロチ退治神話では、コシ（高志）という語は消去されてしまいます。

古事記のヲロチが「高志」という冠を付けて呼ばれるのは、明らかにこの神話が出雲の側から語られているからです。そしてそれは、この神話が律令的な論理を介在させていないからだとみなければなりません。「高志」というただ一語が、これほど重要なメッセージを秘めているのですから、神話の表現はあだやおろそかにはできません。

もうひとつ付け加えておくと、日本書紀がヲロチに「大蛇」という漢字を宛てるのは、神話がもつ「語り」性を棄てたためでした。語りの世界では、得体の知れない恐ろしい怪物であるゆえに、ヤマタノヲロチ（奇怪な姿をした尾の霊力）と呼んで畏れているのです。

だから、酒に酔って寝たところを斬り殺すと、スサノヲはその正体を見てはじめて「蛇」と認識します。「なんだヘビか」というニュアンスです。

それを、日本書紀の正伝や一書のように、はじめから「大蛇」とか「蛇」と表記したのでは恐ろしい怪物退治のおもしろさはなくなってしまいます。しかも、その「大蛇」や「蛇」という漢字に「をろち」という訓を付すようになると、ヘビの大きいものがヲロチだというふうに誤解され、大酒飲みのヘビというようなあらぬ誤解も生まれてしまい、古語辞典などもそのような解釈をしてしまいます。ヲロチの名誉のためにも言っておきたいのですが、正体が明かされる前のヲロチはけっして大蛇ではないし、大酒飲みでもありません。もし大酒飲みなら、酒に酔って寝たところを殺されるなどという愚かな死にかたはしなかったでしょう。

ちなみに、このヲロチとヘビとの関係について、呉《ご》哲男は、文字表記における「読む者の興味を喚起し、ドキドキさせながら読ませるという高度な工夫」としてとらえています（『古事記　序と本文』）。しかし、「ヲロチ」から「なんだヘビか」への工夫は、音声言語によってもたらされたに違いないと、わたしはとらえています。こうしたことばの転換による種明かしは昔話にはしばしばみられる語り口ですし、ことばの「音声」部分につよい関心をもつのは、どちらかといえば語りや歌などの無文字の表現だと考えるからです。それに対して書かれた表現は意味へと傾斜しやすいものです。

ヲロチを退治し、クシナダヒメと結婚して子を生むと、スサノヲはふつりと姿を消してしまいます。そして次には、六代目の孫と伝えるオホナムヂが兄たちの迫害を避けて出かけた根《ね》の堅州《かたす》の国の神話に登場します。そこでスサノヲは、根の堅州の国を支配する神としてオホナムヂを待ち受け、さまざまな試練を課してオホナムヂを鍛えます。スサノヲが根の堅州の国に鎮座する理由やいきさつを、古事記が何も説明しないのはいささか不審ですが、それはあとで考えることにして、まずは、古事記の展開にしたがって、子孫オホナムヂ（オホクニヌシ）の神話に話題を転じることにします。

### †出雲の神々を語る古事記

古事記神話のおもしろさはさまざまなところにありますが、オホナムヂを主人公とする出雲を舞台にした冒険物語もその一つです。そして、その大部分を日本書紀の神話は伝えていません。いわゆる「出雲神話」と呼ばれる部分ですが、なぜ古事記には出雲神話があって日本書紀には存在しないのか。これは、古事記と日本書紀との違いを考える上で、また古事記とはいかなる書物かということを考える上で、きわめて重要な問題です。古事記には出雲神話が大きな分量を占め、一方、日本書紀には出雲神話がほとんど存在しないということを前提にしない日本神話の研究は成り立たないといっていいほどです。

古事記三巻のうちの上巻を占める神話部分と、日本書紀三十巻のうちの巻一、巻二に収められている神話部分とが、それぞれどのような構成になっているかをわかりやすく一覧するために、対照表を準備しました（表1、参照）。表の左側に示したのは古事記に語られている神話の展開です。六つの章に分け、それぞれの章ごとに小見出しをつけて、おおよその内容を把握できるようにしてあります。章と小見出しのあとには、それぞれの神話の分量がわかるように、岩波文庫版『古事記』（第七十四刷以前の旧版による）の原文行数を入れてあります。漢文と音仮名など表記方法によって分量に違いが生じますから、あくまでも目安にすぎません。

表の右側には、古事記の神話に対応する日本書紀の記事の有無を、正伝（本文）と一書（異伝）とに分けて符号で記入しました。○は古事記とほぼ一致する神話を伝えるもの、△は内容的に違いはあるがいちおう対応しているとみなしてよい記事をもつもの、×は対応する記事がないものです。なお、日本書紀ではそれぞれの段ごとに複数の一書が並べられていますが、いずれか一本の一書に対応する神話があれば○や△が付いています（たとえば、「○五―6」とあれば、第五段の一書第六に古事記に対応する記事があることを示しています）。×が付いているのは、どの一書にも対応する神話がないということになります。

表１「記紀神話の構成」

| 古事記<br>＊数字は岩波文庫の原文行数 | | 日本書紀<br>正伝 | 一書(段―数) | (日本書紀、備考) |
|---|---|---|---|---|
| A　イザナキとイザナミ | 107行（23%） | | | 巻一（一～八段） |
| 1. 天地初発・オノゴロ島 | 13 | ○ | ○ | 〔一～四段〕 |
| 2. キ・ミの島生み／神生み | 41 | ○ | ○ | |
| 3. イザナミの死とイザナキの黄泉国往還 | 34 | × | ○(五―6) | |
| 4. イザナキの禊ぎと三貴子の誕生 | 19 | △ | ○(五―6) | 正伝はキ・ミの結婚〔五段〕 |
| B　アマテラスとスサノヲ | 60行（13%） | | | |
| 1. イザナキの統治命令とスサノヲの追放 | 9 | ○ | ○(五―6) | 根国への追放 |
| 2. スサノヲの昇天とアマテラスの武装 | 9 | ○ | ○ | 〔六段〕 |
| 3. ウケヒによる子生み | 16 | ○ | ○ | |
| 4. スサノヲの乱暴 | 6 | ○ | ○(七―2) | 〔七段〕 |
| 5. 天の岩屋ごもりと祭儀 | 20 | △ | ○ | 正伝の内容は簡略 |
| C　スサノヲとオホナムヂ | 72行（15%） | | | |
| 1. 五穀の起源 | 4 | × | △(五―11) | ツクヨミによる殺害 |
| 2. スサノヲのヲロチ退治 | 14 | ○ | ○ | 〔八段〕 |
| 3. スサノヲとクシナダヒメの結婚 | 5 | ○ | △ | 一書に歌謡なし |
| 4. スサノヲの神統譜 | 7 | × | △(八―6) | 一書に大国主の |
| 5. オホナムヂと稲羽のシロウサギ | 12 | × | × | 別名のみ |
| 6. オホナムヂと八十神 | 10 | × | × | |
| 7. オホナムヂの根の堅州国訪問 | 17 | × | × | 日本書紀正伝になし |
| 8. 葦原の中つ国の統一 | 3 | × | × | いわゆる「出雲神話」 |
| D　ヤチホコと女たち | 67行（14%） | | | |
| 1. ヤチホコのヌナカハヒメ求婚 | 17 | × | × | |
| 2. スセリビメの嫉妬と大団円 | 18 | × | × | 古事記神話の25% |
| 3. オホクニヌシの神統譜 | 11 | × | × | |
| 4. オホクニヌシとスクナビコナ | 7 | × | ○(八―6) | |
| 5. 依り来る神―御諸山に坐す神 | 3 | × | ○(八―6) | |
| 6. オホトシ（大年神）の神統譜 | 11 | × | × | |
| E　国譲りするオホクニヌシ | 65行（14%） | | | 巻二（九～十一段） |
| 1. アマテラスの地上征服宣言 | 5 | | × | 明確に記さず〔九段〕 |
| 2. アメノホヒの失敗 | 2 | ○ | × | |
| 3. アメノワカヒコの失敗 | 15 | ○ | ○ | |
| 4. アジス(シ)キタカヒコネの怒り | 12 | ○ | ○(九―1) | |
| 5. タケミカヅチの遠征 | 5 | ○ | △ | |
| 6. コトシロヌシの服従 | 6 | △ | × | |
| 7. タケミナカタの諏訪への逃走 | 7 | × | × | |
| 8. オホクニヌシの服属と誓い | 13 | △ | × | 簡略な描写 |
| F　地上に降りた天つ神 | 98行（21%） | | | |
| 1. ニニギの誕生と降臨 | 23 | ○ | ○ | |
| 2. サルタビコとアメノウズメ | 8 | × | ○(九―1) | |
| 3. コノハナノサクヤビメとイハナガヒメ | 9 | × | ○(九―2) | |
| 4. コノハナノサクヤビメの火中出産 | 5 | ○ | △(九―5) | 一書五はアタカシツヒメ |
| 5. ウミサチビコとヤマサチビコ | 37 | ○ | ○ | 〔十段〕 |
| 6. トヨタマビメの出産 | 13 | ○ | ○(十―3) | 詳細な一書4本あり |
| 7. ウガヤフキアヘズの結婚 | 3 | ○ | △ | 〔十一段〕 |

ちなみに、日本書紀に載せられていて古事記には記事がないという神話は存在しません。

大雑把な計算になりますが、古事記上巻の神話のうち、四分の一に相当する出雲神話が、日本書紀正伝にはまったく存在しません。古事記だけに語られている出雲神話は、表1に示した小見出しでいうと、稲羽のシロウサギ（C―5）、オホナムヂの冒険譚と国土統一（C―6〜8）、ヤチホコの神語り（D―1・2）などのよく知られた神話と、スサノヲ・オホクニヌシ・オホトシを筆頭にして伝えられる出雲の神々の神統譜（C―4、D―3、D―6）です。

## †古事記はなぜ出雲神話を語るのか

出雲の神々の系譜やタケミカヅチによる葦原の中つ国平定（第3節、参照）に先立つ出雲の神々の活躍を、古事記が大きな分量をもって語るのはなぜでしょう。出雲系の系譜や神話をすべて無視しても天皇家の歴史を叙述できるということは、いささか不自然な印象はぬぐえないとしても日本書紀をみればわかります。歴史的な事実は度外視して言いますが、出雲の神々の活躍を語る神話と出雲の神々の系譜とを用いて古事記が語ろうとしたのは、出雲世界の強大さだと思います。もっと言えば、地上を最初に支配したのは出雲の神々であったということが主張されているとしか読めません。

日本書紀の場合、瓊瓊杵《ににぎ》の尊《みこと》を「葦原中国《あしはらのなかつくに》の主《きみ》」にしようとした高皇産霊《たかみむすひ》の尊が、「葦原中国の邪鬼《あしきもの》を撥《はら》ひ平《む》けしめむと欲《おも》ふ」と述べているとおり（第九段正伝）、地上は大《おほ》己貴《なむぢ》の神が支配していて、古事記と同じように討伐のための遠征がくり返されます（E―2〜5）。しかし、その前段階として、大己貴の神が葦原の中つ国の支配者になったいきさつをまったく語ろうとしないのです。

はじめに、地上には邪悪な者たちがおり、それを平定するために遠征軍が派遣され、そののちに高天の原から天皇家の祖先神が降りて地上を支配することになったと語られています。そのように語ることで、自らを天《あま》つ神の子孫とする天皇家による地上統一の謂《い》われは支障なく伝えることができるのです。

それに対して古事記は、全体の二十五パーセントもの分量を用いて、オホナムヂが試練を克服してオホクニヌシとなり、地上の王者になった謂われを語ります。ということは、古事記と日本書紀とでは、地上統一を語る神話に対する認識が、まったく違っているということになります。したがって、古事記がどのような性格をもつ書物かということを理解するためには、なぜ古事記には出雲神話が必要だったのかを考える以上に有効な方法はありません。

日本書紀に存在しない部分だけではなく、スサノヲが地上に降りて以降、派遣されたタケミカヅチにオホクニヌシが服属の誓いを立てるまで、それは表1ではC・D・Eのすべてということになりますが、その部分に語られている出雲の神々の繁栄と服属の物語は、古事記神話の四十パーセントを超えています。それほど大きな分量をもつ神話を、地上の支配者となった天皇家の栄光を強調するための脇役的な神話に過ぎないと考えるのには、かなり勇気がいるのではないでしょうか。

古事記神話の構想からみても内容から考えても、出雲神話を、天皇家の栄光を語るための添え物と考えることは、わたしにはできません。それだけのためなら、日本書紀正伝のかたちでも十分だったはずです。律令国家における正史・日本書紀の立場からは叙述する必要がなく、古事記にとっては重要な世界として存在したのが出雲神話だったと考えざるをえないのです。そして、そこに古事記と日本書紀との決定的な違いがあるのではないかとわたしは考えています。

## 2　オホナムヂと葦原の中つ国

### †オホナムヂの試練

古事記の出雲神話は、オホナムヂという英雄神の一代記というかたちをとっています。高天の原から降りてヲロチを退治し、クシナダヒメと結婚したスサノヲの六世の孫に位置づけられているのがオホナムヂです（スサノヲを含めると七代目）。オホナムヂという名は、オホクニヌシ（大国主神）の名前の一つです。ほかには、アシハラノシコヲ、ヤチホコ、ウツシクニタマという別名が古事記には伝えられています。おそらく、それぞれの名をもつ土地の神が統合されて、地上の王者オホクニヌシにまとめられたのでしょう。

古事記の出雲神話に語られている物語を大きくわけると、オホナムヂによる試練と克服を語る英雄物語、ヤチホコによる求婚と嫉妬をめぐる恋物語の二つになり、そのほかにオホクニヌシの国作りや神統譜を加えて全体は構成されています。

試練と克服の物語は、兄である八十《やそ》の神々と弟オホナムヂとの兄弟対立型の構造をもつ話群、異界として語られる根《ね》の堅州《かたす》の国を訪問し、その国の支配者として君臨するスサノヲによる試練とスサノヲのむすめスセリビメの援助を語る物語、根の堅州の国の宝物（レガリア）をもって地上に帰還し八十神たちをやっつけて王者になる物語によって展開します。大きな枠組みとしては少年の成長物語になっており、成人式の通過儀礼（イニシエーション）を反映しているのではないかと言われます。

八十神との兄弟対立譚は、稲羽《いなば》のシロウサギがその代表ですが、民間伝承として語り伝えられていたと考えてよさそうです。おそらく、マレイ半島やインドネシアなどに存在するバンビとワニとによって語られる海の者と山の者との競争譚につながっています。根の

系図１「スサノヲからオホクニヌシへ」

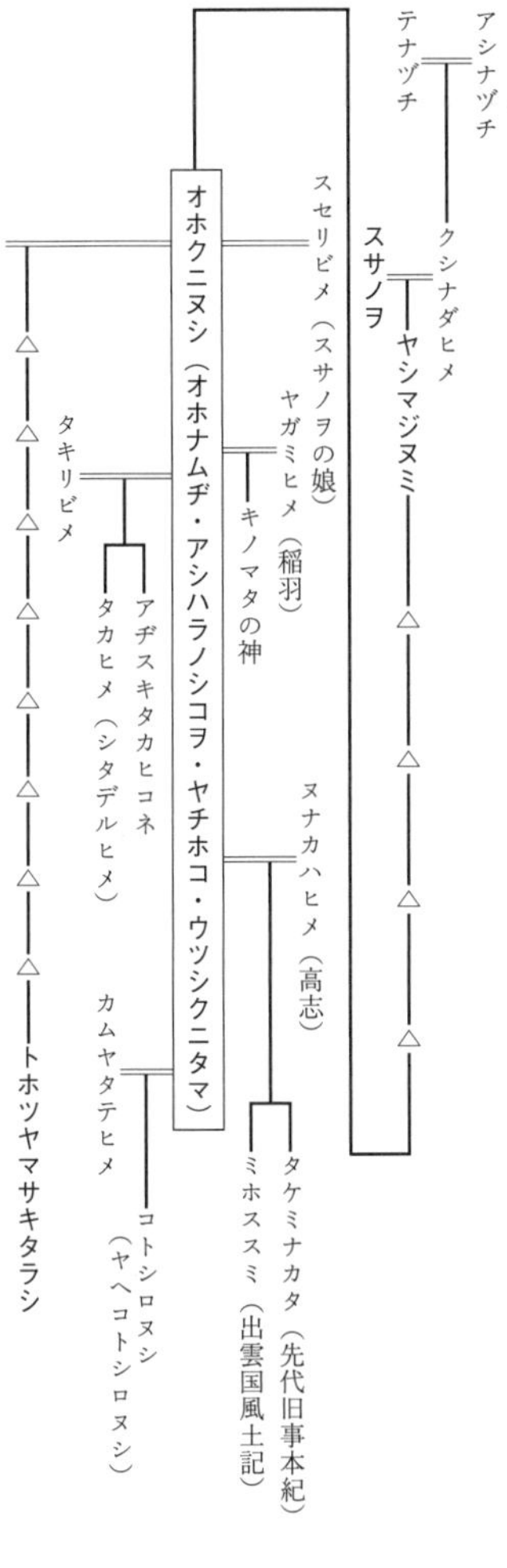

堅州の国に行って、試練を経て成長してもどるという話も、少年の冒険物語の常道とみなせる話で、広い伝承圏を持っていたでしょう。根の堅州の国というのは、奄美や沖縄に伝えられるニライ・カナイ（海の彼方にあるとされる神々や先祖たちの住まう異界で、この世に幸運や災いをもたらす）に似た世界ではないかと考えられます。

少年オホナムヂは、八十神たちから従者としてこき使われた末に、美しい女神を手に入れると命をねらわれ、イノシシを追い下ろすからつかまえろと言われて焼け石を抱きとめて命を落とすなどの迫害を受けます。そのたびに、奔走する母のおかげで生き返ることができるのですが、このままでは本当に死んでしまうというのでオホナムヂは熊野に逃がしやられます。しかし、八十神は執拗にあとを追って殺そうとするので、オホナムヂをかくまっていた熊野のオホヤビコという神の教えによって、大木の洞《ほら》から木の根を通って大地の中にある根の堅州の国へと逃げていきます。すると驚くことに、スサノヲが根の堅州の国の主になっているのでした。

父イザナキに海原を支配しろといわれて泣き騒いで拒否したのは、「妣《はは》の国、根の堅州の国」に行きたいからという理由だったわけですが、そのスサノヲは、父からと姉からと、二度も追放されながらちゃっかりと、願ったとおりの世界で暮らしています。これは、もともとスサノヲが根の堅州の国の支配者だったからだと考えられます。

つまり、スサノヲが根の堅州の国へ鎮座することになった謂《い》われが、アマテラスとの対立から始まる一連の高天の原神話によって語られていたわけです。スサノヲが稲種をもたらしたというのも、高天の原追放にはじまる地上遍歴の物語の一部でした。あるいは五穀の種は、古くは、スサノヲによって根の堅州の国からもたらされたという伝えをもっていたのかもしれません。

オホナムヂは、スサノヲから課せられた試練を妻となったスサノヲのむすめスセリビメの援助や、ネズミの援助などによって克服し、スサノヲの持つ天の詔琴《のりごと》と生太刀《いくたち》・生弓矢《いくゆみや》を手に入れ、スセリビメを連れて、根の堅州の国から地上へと帰還します。帰りは、黄泉《よも》つ平坂《ひらさか》を通って帰ったと語られているので、この世界は、黄泉の国と出入り口を共有すると考えられていたことがわかります。ただし、そこは真っ暗な地下世界ではなく、野原があって明るく、水平線のかなたにある島のようでもあります。

坂を逃げる途中で、追ってきたスサノヲが坂のふもとで祝福の言葉を投げかけます。そこでオホナムヂは「オホクニヌシ」という名前を与えられ、正真正銘の地上の王者＝大国主になることができたのです。

## †ヤチホコの恋

続いて語られるのは、葦原の中つ国の王となったオホクニヌシの繁栄のさまです。ここでは、女神との恋愛や嫉妬をヤチホコという別名で語る神話、スクナビコナという小さな神や三輪山に鎮座することになる寄り来る神との国作りの話、オホクニヌシの子孫たちの系譜が語り継がれていきます。根の堅州の国からもどって地上の王になったのちにこうした話が語られるのは、オホクニヌシが支配する葦原の中つ国がいかにすばらしく繁栄した世界であったかということを伝えようとしていると読むことができます。

通説では、天皇家の祖先神であるニニギが高天の原から地上に降臨するための前提として語られていると解釈されますが、それにしては、あまりにも長々と平和な世界が語られ過ぎます。日本書紀を読んでみても、そのような場面はどこにも存在しません。だから、天皇家の祖先神の降臨を語るためというよりは、出雲の神々の繁栄を語るために、葦原の中つ国を舞台とした神話は語られているとみたほうが自然ではないかと考えます。

その神話の中から、ここではヌナカハヒメに求婚した時の歌謡を読んでみます。

正妻スセリビメの嫉妬を語る場面も含めて、ヤチホコを主人公とする神話はほかの部分とはまったく違い、ほぼ全編が長編の歌謡になっており、「神語《かむがたり》」と名付けられています。

その内容は、高志《こし》の国（現在の北陸地方）に住むヌナカハヒメへの求婚、根の堅州の国から連れてきた正妻スセリビメの嫉妬と和解によって構成されています。どちらも、ヤチホコと女神との長い歌の贈答によって進行します。これらの歌謡も古事記だけに存在します。おそらく、芸能者が所作を交えて語り伝えていた楽しい歌謡だったのでしょう。

ここでは、その第一首、ヤチホコがヌナカハヒメに求婚する歌謡を読んでみます。はじめに地の文があって歌謡が始まります。下に現代語訳を添えました。

そのヤチホコが、ある時、高志の国のヌナカハヒメを妻にしようとて、妻問いの旅にお出ましになって、はるばると出雲から高志のヌナカハヒメのもとに出かけて行き、その家に着くとすぐに、長々と妻求めの歌を歌《うと》うた。

やちほこの　神のみことは
やしまくに　妻まきかねて
とほとほし　こしの国に
さかしめを　ありと聞かして
くはしめを　ありと聞こして

ヤチホコの　神と呼ばれるわれは
治める国に　似合いの妻はいないとて
遠い遠い　高志の国には
すぐれた女が　いると聞かれて
うつくしい女が　いると聞かれて

さよばひに　あり立たし
よばひに　ありかよはせ
たちがをも　いまだとかずて
おすひをも　いまだとかねば
をとめの　なすやいたとを
押そぶらひ　わが立たせれば
引こづらひ　わが立たせれば
あをやまに　ぬえは鳴きぬ
さのつとり　きぎしはとよむ
にはつとり　かけは鳴く
うれたくも　鳴くなるとりか
このとりも　打ちやめこせね
いしたふや　あまはせづかひ
ことの　語りごとも　こをば

---

妻を求めて　お立ちになって
妻問いに　遠くもいとわずお通いになり
太刀の紐《ひも》さえ　解くのももどかしく
旅の衣《ころも》を　脱ぐこともせず
おとめごの　お眠りになる板の戸を
がたんがたんと押し続け　わが立ちなさると
ぐいぐいと引きに引いて　わが立ちなさると
夜も更けて青い山には　ヌエめが鳴いた
時は経て　野中のキジが声響かせる
庭のニワトリ　夜明けを告げる
にくいやつらだ　うるさい鳥ども
こんな鳥など　叩きのめして息の根とめろ
つき従う　天《あめ》をも駆《か》ける伴たちよ
——お語りいたすは　かくのごとくに

ヤチホコの求婚のいきさつや行動が、時間の経過に沿って叙事的に表現されています。

こうした形式は、英雄叙事詩の一つのかたちを伝えているとみなせます。「やちほこの　神のみことは」という冒頭部分は三人称のように見えますが、ずっと読んでいくといつのまにかヤチホコ自身が歌っており、一人称で「わが」と表現されています。ここから考えると、冒頭の「やちほこの　神のみこと」はヤチホコ自身の名乗りとみるのがいいでしょう。狂言で、舞台に登場した主人公が、自ら「太郎冠者でござる」と名乗るというようなスタイルを想像してみてください。

もう一つ注目したいのは、一人称でありながら、「押そぶらひ　わが立たせれば／引こづらひ　わが立たせれば」のように、尊敬語が用いられていることです。自称敬語とか自尊敬語とか呼ばれるものですが、自分自身の行為に敬語をつけて表現しています。一般的には、主人公である神に対する歌い手の敬意が出ていると説明されますが、このかたちはほかの歌謡や会話にも出てきますので、神や貴人であることを示すための表現とみていいのではないかとわたしは考えています。つまり、神であることを保証することばが自称敬語だということです。

内容をみると、ヤチホコは出雲から高志の国へと出かけて行き、評判の美人ヌナカハヒメに求婚します。そのヌナカハヒメという名は地名から名付けられており、「玉の川」の女神という意味をもっています。ヌは石玉を言い、ここでは硬玉ヒスイを指しています。

というのは、ヌナカハ（奴奈川。今は姫川と呼ぶ）は新潟県糸魚川市を流れて日本海に注ぐ川ですが、その支流の小滝川は、日本列島で唯一のヒスイ原石の産地だったのです。

出雲に住むヤチホコがヌナカハヒメに求婚するという物語の背後には、ヒスイをめぐる歴史が秘められていたのです。ところが、縄文時代から古墳時代にかけて、さまざまな形に加工され流通していたヒスイが、糸魚川近辺で産出したということを、人びとはすっかり忘れていました。そして、出雲と高志とのあいだにはヒスイが介在し、日本海を通して緊密なつながりが存したということが、文献や考古史料によって明らかになってきたのは一九六〇年以降のことでした。この神話は、ヤマトを介在させない、日本海文化圏とでもいえる交易圏において、人と物とがさまざまに流通するなかで伝承されていたとみなすことができるのです。この点に関しては、次節であらためて考えます。

## †出雲に対する認識の転換

出雲がいかなる世界であり、出雲神話とは何かという点については、今までにもさまざまに論じられてきました。その有力な仮説の一つは、出雲神話をふくめた古事記の神話は、中央＝大和朝廷による机上の創作だとみなす津田左右吉《そうきち》以来の見解です（『日本古典の研究』）。しかし、そのように考えたのでは、なぜ、中央の史書編纂者たちが作り上げた正史としての日本書紀に、出雲神話や出雲系神統譜がまったく存在しないのかという疑問に答えることはできません。しかも、どうみても、机上のでっち上げで書き上げられるような内容ではないと考えたほうがいいのではないでしょうか。

古事記の神話的な版図として、東の伊勢、中央のヤマトに対置された西にある暗黒世界として出雲が置かれているとみなす西郷信綱によって示された見取り図は、今も魅力的な仮説です（『古事記の世界』）。その枠組みについては、わたしも同意するのですが、一方で、ヤマトの西には多くの国があるのに、その中からなぜ出雲が選ばれたのかという疑問に対する説明がなされないかぎり、仮説のままで終わってしまいます。

また、政治的な力ではなく、呪術的・宗教的な霊力をもつ世界として出雲を想定し、その出雲の巫覡《ふげき》集団への中央貴族たちの畏怖《いふ》が、古事記の出雲神話を作っていったとみる松前健《たけし》の見解もあります（『出雲神話』）。出雲巫覡なるものの実体は今一つ鮮明ではありませんが、最近の、出雲地域におけるさまざまな考古学的な発見と重ねるとおもしろい問題が見えてきそうなところがあります。

二〇〇〇年に発見された出雲大社の壮大な建築遺構や、それ以前に発掘されて大きな話題になった大量の銅鐸や銅剣などの遺物と遺跡、四隅《よすみ》突出形方墳と呼ばれる日本海沿岸を中心に分布する特殊な形をした古墳の存在などを考慮すると（藤田富士夫『古代の日本海文化』)、出雲には、ヤマトを中心とした勢力とは別の、政治的あるいは宗教的な文化圏が存在したという可能性はきわめて大きいのです。わたしたちは、ヤマトを中心に瀬戸内海と太平洋側にばかり目を向けて歴史や文化を考え過ぎていました。

## †律令的な「出雲」観

これは古事記の成立にもかかわる大きな問題になりますが、古事記の記述は過去に向いており、七世紀初頭の推古天皇で下巻を閉じるという構成からみて、聖徳太子と蘇我馬子《そがのうまこ》とによって編まれたという始原の歴史書「天皇記・国記」へ回帰しようとする歴史認識が認められます。そしてその内容からは、日本書紀が標榜《ひょうぼう》する律令的な認識とは別の世界観が浮かびあがります。

一方の日本書紀は、律令制古代国家が目指す「国家の歴史」を叙述しようとする歴史認識に基づいて編まれました。巻一・二に載せられた神話部分では、正伝に対していくつもの一書(別の伝え)を並べ、巻三以降の歴代天皇の事績は編年体で記述されています。これは、伝えられてきた過去をいったん解体し、中国の歴史書にならうかたちで国家の論理によって組み立てなおすことだったといえるでしょう。過去を羅列する古事記に対して、日本書紀は、国家の時間軸の上に過去を並べ替えていったのです。

それとともに、空間軸もまた、中央であるヤマトと地方の国々というかたちで整えなおされていきます（あわせて、90頁の地図2を参照）。ヤマトを介さない、出雲と越《こし》、筑紫と出雲といった個別のつながりは遮断されてしまうのです。そうでなければ、中央集権国家を構築することはできないからです。

古事記と日本書紀との、こうした歴史認識の違いをもとに考えると、律令制古代国家の正史であろうとする日本書紀にとって、古事記的な「出雲」は、過去の、棄てられた世界であったということになるはずです。つまり、律令国家にとっての出雲は、ヤマトを中心として整えられた五畿七道のなかの、山陰道に属する一つの国としてしか存在しないのです。出雲は、けっして大和朝廷と並べられる、あるいは比肩しうる世界ではなく、ましてや、過去においてもヤマトを凌《しの》ぐ世界であってはならないのです。

日本書紀にみられる出雲は、伯耆《ほうき》の国の先の、石見《いわみ》の国の手前に位置する行政単位でしかありません。よく知られているように、前代のなごりとしての「国　造《くにのみやつこ》」という特殊な地方行政の形態が出雲の国には残り続けますが、それも、過去の残滓《ざんし》であり、朝廷に服属した地方であることの証しでしかありません。

## †古層としての出雲神話

一方、律令国家成立以前の、七世紀初頭の推古朝より前の王権に向き合いながら世界を語ろうとする古事記にとって、出雲という世界は、ヤマトに対する強大な対立者として存在しました。そして、その出雲を打ち倒すことによってヤマトの王権は成立したのだということを語るために、古事記では、オホクニヌシを中心とした出雲の神がみの物語が必要だったのです。中巻にも、出雲大神の祟《たた》りを鎮める伝承やヤマトタケルのイヅモタケル討《とう》伐譚《ばったん》など、出雲が恐るべき世界として語られます。それは、神話に語られるのと同様の強大な対立者として出雲が認識されていたからです。

古事記の出雲神話の背後には、オホクニヌシによって統治される葦原の中つ国という強大な王国が確固として存在したのです。それが実体としてあったか、神話的な構想としてあったかは、大いに議論する必要がありそうですが。

少なくとも、日本書紀の神話が構想した世界観と、古事記の神話が語ろうとした世界観とでは、その歴史認識に大きな隔たりがあるのは明らかです。今後、そのことを自覚しない神話研究は成り立たないでしょう。そして、律令制古代国家が成立する前の時代でなければ、出雲世界との対立を中軸に据えた古事記神話が構想されることなどなかったはずです。その点で、古事記が出雲神話に大きな分量を割いているのは、律令以前の古層的な性格を色濃く抱え込んでいるためだとみなすべきなのです。

ここで述べたことは、次に検討する国譲り神話につながります。日本海文化圏についても、あらためて考えるつもりです。

## 3 服属を誓う神々——国譲り神話

### †地上に遠征するタケミカヅチ

安定した暮らしが続いていた地上世界に、ある時、高天の原のアマテラスが、遠征を企てることになります。これが、国譲り神話から天孫降臨神話へとつながる、古事記神話の後半部分の始まりです。まことに唐突にとしか言いようがありませんが、アマテラスは、「豊葦原《とよあしはら》の千秋《ちあき》の長五百秋《ながいほあき》の水穂《みずほ》の国は、わが御子《みこ》マサカツアカツカチハヤヒアメノオシホミミの統《す》べ治める国でありますぞ」と言って、オシホミミを地上に降ろそうとするのです。

マサカツアカツカチハヤヒアメノオシホミミ（略してオシホミミ）という長い名をもつ

アマテラスの子神は、アマテラスとスサノヲとがウケヒをした時に、スサノヲがアマテラスの珠を噛んで吹き出した子です。そして、アマテラスの「詔り別け」によってアマテラスの子になったのでした。

ところがオシホミミは、高天の原と葦原の中つ国とのあいだに浮かぶ天《あめ》の浮橋《うきはし》まで行って下界を眺めたところ、とても騒がしい状態で行くのは嫌だと言ってもどってしまいます。そこで、高天の原を支配するタカミムスヒとアマテラスは神々を集めて相談し、地上を平定することにしたのです。わかりやすく言うと、地上を自分たちの植民地にするために、遠征軍を派遣して奪ってしまおうというわけです。

タカミムスヒという神は古事記の最初に高天の原に誕生した三柱の神のひとりとして登場しますが、この場面では、アマテラスとともに高天の原を支配する神として語られます。そして国譲り神話の途中で名前が見えなくなって、そのあとは、アマテラスとタカギの神とが高天の原における中心的な神として描かれていきます。高天の原にはたくさんの神々がいるのですが、かれらは、何か問題がおきると、天《あめ》の安《やす》の河の河原に集まって会議を開いていきます。神々の社会は合議制が基本のようにみえます。その指導者が、タカミムスヒとアマテラスの二人からアマテラスとタカギの神の二人に移っていきます。

並び方をみると、タカミムスヒはかならずアマテラスより先に出てくるのに、タカギの神とセットになるとアマテラスが先に出てきます。そこから考えると、タカミムスヒはアマテラスより優位な立場にあったものが、タカギの神に変わると、アマテラスのほうが主神になったのではないかと考えられます。

ただし、スサノヲがヲロチを退治したとき、ヲロチの尾から出てきた剣を高天の原に献上する場面では、アマテラスの名前だけしか出てきません。また天の岩屋神話など、国譲り神話以前の高天の原には、タカミムスヒやタカギの神は登場しないのです（タカミムスヒの誕生を語る場面を除いて）。そこから考えると、アマテラスとスサノヲとの対立葛藤を語る高天の原の神話と、国譲り神話における高天の原とでは、その構想のされかたが違っているのかもしれません。

天の岩屋にこもったアマテラスを引き出す場面で、準備から実行までのすべてを差配したオモヒカネは、タカミムスヒの子神です。女神アマテラスと並んで高天の原を取りしきる男神が必要だったと認識されていたようです。たとえば、邪馬台国《やまと》の卑弥呼《ひみこ》と男弟との関係、古代の文献にしばしば登場する巫女的な女性と祭政を取りしきる男性（夫や兄）との関係が思い浮かびます。天皇家の祖先神を、単純にアマテラスという女神だけと考えてしまいがちですが、主神となる、あるいは女神を補佐する男神が必要だという判断が、こうした神話にはたらいています。

付け加えておきますと、地上を平定したのちに降りてくるのは、オシホミミの子アメニキシクニニキシアマツヒコヒコホノニニギ（略してニニギ）という神ですが、この神は、タカギの神のむすめヨロヅハタトヨアキヅシヒメとオシホミミとのあいだに生まれたと伝えます。高天の原におけるタカギの神の役割の大きさがわかります。

## †遠征するタケミカヅチ

神々が合議して最初に葦原の中つ国に派遣したのは、アメノホヒでした。この神も、オシホミミと同様、ウケヒによって生み成された神ですが、地上に降りると、オホクニヌシに丸めこまれて三年間返事もしません。

そこで次に送られたのはアメノワカヒコでした。まったく素姓のわからない神ですが、アメノワカヒコは地上に降りるとオホクニヌシのむすめシタデルヒメと結婚し、地上を自分のものにしようと企てます。そのために、高天の原には八年ものあいだ何も報告しないままに過ぎていきました。業を煮やした高天の原では、ナキメという雉《きじ》の神を派遣して様子を探らせるのですが、得体の知れないアメノサグメという神（サグメは「探る女」の意で女スパイのような存在。後世の伝承に登場するアマノジャクの原型）の入れ知恵もあって失敗します。それで、正邪を判断する矢を下界に投げ降ろすと、寝ているアメノワカヒコの胸板に突き刺さって死んでしまいます。
続けて遠征に失敗した高天の原では、最後の切り札として、タケミカヅチという刀剣の神に、アメノトリフネという飛行船のような神を添えて派遣することになりました。次のように語られています。

さて、遣わされた二柱《ふた》の神は出雲の国の伊耶佐《いざさ》の小浜《おばま》に降り到ると、タケミカヅチは、その身に佩《は》いた十掬《とつか》の剣《つるぎ》を抜き放ち、切っ先を上に向けると揺らめく波の穂がしらに柄頭《つかがしら》を刺し立て、その尖《とが》った剣の先にあぐらをかいて座《すわ》ると、オホクニヌシに向こうて呼びかけた。「アマテラスの大御神《おおみかみ》とタカギの神との仰せにより、問いに遣わせなさったものである。なんじが己れのものとしている葦原の中つ国は、わが御子《みこ》の統《す》べ治めなさる国であるぞとのお言葉である。そこで尋ねるが、なんじの心はいかがか」と。

するとオホクニヌシは、「われは申し上げることができません。わが跡《あと》を継いだわが子ヤへコトシロヌシ、こやつがお答えいたすでしょう。しかしながら、今、コトシロヌシは、鳥の遊びをし魚《うお》取りをしに、美保《みほ》の岬に出かけており、まだ帰ってはおりません」と答えた。

相手の度肝を抜くためでしょうか、アクロバチックな方法で国譲りを迫るタケミカヅチに対して、オホクニヌシは老いたので息子にあとを譲ったと答えます。美保から呼び出されたコトシロヌシは抵抗することなく服従を誓います。その時、簡単に制圧できると思ったタケミカヅチの前に現れたのが、オホクニヌシの次男タケミナカタでした。

## †州羽に逃げるタケミナカタ

タケミナカタという神は、日本書紀には名前すら出てきません。古事記でもオホクニヌシの神統譜に位置づけられておらず、唐突な印象を与えます。そのために、あとから挿入された神話ではないかという説が有力ですが、わたしは、出雲神話を考える上で欠かせない古層の神話だと考えています。

さてそこで、タケミカヅチはオホクニヌシに問うて、「今、なんじの子、コトシロヌシはこの国を奉ると申した。ほかに何か言いそうな子はおるのか」と言うと、「もう一人、わが子タケミナカタがおります。こやつを除いてほかにはおりません」と答えた。

そうすると、そのタケミナカタが、お手玉でもするがごとくに千引《ちび》きの大岩を掌《てのひら》に乗せてやって来て、「どいつが、おれの国に来て、こそこそとかぎまわっておるのだ。どうだ、おれと力比べでもしないか。受けるならば、おれがまずお前の手を握ろうぞ」と挑《いど》んで言うた。

それで、タケミカヅチがおのれの手をタケミナカタに握らせたのじゃが、握らせたかと思う間もなくみずからの手を立ち氷《ひ》に変え、またすぐに剣《つるぎ》の刃に変えてしもうた。いかなタケミナカタも、これではおのれの力を示すこともできずに、怖じけづいて手を引っ込めてしもうた。すると、次にはタケミカヅチがタケミナカタの手をつかんで握り返したのじゃが、握ったかと思うと、まるで萌え出たばかりのやわらかな葦でもつかむがごとくに握り潰《つぶ》し、体ごと放り投げてしもうたので、さすがのタケミナカタも恐れをなして逃げ去ってしもうた。

そこで、あとを追って、科野《しなの》の国の州羽《すわ》の湖《うみ》に至って追い詰めて殺そうとすると、タケミナカタは、「許してくれ。どうかおれを殺さないでくれ。おれは、この地《ところ》を除いて他《よそ》の国には行かぬ。また、わが父オホクニヌシの言葉に背くことはしない。また、わが兄ヤヘコトシロヌシの言葉にも背かない。この葦原の中つ国は、天つ神の御子のお言葉のままに、すべて差し出そう」と、こう言うて伏《まつろ》うた。

地図１「諏訪湖と諏訪大社」

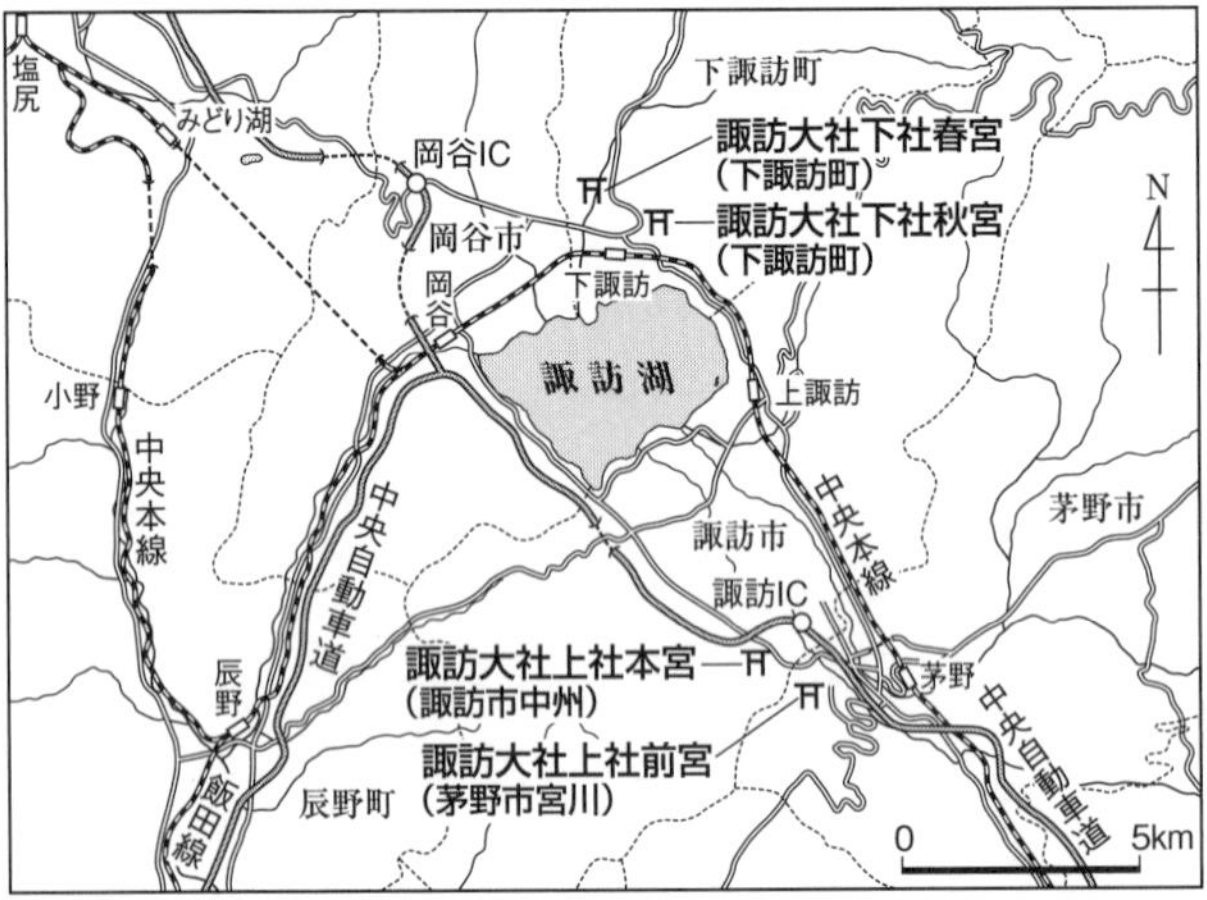


タケミナカタという名は、「立派な（タケ）水潟（ミナカタ）」の意味で、ミナカタは諏訪湖のことをさしていると考えられています。もともと諏訪湖の神であり、その神が州羽（諏訪）の地に追放されたという由来が語られることで、なぜ州羽にタケミナカタが祀《まつ》られているのかということを説明しているわけです（西郷信綱『古事記研究』）。それが起源神話（鎮座由来譚）の語り口であるというのは、根の堅州の国の王であったスサノヲが追放された末に根の堅州の国に行ったという神話と同じ構造です。

ただし、注意しておきたいのは、タケミナカタがもともと諏訪湖の神であったというだけでいいかという点です。出雲にいた神が逃げて州羽に入ったという神話を語る、その背後には、何らかのかたちで州羽と出雲とがつながっていると思うからです。これは、出雲神話とは何かを考えるための、とても重要なヒントになりそうです。

タケミナカタを祀るのは諏訪大社ですが、諏訪湖の北側には諏訪大社下社《しもしや》の春宮と秋宮が祀られ、南側には諏訪大社上社《かみしや》の前宮《まえみや》と本宮《もとみや》が鎮座しています。どちらも祭神はタケミナカタ（建御名方命）と妃神ヤサカトメ（八坂刀売命）とされています。下社のほうには兄のコトシロヌシが併せて祀られていますが、これは新しいでしょう。

## †出雲の神と高志の女神

それにしても、タケミナカタは、出雲から州羽へ、どのようなルートをたどって逃げたのでしょうか。神話には何も語られていませんが、間違いなく日本海ルートをたどったとわたしは考えています。

前節で取りあげたヤチホコ（オホクニヌシの別名）は、高志のヌナカハヒメのもとに求婚に出かけました。いうまでもなく日本海を通り、対馬海流に乗って東に向かいました。

古事記には記されていませんが、出雲国風土記によれば、「天の下造らしし大神の命《みこと》、高志の国に坐す神、意支都久辰為《おきつくしゐ》の命の子、俾都久辰為《へつくしゐ》の命の子、奴奈宜波比売《ぬながはひめ》の命に娶《あ》ひて産みましし神、御穂須々美《みほすすみ》の命、この神坐す。故《かれ》、美保と云ふ」（意宇郡三保郷）とあって、美保神社の祭神ミホススミは、オホナムヂと結婚した高志のヌナガハヒメが生んだと伝えています（現在の祭神はコトシロヌシ。古事記ではヌナカハヒメと「カ」を清音に訓《よ》むが同一神。あるいは元は濁音だったかもしれない）。そして、ミホススミという神は、能登半島の先端に祀られている須須神社（石川県珠洲市）の祭神でもあるのです。出雲と高志とのつながりの緊密さがよくわかります。

古事記にはタケミナカタの母神は伝えられていませんが、『先代旧事本紀《せんだいくじほんぎ》』によれば、「大己貴《おほなむぢ》の神は、（略）次に高志の沼河姫《ぬなかはひめ》を娶《めと》りて、一男を生む。児建御名方《みこたけみなかた》の神。信濃の国、諏方《すは》郡の諏方神社に坐《いま》す」とあります（巻第四、地祇本紀）。『先代旧事本紀』は大同元（八〇六）年以降、承平六（九三六）年以前（ずいぶん幅がありますが）に成立したとされる、祭祀氏族・物部《もののべ》氏が記した氏文《うじぶみ》です。聖徳太子と蘇我馬子《そがのうまこ》とによって撰録《せんろく》されたという偽作の序文が付された興味深い書物です。その『先代旧事本紀』が、どうしてタケミナカタを、ヌナカハヒメとオホナムヂとのあいだに生まれた子神とする伝承を伝えているのかはわかりませんが、かなり古い伝えを遺していると考えてよいのではないかと思っています（青木周平「『先代旧事本紀』の価値」）。

また口頭による伝承ですが、諏訪大社には、タケミナカタの母神が「高志の沼河比売」

であるという伝えが存します（三輪磐根『諏訪大社』）。ヌナカハヒメの本拠である硬玉ヒスイの原産地、新潟県糸魚川地方とタケミナカタを祀る諏訪地方は、姫川沿いに通じる街道（塩の道としての千国街道）によって古くからつながっていました。おそらく縄文時代以来の交易路が存在したはずです。諏訪湖の北にある和田峠で採れる黒曜石が北陸の各地から出土するのは、この道の古さを証明しています。

## †日本海文化圏と出雲の神々

タケミナカタの州羽への追放という古事記の神話は、わたしたちが遠い昔に忘れ去ってしまった日本海文化圏の記憶を残存させる貴重な神話であるとみなすことができるのです。天皇家を中心としたヤマトの世界が日本列島を制圧する以前、出雲と州羽、あるいは出雲と高志とのあいだには、日本海を通路とした文化の交流や物資の流通がさかんに行なわれていました。それをここでは日本海文化圏と呼んでいます。すでに述べたことと重複する点もありますが、先行研究を参照しながら整理します。

日本海側の諸地域には、ヤマトを中心とした瀬戸内や太平洋側の文化圏とは異なる文化的な特徴がさまざまに存在することが指摘されています。その一つは、四方の隅が飛び出した四角い墳墓《ふんぼ》、四隅《よすみ》突出型方墳が分布することです。これは出雲地方や富山地域を中心に分布しており、西の出雲から東の方へ伝わったと考えられています。二つめは、取っ手の部分に特徴のある素環頭《そかんとう》鉄刀と呼ばれる刀剣が数多く認められます。

また三つめとして、巨木を建てるという文化的な特徴があります。能登半島の真脇《まわき》遺跡、石川県金沢市のチカモリ遺跡、新潟県糸魚川市の寺地《てらじ》遺跡などの縄文時代後期の遺跡が代表的な例ですが、それが金輪《かんなわ》による三本柱で有名になった出雲大社の巨大神殿に影響を与えているのではないかという指摘があります（藤田富士夫『古代の日本海文化』、同「古代出雲大社本殿成立のプロセスに関する考古学的考察」など）。十分に説得力のある見解です。

現在の出雲大社の神殿は、千木《ちぎ》までの高さが二十四メートルですが、中世以前には倍の四十八メートル（十六丈）だったと古文書には記されています。それを裏付けるのが二〇〇〇年に発掘された三本柱です。一方、諏訪大社をみると、神社の四隅に「御柱《おんばしら》」と呼ばれる巨大なモミの木が建てられているのが特徴で、この御柱は今も七年に一度建て替えられています。この巨木を建てる文化が、縄文時代に行なわれていた日本海沿岸の巨木文化とつながるとみるのは比較的自然なことと考えられます。

そのほか、ヤチホコの神語《かむがたり》を論じた時にふれた硬玉ヒスイをめぐる文化を含め、海人《あま》（海洋民）系の文化要素など、九州北部から北海道へと連なる日本海文化圏の特徴はさまざまに見出せます。たとえば、海人系文化でいうと、福岡県の志賀島《しかのしま》を本拠とした安曇《あずみ》という一族は、日本海を東に向かい、姫川沿いに遡上《そじょう》して信州の安曇野《あずみの》に定住していきます。その時代がいつだったかを確定することはできませんが、海を通した人間の移動と文化交流が古くから存在したのは明らかです。朝鮮半島をはじめ大陸とのつながりも日本海を介してしか成り立ちません。

## †閉じられた日本海文化圏と国家の成立

タケミナカタが州羽の地に追いやられるという国譲り神話から読めてくるのは、古層として存在した日本海文化圏の崩壊という出来事です。天皇家を中心としたヤマト王権が介入することによって、日本列島に存在したさまざまな交流や交易は、ヤマトを中心とする秩序化された関係に置き換えられていきました。

たとえば、筑紫と出雲、出雲と高志、高志と州羽など、個別の地域同士のつながりが、ヤマトと筑紫、ヤマトと出雲、ヤマトと越、ヤマトと諏訪というふうに、ヤマトを基点とした関係に置き換わるのです。それが、中央集権国家を成立させます。具体的にいえば、畿内《きだい》と七道諸国の成立です。ヤマトを取りまいて中央文化を形成する畿内諸国と、ヤマトから放射状に延びる東海道、東山道、北陸道、山陰道、山陽道、南海道、西海道（この基点はヤマトの代理としての遠《とお》の朝廷《みかど》・大宰府がになう）のそれぞれの街道ごとに、国々を串

地図2「ヤマトによって分断された日本列島」

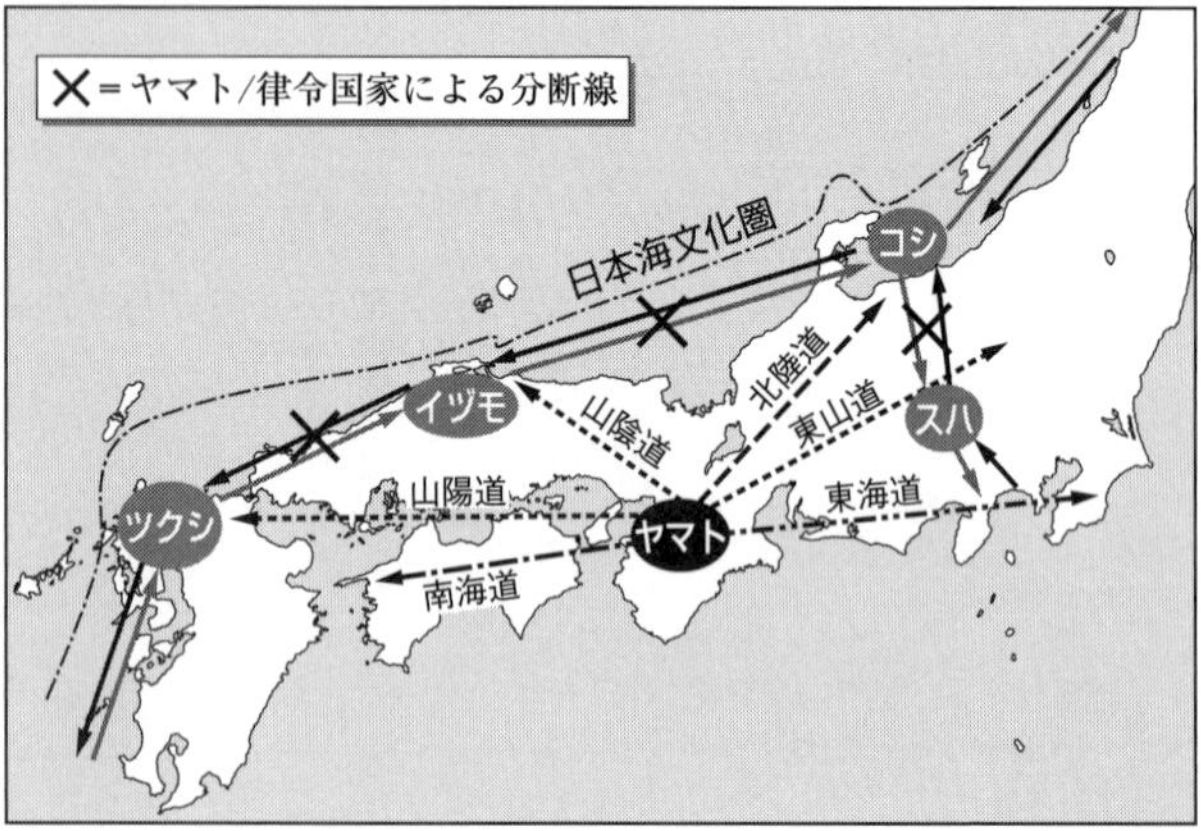


刺し状につなぎとめます。それによって、律令国家による直接支配が確立するわけです。

国譲り神話は、オホクニヌシ（オホナムヂ）が統一していた葦原の中つ国に、タケミカヅチが楔《くさび》を打ち込んだことを語っています。このあとに語られる天孫降臨からカムヤマトイハレビコによる東方への遠征（いわゆる神武東征）によって、ヤマトを中心とした列島支配の確立が語られますが、その序章として国譲り神話があるのは明らかです。しかしその奥には、出雲を代表とする古層の世界が隠されているのを見逃してはなりません。

二度の失敗のあとのタケミカヅチの遠征は、神話の手法としては「失敗・失敗・成功」という強大な敵を倒す時の様式化した語り口だということができます。簡単にやっつけるのではなく、苦難ののちに倒したほうが、倒した側の偉大さを語ることができるからです。しかし、その敵は、神話を語るための架空敵ではなく、実体としても存在したのではないかというのが、わたしの想定です。ヤマトの側から一方的に古事記を読むのではなく、出雲や高志の側に立ってみた時、古事記の神話はどのような姿を見せてくるか、それをここでは考えてみたかったのです。

## †出雲大社の起源

タケミナカタが降伏して州羽の地に鎮まったあと、出雲にもどったタケミカヅチは、オホクニヌシの意志を尋ねます。するとオホクニヌシは、次のように答えて服従を誓います。

わが子ども、二柱の神の申し上げたとおりに、われもまた背くまい。この葦原の中つ国は、お言葉のとおりにことごとく天つ神に奉ることにいたそう。ただ、わが住処《すみか》だけは、天《あめ》つ神の御子が、代々《よよ》に日継《ひつ》ぎし、お住まいになる、ひときわ高くそびえて日に輝く天の大殿《おおとの》のごとくに、土の底なる磐根《いわね》に届くまで宮柱《みやばしら》をしっかりと掘り据え、高天の原にも届くほどに高々と氷木《ひぎ》を立てて治めたまえば、われは、百《もも》には満たない八十《やそ》の隅《すみ》の、その一つの隅に籠もり鎮まっておりましょうぞ。

また、わが子ども、百八十《ももやそ》にもあまる神たちは、ヤヘコトシロヌシが神がみの先立ちとなってお仕えすれば、背く神などだれも出ますまい。

ここに語られるのは、出雲大社の起源です。なぜオホクニヌシの鎮まる神殿はこのように巨大なのか。それを、天つ神の子孫、つまり天皇たちの住まいになぞらえながら説明することによって、オホクニヌシの天つ神への服従を語るわけです。

しかし、この起源の説明は負けた側の交換条件として出されたもので、もともとの起源を語っているのではないでしょう。出雲大社がなぜ、あれほどに巨大なのかというのは、すでに述べたように日本海文化圏における巨木を建てる文化の問題として考えなければならないのです。それを、ここに語られているようなかたちで説明しなおすことによって、山陰道の片隅に位置する辺境の地に、なぜあれほどに大きな神殿が建っているのかということを、ヤマトの側の論理によって説明することができるようになったのです。

国譲りの場面も出雲神話に含めれば、古事記神話の四十三パーセントを出雲の神々の神話が占めているのです。国譲り神話はヤマトの側にとって重要な神話ですから、もちろん日本書紀にも存在します。しかし、タケミナカタの神話は日本書紀には存在しませんし、オホクニヌシが大きな社と引き換えに鎮まるという交換条件も、日本書紀には語られていません。その代わりにオホクニヌシは、自らが国土を平定したときに用いたという「広《ひろ》矛《ほこ》」を譲り渡して禅譲するというかたちになっています。

日本書紀の国譲り神話は、どこまでも遠征し勝利した側の論理によって語られるのです。それに対して、古事記は、制圧された神々の側の無念さを込めて語るというところに本質があると言えるでしょう。

なぜ征服された側から古事記の神話が語られるようにみえるのか。そこに「語り」の論理がはたらいているだろうとわたしは考えています。「語り」というのは、いつもとはいえませんが、多くの場合、滅んでいった側に身を置いて語られるのです。古事記の語りの多くがそのように読めます。そうなるのは、語りが向き合おうとするのが今は亡き者たちだからではないかと思えるのです。

## †出雲神話のまとめに

古事記と日本書紀という二つの歴史書をどのように理解し、出雲という世界をどのように位置づけるかという、日本列島の古代を考える上でもっとも重要な、そしてもっとも興味深い課題が、古事記の出雲神話の前には横たわっていることが明らかになったと思います。それなのに、日本書紀には存在しない出雲神話を論じる時でさえ「記紀」という併称を用いてはばからない従来の態度は改めなければなりません。

正確を期すためにいささか説明を加えますが、日本書紀の一書（第八段）には、ほんの一部分だけ、古事記と共通する出雲神話がとり上げられています。ただ、そこから言えることは、もともと日本書紀正伝のようなかたちで神話があり、あとから古事記にある出雲神話が追加されたという論理、いわゆる「紀前記後」説（日本書紀が先に成立し、古事記はその後に作られたという考え）は成り立たないということです。

古事記に描かれている出雲世界が実態か虚構かという問題は、諸分野の研究成果を総動員して考えなければならないのは当然ですが、神話の流れに従うかぎり、高天の原の神々が国譲りを迫る以前に、地上には出雲を中心とした葦原の中つ国と呼ばれる繁栄した世界があったのです。そうでなければ、国譲りも天孫降臨も、流れとしては不自然なものになってしまいます。日本書紀の神話記述は、その不自然さを無視して、出雲神話を排除したほうが律令国家の歴史を語るにふさわしいという、きわめて政治的な作為によって組み立てられているとみなければなりません。

## †高志と出雲とをつなぎなおす

では、なぜ古事記は出雲の神々の活躍や系譜を、大きな分量をもって語ったのかといえば、律令国家の歴史認識とは隔たったところで、出雲神話に描かれた世界が求められていたからではないでしょうか。日本列島を一元的に「ヤマト」に集約する必要はありません。というより、近年の考古学の発掘や研究の成果を導入して考えれば、日本海域にはヤマトを中心とした文化圏とは別の「日本海文化圏」とでも呼ぶべき領域が存在し、大きな勢力をもっていたことは明白です。

稲羽のシロウサギ神話にしろ、ヤチホコのヌナカハヒメ求婚にしろ、出雲神話の多くは日本海沿岸を舞台にしています。ことに「高志」との関係は、出雲国風土記に伝えられている「国引き詞章」からも明らかなようにとても緊密です。古事記のヲロチ退治神話では、ヲロチが「高志の八俣の遠呂知」という名で語られていますが、すでに論じたように、「高志」とあるのは、この怪物が出雲と高志との関係を背後に潜ませているからであり、ヤマト（倭／大和）とは切断されたところで、二つの地域がつながっていたことを明かしているのです。

一方、日本書紀のヲロチ退治神話には、正伝にも一書にも、「高志」という表示はもちろん高志を窺わせる描写もいっさい出てきません。そのためもあって、律令国家によって作られた神話のようにみなされるヲロチ退治神話ですが、古事記の神話に限定して言えば、その背後に出雲と高志とのつながりが存在しなければ成り立たなかったはずです。それに対して、日本書紀の論理では「高志」は無意味なもの排除すべきものであったがゆえに削除されたのです。

同様のありかたが国譲り神話にも見出せるのは、すぐ前に論じた通りです。タケミナカタの出雲から州羽への逃走は、日本海を経て奴奈川《ぬな》（現在の姫川）をさかのぼって科野《しなの》に至るという、縄文時代以来のルートが存在したことを証明しています。おそらく古事記では、日本書紀が排除した出雲と高志とをつなぐ日本海文化圏の存在を裏付ける古層のタケミナカタ神話が、シーラカンスのように生き延びたのに違いありません。

このように出雲神話を読むことによって、日本書紀とはまったく別の作品としての古事記が立ち現れてくるのです。古事記を律令国家の歴史書として縛りつけておくことの不毛さに、わたしたちは早く気づかねばなりません。

第三章
# 天皇家の神話
## ——天から降りた神々

神武天皇陵

## 1　天孫降臨と日向三代

### †天降るニニギ

タケミカヅチが地上を平定する前ですが、地上に降りることになっていたのはアマテラスの子オシホミミでした。しかし、オホクニヌシ一族を平定するのに手間取っているあいだに子が生まれたオシホミミは、わが子アメニキシクニニキシアマツヒコヒコホノニニギ（以下、略して「ニニギ」）を自分の代わりに降ろしてほしいと頼みます。そこでアマテラスは、孫にあたるニニギに、「この豊葦原《とよあしはら》の瑞穂《みずほ》の国は、なんじが統べ治める国であると、父オシホミミの言の葉とともに委ねられた。さあ、あらためてわが言の葉のままに降《くだ》り行《ゆ》きなさい」と命じたのでした。

そのニニギが地上に降りていくさまは、次のように語られています。いわゆる天孫降臨と呼ばれる神話のはじまりです。

さてここに、仰せを受けたアマツヒコヒコホノニニギは、高天の原の御座所《みましどころ》から立ち上がると、天《あめ》にかかる八重のたなびき雲を押し分けて、力づよく道を踏み分け踏み分けして天の浮橋に到り着き、しっかりとお立ちになると、そこからひと息に、筑紫《つくし》の日《ひ》向《むか》の高《たか》千《ち》穂《ほ》に高々と聳《そび》える嶺《みね》に天降《あも》りなされた。

筑紫の日向の高千穂とはどこでしょうか。筑紫は、古事記神話では九州北部をさすとともに九州全体もツクシと呼んでいますので、ここの筑紫は大きな地名として九州をさしています。イザナキとイザナミとの国生み神話によると、九州はツクシと呼ばれ、四つの顔をもつと語られ、筑紫の国（福岡県）、豊《とよ》の国（豊前と豊後のことで、福岡県から大分県）、肥《ひ》の国（肥前と肥後のことで、佐賀県・長崎県から熊本県）、熊曾《くまそ》の国（肥の国および豊の国以南をさし、九州南部をいう）に分かれています。

日向の国という呼称は、国生み神話には出てきません。おそらく、熊曾の一部あるいは全体を、ある時期から日向という名で呼ぶことになったのではないでしょうか。熊曾のクマは熊本県南部、ソは宮崎県南部から鹿児島県を含む地域です。古事記中巻に語られるヤマトタケルが討伐したクマソタケルは、この国の頭領です。野蛮なクマソが討伐されて、秩序化されたヒムカに改名させられたと考えることもできるかもしれません。

律令の行政区画としての日向の国がいつ成立したかはわかりませんが、和銅六（七一三）年に、日向の国の南部四郡を割いて大隅《おおすみ》の国を設置したことが歴史書に出てきます。また、その少し前ですが、大宝二（七〇二）年には、薩摩の国が設置されています。この国がどこから分割されたのかは不明ですが、日向の国の一部だったのではないかと思います。つまり、国生み神話にいう熊曾の国というのは、律令の行政組織としては日向の国と呼ばれ、そこは、南部九州全体を包括する広い地域だったということです。

そのように広いのは大和朝廷の支配が貫徹していなかったということを示しています。それが次第に大和朝廷の支配を受けるようになって日向の国となり（それを象徴する伝承がヤマトタケルによるクマソタケル討伐譚でしょう）、より緊密な支配関係が確立していくなかで薩摩の国が独立し、続いて大隅の国が設置されます。そう考えると、九州の南部（島《とう》嶼《しょ》は除く）まで律令国家の支配権が及ぶのは、八世紀初めということになります。

天孫降臨神話において、ニニギが高天の原から日向に降りていくというのは、西郷信綱が指摘するとおり、九州南部はまだヤマトにまつろわない隼人《はやと》たちが棲《す》む異世界であり、辺境の地だったからだと考えるべきでしょう（『古事記注釈』）。その境界領域にあたる場所にニニギが降りることによって、そこから東へと侵攻し、中心としてのヤマトに鎮座するという初代天皇の東征伝承を可能にするのです（次節、参照）。

日向という地名をそのように了解すると、高千穂というのは、宮崎県北部の西臼杵郡高千穂町と考えるよりは、宮崎県と鹿児島県との境に連なる霧島連山とみたほうがふさわしいのではないかと思います。ただし、高千穂を固有のどこかに確定することが不可欠だというわけではありません。天皇家の始まりを語る神話において、世界はどのように構想されていたかということを考えると、高天の原から降臨した聖地「高千穂」はそのように認識されていたのではないかということです。

ニニギは、笠沙《かささ》の岬で、美しい女神コノハナノサクヤビメに出会って求婚します。それを知ってよろこんだ女神の父オホヤマツミ（山の神）は、姉むすめのイハナガヒメも副え

系図２「天つ神の系譜」

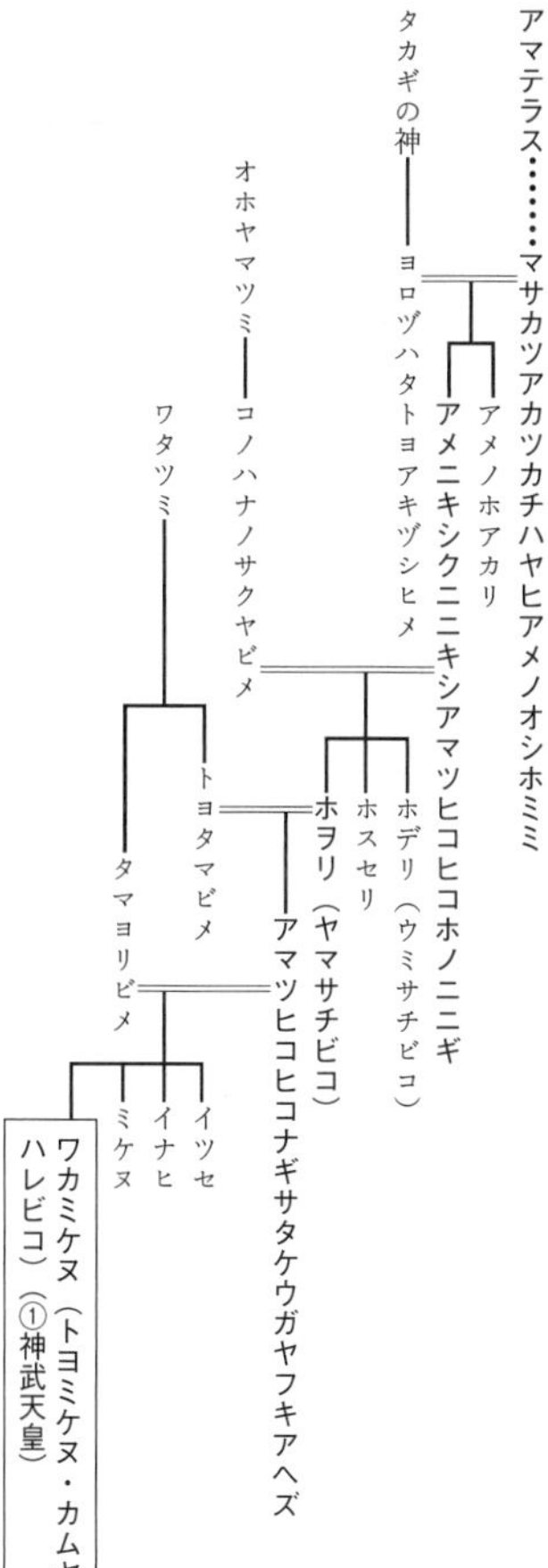

てニニギのもとに贈ります。ところがニニギは、醜い姿をしたイハナガヒメを送り返し、サクヤビメだけを留めて一夜の契りを交わしました。この神話については、すでに第一章で紹介しました。岩石と木花との対比によって神の子である天皇が短命になった謂《い》われを語る神話になっていたのでした。

ニニギは、イハナガヒメを送り返したばかりでなく、結婚したコノハナノサクヤビメに対しても失礼なことを言います。一夜の交わりによっておなかに子を宿したと言ってきたコノハナノサクヤビメに、それは自分の子ではなく地上の神とのあいだにできた子ではないのか、と。

そのことばを聞いたサクヤビメは、ニニギの疑いを晴らすために、戸のない家を作り、その中に入ると出入り口を土で塗りふさぎ、建物に火をつけて燃えさかる火の中で子を生みます。まるで大がかりな脱出マジックのような子の生み方ですが、その時に生まれた子が、ホデリ・ホスセリ・ホヲリという三柱の男神でした。よく知られている名でいうと、長男のホデリがウミサチビコ（海幸彦）、いちばん下のホヲリがヤマサチビコ（山幸彦）と言います。こういう場合には、まん中の子は、影が薄くて神話にはほとんど語られません。アマテラスとスサノヲとのあいだに生まれたツクヨミ（月の神）も同じです。

## †ウミサチビコとヤマサチビコ

幼児向けの絵本などによって現在でも親しまれている「海幸彦と山幸彦」は、日本神話のなかでももっともなじみ深い神話といえるでしょう。戦前の教科書には日本神話がいくつも採用されて小学生たちに読まれていましたが、敗戦を境にほとんどが学校現場から排除されてしまいました。そのなかで、唯一といえる例外がウミサチビコとヤマサチビコの神話でした。いじ悪なウミサチビコが苦しむのを見て、最後には許してやるというかたちの和解を結末にもった兄弟対立譚として、民主主義を標榜する戦後の教科書にも生き延びていきます（三浦佑之「国定教科書と神話」）。

しかし、絵本や昔話として流通しているウミサチ・ヤマサチの話と古事記に伝えられている神話とでは、いくつかの面で大きな隔たりがあります。ここでは、一般的な理解と神話解釈との差異を中心に、よく知られた神話について考えてみることにしましょう。

まずは名前です。日本書紀には「海幸」「山幸」という言葉は出てきますが、名前としては使われていません。彼らは、兄がホスソリ（火闌降命）、主人公である弟はヒコホホデミ（彦火火出見尊）と呼ばれています。古事記でもホデリとホヲリとの兄弟譚として語られているのは同じで、最初の部分に、ホデリは「海佐知毘古《うみさちびこ》」として「鰭《ひれ》の広く大きい魚《うお》や、鰭の狭く小さい魚」を獲《と》り、弟のホヲリは、「山佐知毘古《やまさちびこ》」として「毛の荒い大きなけものや、毛の柔らかな小さなけもの」を獲って暮らしていたと語られています。しかし、それ以外の部分ではウミサチビコ・ヤマサチビコという名前は用いられていませんから、通称のようなものと考えていいのでしょう。

その「サチ」という語ですが、獲物のことも獲物を獲るための道具のこともサチ（幸）と言います。したがって、ウミ（ヤマ）サチビコとは、海（山）のサチ（幸）を、サチ（釣り針や弓矢）を使って獲る男という意味になります。そこから、この兄弟を海と山とを象徴する者として読むと、神話はわかりやすい教訓譚になるのですが、古事記の神話が語っているのは、それほど単純なおとぎ話ではありません。それは、初代天皇となるカムヤマトイハレビコ（神武《じんむ》天皇のこと、次節参照）につながる天皇家の血筋にかかわっているからです。

ある時、弟のホヲリは、いやだと言う兄ホデリに何度も頼んで釣り針を借りて魚釣りをします。ところが魚は一匹も釣れず、借りた釣り針も失くしてしまいます。返してほしいと責める兄ホデリに、弟は、自分の剣を鋳潰《いつぶ》して弁償するのですが兄は元の釣り針を返せと言い張ります。困ったホヲリが海岸で泣いていると、シホツチという潮流を支配する神が現れ、目のない竹籠の船を作ってワタツミ（海の神）の宮へ行く方法を教えてくれたので、海底にあるワタツミの宮へ釣り針を探しに出かけたのでした。

ここで注目しておきたいのは、昔話風にいえば、けちでいじ悪な兄と心やさしい弟という設定です。たしかに兄ホデリはいじ悪をしているようにも読めるのですが、釣り針を貸ししぶったり、元の釣り針を返せと要求したりするのは、決して不当な行為ではありません。というのは、サチは獲物でもあり道具でもあるわけですから、形は同じだとしても、別の釣り針ではサチを得ることはできないのです。古代の論理では、道具（サチ）にはその道具を使う者だけに与えられた力が込められており、そのために獲物（サチ）が寄りついてくると考えられています。だから、兄の釣り針を借りてもホヲリは魚を釣れないし、兄は元の釣り針を返せと要求するわけです。

## †ワタツミの援助と兄の服属

シホツチの援助によってワタツミ（海の神）の宮に着いたホヲリは、ワタツミの娘トヨタマビメとねんごろになり、釣り針のことはすっかり忘れて三年間の結婚生活を送ります。父のニニギも、イハナガヒメを追い返したり、妊娠したサクヤビメを疑ったり、いささか問題のある行動をしでかしていましたが、息子ホヲリの行動にも納得しかねるところがあります。釣り針を探しに行ったのに目的を忘れ、三年後のある日、やっと釣り針のことを思い出してため息をついたというのです。神話では、三年というのは短い期間をあらわす常套表現なので、さほど目くじらを立てる必要はないのかもしれませんが、あまり感心できる行動ではないように思います。
ため息をトヨタマビメに気づかれ、娘から知らされたワタツミがため息の理由をたずねると、ホヲリは釣り針のことを話します。するとワタツミは海の魚をことごとく集め、大きなタイの喉《のど》に刺さった釣り針を見つけてくれます。しかもワタツミは、その釣り針を兄に返す時の詛《のろ》いの言葉まで教えてくれるのです。

このちは　　　　この釣り針は
おぼち　すすち　ぼんやり釣り針　すさみ釣り針
まぢち　うるち　貧しい釣り針　おろか釣り針

この呪文を唱えて、「後ろ手」に渡すと、獲物のとれない釣り針になってしまいます。それを恨んで攻めてきたときに溺れさせたり許したりするために、水を自在に操ることのできる二つの珠ももらいます。そうなるのは祝福される者のつねですが、到れり尽くせりです。そして、ワニ（フカ・サメの類）の背に乗って地上に帰ったホヲリは、兄のホデリをこてんぱんにやっつけます。

　さて、上の国に戻ったホヲリは、何から何までワタツミの教えたとおりにして、釣り針を兄のホデリに返した。そのために、ホデリは海サチから見放されて、日ごと月ごとに貧しくなってしもうて、それがために荒々しい心が芽生えてきて、攻め寄せて来た。そこでホヲリは、兄が攻めようとする時には、ワタツミにもろうた塩盈珠《しおみつたま》を出《い》だして溺れさせ、苦しくなって助けを求めた時には、塩乾珠《しおふるたま》を出だして救うてやった。こうして、教えのとおりに悩まし苦しめると、兄のホデリはとうとう土に頭をこすり付け、「わたしは、今からのちは、そなたのために、夜も昼も護り人《びと》となってお仕えいたそう」と言うて謝った。

　それで、ホデリの末の者たちは、今に至るまでも、水に溺れて苦しんだ時のあれこれの惨《みじ》めな態《わざ》を絶えることなくくり返しながら、大君《おおきみ》にお仕えしておる。

　なお、兄ホデリは、「隼人《はやと》阿《あ》多君《たのきみ》の祖」と伝えられ、彼らは隼人《はやと》舞《まい》と称する服属儀礼の舞を、天皇の即位儀礼である大嘗祭《だいじょうさい》の折などに、定期的に演じています。その起源が、この時の溺れたさまを再現したものだと古事記の神話は語ります。

## †天の力と山海の力

身勝手な行動によって兄の釣り針を失くしておきながら、返済を迫った兄ホデリを、ワタツミの力を借りて徹底的にやり込めてしまうというのが、やさしいはずの弟ホヲリの振る舞いです。わたしの説明のしかたが、ホヲリに冷たいのはわかっています。ただ、古事記の神話がやさしい弟の成功譚とばかりは言えないというのはわかっていただけるでしょうか。そして、ここまでいくといじ悪な兄とやさしい弟という昔話の定型は成り立たなくなりますから、絵本などではいじ悪な兄が謝ったので許してやり、二人は仲良く暮らしましたという無難な結末が準備されるわけです。しかし、そこにはもとの神話からみると、大きな逸脱があると言わざるをえません。

古事記の神話の中にも、昔話に似た兄弟の対立譚は語られており、弟が主人公になるというのも固定した様式として存在します。しかし、やさしさといじ悪という「心」が問題にされることは、神話ではあまりありません。オホナムヂを主人公とする稲羽のシロウサギ神話が、やさしい弟オホナムヂといじ悪な兄たちとの対立葛藤として読める唯一の例といえそうです。

しかし、当面のホデリ（ウミサチビコ）とホヲリ（ヤマサチビコ）の神話では、二人の心根とはかかわりなく、弟ホヲリが主人公として兄弟対立譚の勝者になるという様式だけが強固に存在しているようにみえます。それはなぜかというと、弟ホヲリが天皇家の血筋につながる者としてはじめから正統の側に存在するからです。

絵本の海幸・山幸では語られないと思いますが、古事記では、兄を服従させたあとの出来事として、妊娠したトヨタマビメがワタツミの宮から地上を訪れます。そして、トヨタマビメはワタツミ（海の神）の本来の姿であるワニの姿になって子を生みます。そこで誕生したのがウガヤフキアヘズで、そのウガヤフキアヘズとトヨタマビメの妹タマヨリビメとが結婚して、イツセ、イナヒ、ミケヌ、ワカミケヌの四柱の子が生まれたと語ったところで、古事記上巻は閉じられます。

この四柱のうちの最後の子ワカミケヌは、別名をトヨミケヌ、カムヤマトイハレビコとも言い、初代天皇として倭《やまと》の地で即位します。つまり、ホヲリ（山幸彦）は、太陽神アマテラスと地上の支配者である天皇とを血縁的につなぐために存在する神なのです。

ニニギの天孫降臨からつづく日向三代と呼ばれる神々の神話によって古事記が語ろうとするのは、高天の原から降りてきた神が、山の神（ヤマツミ）の娘コノハナノサクヤビメと結婚して山の力を身に受けたホヲリを生み、ホヲリとその子ウガヤフキアヘズが二代にわたって海の神（ワタツミ）の力を受け入れることで、山と海とによって象徴された大地の力を受け継いで地上の支配者になる資格を得たことを語るのです。天つ神の子は、地上の血（国つ神の力）を体内に注入して初代天皇カムヤマトイハレビコを生み成します。

## †伝えられる神話

一方、ウミサチ・ヤマサチの神話を天皇家の正統性を説く神話から解放して眺めなおすと、別の姿が見えてきます。すでに早くから指摘されていることですが、この神話は、環太平洋一帯に広がる「失われた釣り針」型の伝承と共通の話型をもち、インドネシアなど南太平洋に源流をもつということが比較神話学者によって指摘されてきました（松本信広『日本神話の研究』、松村武雄『日本神話の研究』など）。稲羽のシロウサギの神話もマレイ半島や南太平洋に伝わる神話との類似が指摘されていることは、前章で述べました。また第一章で紹介した通り、コノハナノサクヤビメとイハナガヒメの神話も南太平洋に広がるバナナ・タイプの神話とつながっています。

日本神話の起源や伝播、ひいては日本列島への文化流入を考える上で、太平洋の西側を南から北へと流れる海流は、重要なルートの一つになっています。もちろんそれは海流に乗って人びとが移動したということを示しています。そして、古事記の神話ではニックネームのようにして伝えられているウミサチ（海幸）とヤマサチ（山幸）という登場人物二人に与えられた属性は、こうした神話の源流に見出せる語りとかかわっているのではないかと思われます。

海と山（陸）とを対比しながら山の勝利を語るというパターンをもつ伝承群が存在します。その代表は稲羽のシロウサギの神話で、オホナムヂを除外して考えれば、ウサギ（山の象徴）とワニ（海の象徴）との知恵比べとみなすことができます。古事記では、ウサギはワニの背を渡りながら、最後の一歩というところで口を滑らせてワニに皮を剝がれます。そうなるのは、シロウサギよりも優位なオホナムヂの知恵と医療の力とを強調するためだと考えられます。それに対して、南太平洋一帯で語られている神話では、山の象徴であるバンビ（子鹿）がまんまとワニをだまして対岸に渡ることに成功します。

このことは、知恵が、山（陸）の者に与えられた属性だということを示しています。昔話「クラゲ骨なし（猿の生き肝）」でも同じ構造で語られます。陸上のサルには知恵が与えられ、クラゲやカメはおろかな笑われ者に決まっています。おそらく、ウミサチビコとヤマサチビコの神話にも、山の者の優位性が付与されているのです。だから、少しばかりごうまんで身勝手なようにみえても、山の力を身につけたホヲリが勝者になります。

ウミサチ・ヤマサチ神話の単純なかたちは、失くした釣り針を求めて海の中に行った若者が、海の力を得て帰るという話だったのでしょう。そこで語られるのは、異界遍歴をモチーフとした若者（少年）の冒険物語であり、通過儀礼の要素をもった成長物語でもありました。それに兄弟あるいは友人との対立葛藤を加味した場合には、主人公の心根が問われることもありますが、やさしい心がいつも求められるわけではありません。試されるのは、冒険する若者たちの知恵と勇気だったからです。

## †天皇家の深み

海の神のむすめとの結婚がくり返されたところで、古事記上巻は閉じられます。全体を眺めてどのような印象をもつか、認識のしかたはさまざまだと思いますが、わたしには、天皇家の祖先神にかかわる系譜の浅さと、それに対する出雲の神々の系譜の深さという点が気になります。系譜というのは、歴史ということばで置き換えることが可能です。もちろん、系譜などいくらでも語り加え書き加えることができるのですが、それにしても、天皇家の神々の歴史は浅いのではないでしょうか。

始祖のアマテラスからみると、子のオシホミミがいて孫ニニギが地上に降ります。そのニニギから、ホヲリ・ウガヤフキアヘズと続いて、その次にはワカミケヌつまり初代天皇カムヤマトイハレビコの誕生を語ります。主要な物語としては、コノハナノサクヤビメとの結婚、火中出生譚、釣り針交換、ワタツミの宮訪問、ホデリ（海の民）の服属譚、トヨタマビメの出産、タマヨリビメの出産が語られますが、結婚と子神の誕生にかかわる話がほとんどで、神話の内容でも、出雲神話のほうがバラエティに富んでいるのではないかと思われるのです。

一方、古事記神話の中核を構成する出雲の神々の神話は、その系譜の深みをみても天皇家の系譜など足元にもおよびません。アマテラスの弟スサノヲから数えると、オホクニヌシ（オホナムヂ）まで七代（スサノヲを除けば、オホクニヌシは六世の孫）、そのあと、古事記に記されたトホツヤマサキタラシまでの直系系譜が九代、併せて十六代にわたる系譜を伝えています。もちろん、そのほとんどは名前だけで、物語を伝える神でいえば、スサノヲ・オホクニヌシと、オホクニヌシの子であるアヂシキタカヒコネ・コトシロヌシ・タケミナカタという腹違いの兄弟たちでしかありませんから、出雲の神々の系譜が深いからといって、それが出雲世界の歴史の古さを証明しているとはいえません。

出雲という世界が現実に存在したとしても、天皇家の祖先たちがこの列島に痕跡《こんせき》を示し始めたのと同じ程度の深さしかもっていなかったはずです。どの地域でも、どのようなレベルにしろ、日本列島に王と呼べるような存在が出現したのは、どう見積もっても今から二千年以上の歴史をさかのぼることはありえないからです。そして、それらの集団のいくつかが、歴史をもとうと意志したとしても、何十世代にもわたる神話を語り伝えるほどの時間をもっていたとは考えられません。ですから、深みがないのは当然だと思うのですが、それにしても、天皇家の神々の深みのなさは気になるところです。

ただし、次節で述べたいと思っていますが、天皇の系譜のはじめのあたりに存在する何代かの系譜には、歴史家は否定しますが、歴史の古層が潜められていると考えることはできそうです。

一方、日本書紀が、出雲神話のほとんどと出雲の神々の系譜を載せていないのは、日本書紀の編者たちが、自分たちの神話や系譜の浅さを自覚していたからかもしれません。古事記上巻の神話や系譜を読んでいると、天皇家の神話であるならば不都合に思えるようなさまざまな綻《ほころ》びを露呈させていました。そこに、古事記とはいかなる書物であるかという本質を解く鍵が隠されている、わたしはそう考えています。

## 2 東への道——初代天皇をめぐる物語

### †神武東征

高天の原から降りたニニギから四代目、地上で誕生した天つ神の子としては三代目にあたるカムヤマトイハレビコは、「いかなる地《くに》に住まいすれば、平らかに天《あめ》の下のまつりごとを治めることができましょうか。ここから出でて東《ひんがし》に行きませんか」と言って兄イツセを誘い、生まれ育った日向《ひむか》の地を出ることになります。四人兄弟の末っ子として生まれたイハレビコですが、三人の兄のうちイナヒは常世の国に、ミケヌは妣《はは》の国である海原に行ってしまい、地上にはイツセとイハレビコだけが残ったのです。

日向を発った兄弟は、各地に逗留しながら東へと向かいます。そして、苦難の旅のすえに倭《やまと》に入り、畝火《うねび》の白檮原《かしはら》の宮で天下を支配することになるのですが、これが、後世の呼び名を用いれば神武《じんむ》天皇の誕生です。そして、天皇になるための日向から倭への旅を神武東征と呼びならわしています。

ここから古事記は中巻に入り、以後天皇たちの物語がはじまります。ここでいう「倭」というのは、奈良盆地の南部、今でいうと桜井市・橿原《かしはら》市・明日香村などにあたる部分、大和三山を中心としてその周辺の土地をさします。この本では、ヤマトという表記を用いています。ちなみに、古事記には、「大和」とか「日本」という表記は存在しません。せまい地域を呼ぶ場合にも外国に向けて自分たちの国をあらわす場合にも、ヤマトは「倭」という表記をとります。ですから、本書でも場合によっては、日本国というような意味でヤマトの呼称を用いることもあります。

もう一つ確認しておきます。わたしはこのあとの論述では、神武とか仁徳とかの、二字の漢字で示される天皇の呼び名をできるだけ避けて、カムヤマトイハレビコというような和風の呼び名を用いることが多くなると思います。漢字二字の呼び名は漢風諡号《しごう》と呼ばれるもので、八世紀後半に一括して名付けられました。古事記や日本書紀・風土記など奈良時代の歴史書には、そうした呼び名は存在しません。教科書や歴史の書物では、わかりやすいので漢風諡号を使うのですが、「仁徳」と表記すると、五世紀にほんとうにニントクという天皇が存在したようにみえてしまいます。

同様の意味で「天皇」という呼称も七世紀半ば以前には存在しなかったというのが近年の有力な見解ですから、あまり使わないほうがいいのかもしれません。しかし、こちらは古事記をはじめ古代の歴史書にも使われていますし、推古朝までさかのぼるという見解も否定しきれませんから、注意しながら用いることにします。六世紀以前の天皇については大王とか大君《おおきみ》という呼び名を用いて論述していく場合もあると思います。

あらためてカムヤマトイハレビコにもどりますが、彼は、なぜ東へ向かったのでしょうか。東のほうに神話的な原郷あるいは理想郷のような世界があると考えていたのでしょうか。あるいは、神武東征にはヤマトの支配者となった天皇家の、遠い歴史の記憶というようなものが刷り込まれているのでしょうか。

地図３「カムヤマトイハレビコの東征経路」

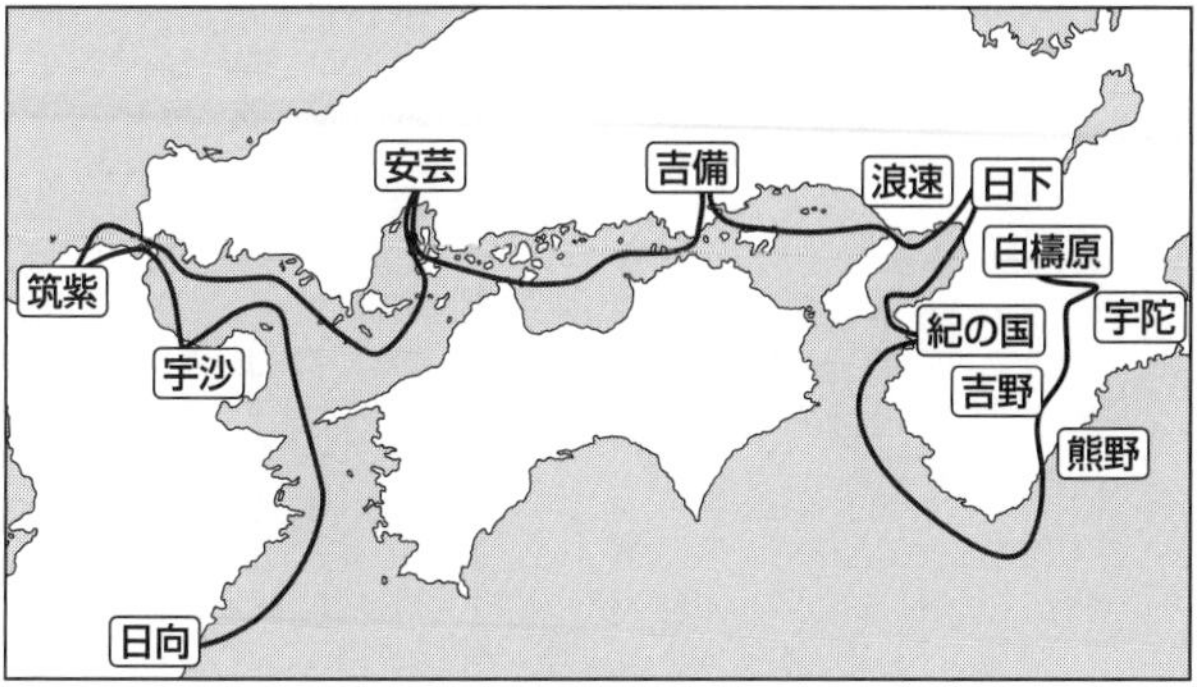


東＝ヒンガシ（ヒムカシ）の語源は「日に向かうところ」とされていますが、太陽が昇ってくる方向に進んでいくことが繁栄をもたらすというような情報が、われわれ人類のＤＮＡには埋め込まれているのかもしれません。そうでなければ、アフリカを出た人類が東へ東へと進んだり、東アジアにいたモンゴロイドが、一万数千年も前にベーリンジア（陸橋化したベーリング海峡）を渡ることを決断した理由を知るのはむずかしいと思えてきます。

イハレビコはアメリカ大陸には渡りませんでしたが、東への旅は苦難に満ちたものであったようで、日向から倭までずいぶん長い年月を費やしています。

古事記によると、日向を発った一行は、豊《とよ》の国（今の大分県）の宇沙《うさ》～筑紫の岡田の宮（一年滞在）～安芸《あき》の国（今の広島県）の多祁理《たけり》の宮（七年滞在）～吉備の国（今の岡山県）の高島の宮（八年滞在）を経て大阪湾に入ります。そして、浪速《なみはや》の渡りから白肩《しらかた》の津での戦いで苦戦を強いられます。そこで、まっすぐ上陸して東に向かうことを避けて紀伊半島沿いに、血沼《ちぬ》の海から紀の国(今の和歌山県)の男《お》の水門《みなと》へとめぐり、戦いで傷ついた兄イツセを失いながら、ようやく熊野の地に上陸します。しかし、クマ(熊)が出現して病いになり、アマテラスとタカギの神の援助を受けながら内陸に向かい、戦いを続けて吉野、宇陀《うだ》、忍坂《おさか》をめぐり、ようやく畝火《うねび》の白檮原《かしはら》の地に至って即位します。

日向を出て吉備の国を出発するまで、十六年以上も停滞を続け、大阪湾に入ったあとの遠征は、戦いの連続です。その途中の男の水門で兄イツセを失いますから、熊野から先はイハレビコ独りで戦い続けます。もちろん、ここに語られているのが現実の歴史とは考えられませんが、イハレビコの東征がいかに苦難に満ちたものであったかということを語ることによって、白檮原の地での栄光に満ちた即位を称賛することができるわけです。

神武東征において、熊野という土地が上陸地点として選ばれたのはなぜでしょう。その地名の連想からだと思いますが、クマ(熊)が出る隅っこのクマ(隈)ということで、熊野が苦難の旅を描く神話に選ばれたというようなことばの連想で説明してみたり、海と内陸のヤマトとをつなぐ熊野川ルートが古代から存在したと考えたり、その説明はさまざまに可能だと思いますが、熊野が威力ある神のいますところと考えられていたのは間違いなさそうです。だからこそ、熊野から吉野に続く山岳地帯が、古代以来、修験者たちの霊場にもなっていったのではないでしょうか。

### †久米の戦闘歌——英雄時代

神武東征伝承のなかで興味深いのは、久米歌と呼ばれる歌謡群の存在です。日本書紀にもあるのですが、古事記には、吉野の山中をめぐりながらヤマトに抜ける途中で出遭った土着の者たちとの戦いのさまを伝えるのに、歌謡が用いられています。

たとえば、宇陀の地には、エウカシ・オトウカシという兄弟がいました。弟は服属しますが、兄のエウカシは服属するといつわってイハレビコを殺そうとします。しかし、その計略を途中で見破ったイハレビコはエウカシをやっつけ、オトウカシが服属のしるしとして奉ったごちそうを、部下の兵士たちに振る舞います。その宴席の場で歌われたという歌謡があります。

うだの　たかきに
しぎわな張る
わが待つや　しぎはさやらず

---

宇陀にある　高い山城《やまじろ》で
鴫《しぎ》を獲《と》る罠網《わなあみ》を張ったよ
ところがどうだ、わしらが待つ　鴫は掛からず

いすくはし　くぢらさやる
こなみが　なこはさば
たちそばの　みのなけくを
こきしひゑね
うはなりが　なこはさば
いちさかき　みのおほけくを
こきだひゑね
ええ　しやごしや
ああ　しやごしや

磯もうるわしい　大物のクジラが引っかかったぜ
皺くちゃ妻が　おかずをほしいと乞うたなら
タチソバの実のごと　身のないすじ肉を
こんちくしょうめ
のちにもらった若妻が　おかずをほしいと乞うたなら
イチサカキの実のごと　身の多くうまい肉を
こんちくしょうめ
ええい　へなちょこどもよ
ああよ　腰抜けどもよ

この歌謡は、強敵を倒して喜びさわいでいるといった内容でしょうか。古女房（コナミ）と若い妻（ウワナリ）とを対比しながら、宴席は盛り上がります。あるいは、戦いに出で立つさまを歌ったと思われる歌謡もあります。

①みつみつし　くめの子らが
あはふには　かみらひともと

力にあふれる　久米の子たちが
アワ畑に生えた　ニラがひと本《もと》

そねがもと　そねめつなぎて
うちてしやまむ

その根元から　その根も芽もつないで根こそぎに
みな撃ってこそ止めようぞ

②みつみつし　くめの子らが
かきもとに　うゑしはじかみ
くちひひく　われは忘れじ
うちてしやまむ

力にあふれる　久米の子たちが
垣根のわきに　植えたハジカミ
口がひりひり　忘れはしないぞ
みな撃ってこそ止めようぞ

③かむかぜの　いせの海の
おひしに　はひもとほろふ
しただみの　いはひもとほり
うちてしやまむ

神の風吹く　伊勢の海の
大きな岩に　へばり付き這いまわる
巻き貝のごと　兜を付けて這いまわり
撃ち果たしてこそ止めようぞ

三首の歌謡が並べられていますが、これらは、西から来て難波に上陸しようとした時に敗れたトミビコとの、リベンジとなる二度目の戦いの際に歌われたものだと伝えています。歌詞の中に「くめの子ら」という言葉が出てきますが、これは、久米部《くめべ》と呼ばれる戦闘集団をさしており、大伴氏に率いられた天皇の近衛軍といったところです。

古代文学者であった高木市之助は、戦前のことになりますが、これら久米部の戦闘歌謡をヨーロッパの英雄叙事詩と比較しながら、古代日本における英雄叙事詩の存在について論じました（『吉野の鮎』）。これらの歌謡は、個人的な創作といったものではなく、時代や社会が生み出した集団的な産物であるから、「その時代なり社会なりをぢかに表現してゐる」と高木は考えました。そして、その背後に、こうした英雄叙事詩を生み出す社会として「英雄時代」という概念を提起したのです。

それを高木は、「要するに英雄時代とは一種の過渡時代なのである。尤も過渡期といつても、それは決して中間的な生温い時代ではなく、却つて文化の結成されて行く諸段階中、最も熱があり、輝しい時期なのである」というふうに説明しました。国家が成立に向かう、その熱に浮かされたような激動の時代とでも言えばいいのでしょうか。そのような時代を背景にして、こうした歌謡は生み出されたのだと高木市之助は考えたのです。

## †英雄時代論争

戦後になって、この高木の論考が注目されます。西郷信綱や石母田正《いしもだしょう》など、古代文学者や歴史学者たちの多くが熱い議論を交わすことになった、いわゆる「英雄時代論争」と呼ばれる出来事です。

それは、一九四六年から五〇年代前半までの短い期間に集中して行なわれたのですが、西郷信綱は、三〜五世紀に想定された英雄時代から次の段階、つまり「国家生活という新らしい秩序」が成立した時代にいたって「文学史の概念」としての英雄叙事詩は出現するのだ、というような枠組みを作って、英雄時代と英雄叙事詩を考えていました（「古代叙事詩」『日本古代文学史』「柿本人麿」その他）。一方、歴史学者の石母田正は、「そのまま歴史学的に承認されている一箇の段階または時代ではない。むしろそれは古代の英雄的叙事詩の背後に予想されているところのいわば一つの文学史的時代である」と、英雄時代を定義づけていきました（「古代貴族の英雄時代」）。

ところが、この議論は、文学史の話題にはならずに、国家の成立とは何か、専制国家における支配者をどのように認識するかというような、歴史学の問題として議論されてゆくことになります。戦後すぐの時代でもあり、マルクス主義的な歴史観に立脚して支配と被支配との関係が天皇制の存続ともからみあいながら激しく火花を散らしていた時代です。そこでは、英雄時代を神話や物語の問題として考える余裕はなく、実年代の想定と政治的なイデオロギー論争へと拡散することになり、せっかく盛り上がった議論もいつのまにやら雲散霧消してしまったのです。

英雄はどのように語られるのか、歴史と文学とのあいだにはどのような隔たりとつながりが存在するのかというような問題意識のなかで、英雄叙事詩の文学性が集中的に論じられればよかったのにと思うと残念ですが、それが時代ということなのでしょう。

ここでもういちど、高木市之助の久米部の戦闘歌謡論にもどって言いますと、古事記に載せられているのは「叙事」詩とは言いがたい短詩型だというのは、英雄叙事詩を論じる上ではやはり大きな問題になるのではないでしょうか。「叙事」というのは、あるひとまとまりの出来事を順序だてて叙述していくと考えられるからです。しかし、その矛盾について高木は、ヨーロッパと日本とでは事情が違うから、短詩型という理由だけで日本に英雄叙事詩が成立していたという可能性を否定することはできないと述べています。今すぐに結論を出すのはむずかしいのですが、このあたりのことは、イデオロギーや政治的な状況とは別の、文学史の問題として考察してみなければならないのではないかとわたしは考えています。

音声によって語られる叙事詩を成長させる前に、外から文字が渡ってきて散文文学が成立してしまった。そのために、芽生えかけた叙事詩は書かれる歴史へと方向を変えてゆく。それが、古事記のような作品を編み出す理由であったのかもしれません。前節の最後のところで述べた神話や系譜の浅さというのと同じことが、英雄叙事詩にも見いだせるのではないでしょうか。

### †始祖天皇

白檮原の地で即位し、初代天皇になったと語られるカムヤマトイハレビコを、実在の天皇と考える研究者は現代においてはほとんどいないでしょう。神武天皇は、天皇家の歴史を長くするために神話的な想像力によって創り出されたと考えられています。

古事記には、「畝火の白檮原の宮に坐《いま》して、天の下を治《しらし》しめき」と記されているだけですが、日本書紀によれば、「辛酉《しんいう》の年の春正月の庚辰《かうしん》の朔《つきたち》に、天皇、橿原の宮に即帝位《あまつひつぎしろしめ》す」と記されています。その「辛酉」の年ですが、日本書紀が初代天皇の即位年を干支《えと》の辛酉という年に決めたのは、中国の讖緯《しんい》思想に基づいていました。

讖緯思想（讖緯説）というのは天体の運行などによって天変地異などを予測する一種の占いなのですが、その中のひとつに辛酉革命という考え方があります。暦がひと巡りする六十年（一元という）を二十一回くり返した一二六〇年を一つの区切りとみなし、その最初の「辛酉」の年に革命が起きると考えるのが辛酉革命という考え方です。この「辛酉革命」説に基づいて、日本書紀あるいはその前身の歴史書である「帝紀《ていき》」の編纂者は、編纂の時点でもっとも近くにあったと考えられる辛酉の年を、天命の下った「辛酉」年とみなし、そこから暦を二十一回さかのぼった一二六〇年前の「辛酉」の年を、日本で初めて天命の下った辛酉革命の時と決め、その年を、初代天皇の即位元年と定めたのです。

七世紀半ば頃の史書編纂者たちにとって、直近の辛酉年は推古九（六〇一）年と考えられます。この、聖徳太子を摂政とする推古天皇（トヨミケカシキヤヒメ）の時代は、律令国家にとってはひとつの理想の時代であり始源の時であるわけですが、そこを基点として一二六〇年さかのぼると、即位年は紀元前六六〇年に相当します。科学的な歴史でいうと日本列島は縄文時代晩期にあたりますが、そこが「辛酉革命」のあった年とみなされ、神武即位元年とされました。

この神武天皇の即位元年が、近代になって突如クローズアップされるのですが、その点について述べておきたいことがあります。

辛酉の年に天皇の治世が始発したとする年号の数え方を、「皇紀」あるいは「紀元」と呼ぶのですが、この年数の数え方が近代天皇制の始まりとともに再発見されることになります。明治政府は、明治五（一八七二）年に太陰暦を廃して太陽暦を採用しますが、その時、キリスト暦（西暦）やイスラム暦を凌駕する日本民族固有の悠久の歴史を主張できるとして、「皇紀（紀元）」による年数の表示を導入することを考えついたのです。そして、明治五年十二月三日（太陰暦）を、皇紀二五三三（明治六）年一月一日（太陽暦）と定めました。西暦一八七三年のことです。また、それに基づいて、即位日である神武元年正月一日は太陽暦に換算すると二月十一日にあたるとして「紀元節」（現在の「建国記念の日」につながる祭日）に決定しました。

法制化された皇紀は、西暦や元号との併用でしたが公文書や教科書に用いられて普及します。しかも、十七年後の明治二十三（一八九〇）年が皇紀二五五〇年という区切りのよい年に当たったために、さまざまなイベントが企画されたのです。その企画の多くが頓挫したなかで、かろうじて金鵄《きんし》勲章の創設と橿原神宮の創建と、この二つは実現しました。

幕末から明治初めにかけて、神武天皇が即位したという「白檮原（橿原）の宮」の位置と、古事記に「畝火山の北の方の白檮の尾の上」、日本書紀に「畝傍山東北陵」と記されている陵墓地の特定は、近代天皇制を推進する上で、大きな懸案となりました。さまざまな議論があったのですが、陵墓については、幕末に、「神武田《じぶた》」と呼ばれていた小さな塚が神武天皇陵と定められ、文久二（一八六二）年から数年間にわたって大規模な補修事業が行なわれました（外池《といけ》昇『天皇陵の近代史』）。

一方、橿原の宮の位置については、いくつかあった推定地の中から現在の橿原神宮のある地点に決定され、明治二十三年に神武天皇と皇后の媛蹈鞴五十鈴媛命《ひめたたらいすずひめのみこと》を祀る橿原神宮が創建され、官幣大社という高い社格が与えられます。

それから五十年を経た昭和十五（一九四〇）年、戦意高揚の一大イベント「皇紀二千六百年」の奉祝行事が計画されます。その際に橿原神宮は大々的な拡張工事が実施され、現在の壮大な神域と社殿とが完成したのです（高木博志『近代天皇制と古都』）。

ちなみに、この記念イベントの中心は、東京オリンピックと万国博覧会でした（古川隆久『皇紀・万博・オリンピック』）。しかし、戦争がはげしくなって実現しません。その悔しさが日本人の悲願として残留しつづけ、一九六四年の東京オリンピックと、一九七〇年の日本万国博覧会（大阪万博）が開催されたことはよく知られています。

## †欠史八代

天皇家の祖先が奈良盆地南東部に勢力を築き、王権と呼べるような支配権を掌握していったのは、おそらく三世紀はじめの頃だったでしょう。それは、三輪山西麓のあたりに巨大な前方後円墳が出現し始める時期と重なると考えられます。古事記や日本書紀に伝えられる歴代天皇の系譜でいうと、ミマキイリヒコイニヱ（第十代崇神《すじん》天皇）あたりから実在性は強くなります。

そして、その天皇家の歴史を長大にするために、初代天皇カムヤマトイハレビコを始祖天皇として創出し、そこからミマキイリヒコにつなげるために八代の天皇の系譜を作り、あいだに挟み込んでいったのではないかというのが古代史研究者の大方の見解です。たとえば直木孝次郎は、「天皇家の歴史を延長し、日本建国の歴史を荘重悠久ならしめるために、七世紀以降において造作され、神武と崇神のあいだに挿入された」と述べています（『日本古代の氏族と天皇』）。

ただ、その八代の天皇たちの系譜を子細に点検してみると、奇妙なことに気づきます。古代における天皇（大王）の結婚は、前の天皇の皇女など血縁の濃い女性とのあいだで行なわれるか、天皇家を支える大豪族の女を迎え入れるかするのがふつうです。その場合、系譜では、「△△の女《むすめ》〇〇ヒメ」というふうに、父親の名とむすめの名が記されます（△△は男性、〇〇は女性を示す）。

ところが、欠史八代の天皇たちの場合、氏族の「祖」とされる女性や、父ではなく母の名を記して「〇〇の女〇〇ヒメ」とする母娘系譜をもつ后妃がいたりするのです。また、父子ではなく「△△の妹〇〇ヒメ」というかたちで、兄と妹との関係で示される系譜も多く、意図的に父娘関係の系譜を回避しているのではないかと思わせます。しかも、こうしたかたちは、日本書紀よりも古事記に顕著に認められる現象です。女たちの出身は、奈良盆地に勢力をもつ県主《あがたぬし》と呼ばれる豪族層が多くなっています。

この点に関して、直木孝次郎は、「綏靖《すいぜい》以下八代の系譜の中に大和の県主家の女が后妃

系図3「欠史八代の天皇たち」

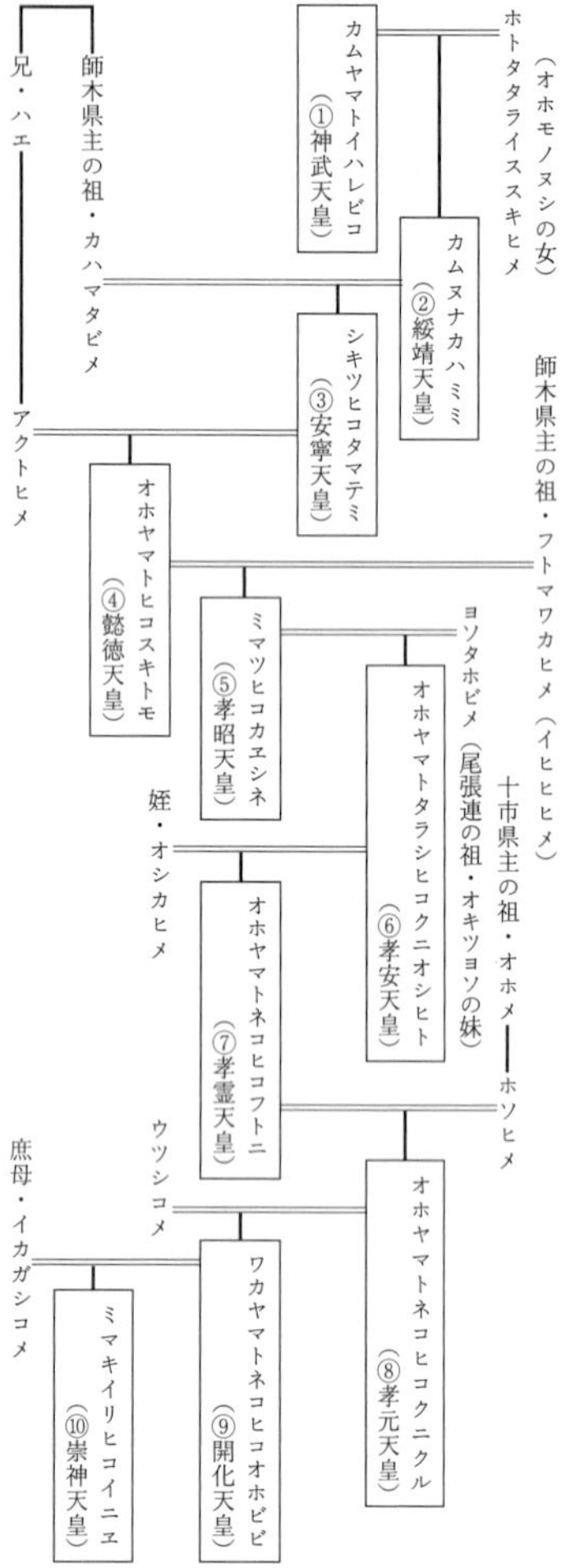


としてあらわれるのは、天武朝前後の時期の造作であり、それはこのころ、壬申の乱を契機として勢力をえた県主家と天皇家との間に存した密接な関係の反映」であると考えます（前掲書）。そして、こうした認識は歴史学者たちのあいだでは広く支持されています。

欠史八代の系譜が天皇家の歴史と国家創建の歴史を「荘重悠久ならしめる」ために造作されたという認識に異議を唱えようとするわけではありません。ただ、そこに記された系譜のすべてを、天武朝あるいは天武・持統朝の頃に「造作」されたとみたのでは、なぜ、欠史八代の系譜に、氏族の「祖」とされる女性や母娘系譜をもつ后妃が何人も存在し、「△△の妹」というかたちで父系を回避したようにみえる系譜が含まれているのかという疑問を解消することができないのではないかとわたしは考えます。

この点に注目しているのは、女性史的な立場に立つ古事記研究者、倉塚曄子《あきこ》だけではないかと思います。倉塚さんはこうした傾向について、祭祀権をもつ「妹」の役割が強かった時代を反映した系譜ではないかと考えました（『巫女の文化』）。

欠史八代の系譜そのものが「歴史的事実」だと言いたいのではありません。ただ、これらの系譜には、大和朝廷が成立する以前の、日本列島に存した、ある「事実」が潜められているかもしれないと考えるだけです。おそらく、代々の天皇の縦の時間に沿ったつながりは、ある段階で造作されたものだとしても、その背後に、日本列島の古層にあった母系的な親族や家族の関係を遠い記憶として抱え込んでいるのではないか。そのようにでも考えないことには出てきそうもない系譜が、古事記の欠史八代の系譜記事には見出せるということを指摘したいのです。欠史八代の系譜を、そのすべてを「天武朝前後の時期の造作」だと言い切ったのでは、新しい何かを見つけることはできませんし、何らの説得力ももちません。

古事記と日本書紀との系譜を比較した時、両者の系譜には明らかな差異が見出せるというのも興味深い点です。日本書紀は、女性の「祖」と「△△の妹」という系譜を回避しています。それは、律令国家の理念としての父系を軸とした天皇の継承が考慮されているからだと考えられます。それに対して古事記は、大王家の結婚に関しても、日本書紀に比べて古層的な性格を濃厚に残存させており、それが母系的な性格ではないかと思っています

（三浦佑之『神話と歴史叙述』）。

第四章

# 纏《まき》向《むく》の地の物語

「馬だし」(千葉県富津市)。ヤマトタケル伝承に由来する

## 1 ヤマトの天皇と三輪山の神──ミマキイリヒコ

### †三輪王朝

初代天皇として即位したカムヤマトイハレビコですが、即位した後の事績としては、天皇にふさわしい后《きさき》を選定する話があり、そのあとは、没後の後継者争いが伝えられているだけです。イハレビコがまだ日向にいた時に結婚したアヒラヒメの生んだ子タギシミミが、即位したのちに后にした神の子イスケヨリヒメが生んだ三人の子を殺そうとします。その殺害計画を、天皇の死後タギシミミの妻になっていた母イスケヨリヒメが歌でもって知らせたために、あやうく難を逃れることができた。そして、そのときに活躍した末っ子のタケヌナカハミミが第二代天皇（綏靖《すいぜい》天皇）として即位したと伝えます。付け加えますと、前の大君の后を妻にしたということは、タギシミミがいったんは後継者の地位に就いたということを意味しています。

そのタケヌナカハミミ以降は、系譜だけが載せられた八代の天皇たちが続きます。前章でふれた初代天皇の創出と欠史八代と呼ばれる天皇たちの挿入です。それに続いて、第十代天皇としてミマキイリヒコイニヱが即位します。この天皇は崇神天皇と呼びならわされていますが、師木《しき》の水垣の宮で即位したと古事記は記しています。場所ははっきりしませんが、三輪山の西南山麓、現在の奈良県桜井市金屋のあたりであったと考えられており、墓は山辺《やまのべ》の道の勾《まがり》の岡のほとりだと古事記は記します。現在の天理市柳本町に、この天皇が葬られているという伝えをもつ巨大な前方後円墳「行燈《あんどん》山古墳」が存在します。この天皇について古事記には、「その御世《みよ》を称《たた》へて、初国《はつくに》知らしし御真木《みまき》の天皇《すめらみこと》と謂《い》ふ」とあります。同じことは日本書紀にも記述されており、ミマキイリヒコが天皇家の始祖王として認められていたのは間違いありません。そして、この天皇あたりから実在性も

地図４「纏向＝古代ヤマト王権の地」

あるのではないかと考えられています。

　実在したといっても、古事記や日本書紀に記述されているような出来事がほんとうにあったというのではありません。三輪山の山麓を中心とした奈良盆地の南東のあたり、桜井市から天理市にかけての丘陵沿いの一帯に、三世紀半ば頃になるとヤマトの王権が誕生したと考えられるということです。

　大神《おおみわ》神社から山辺の道を北に向かって進むと、巨大な前方後円墳がいくつも並んでいます。その中には、先にふれた行燈山古墳のほか、第十二代天皇オホタラシヒコ（景行《けいこう》）の墓とされる渋谷向山《しぶたにむこうやま》古墳もあります。そして、その南西には卑弥呼《ひみこ》の墓かもしれないといわれる箸墓《はしはか》古墳、北のほうには、多数の三角縁神獣鏡《さんかくぶちしんじゅうきょう》が埋納されていたことで知られる黒塚古墳などが存在します。また、箸墓古墳の周辺は、最近の発掘調査で広大な弥生時代の遺跡が見つかったこともあって（纏向《まきむく》遺跡）、このあたりに邪馬台《やまと》国があったのではないかという説が有力です。

　ヤマタイ国と読むのが一般的ですが、邪馬台という漢字三字をヤマタイと読む根拠は何もありません。江戸時代の学者がかってにそう読み始めただけで、音読するなら、ヤマトが正しいのではないでしょうか。だから、邪馬台国とヤマト（倭／大和）とを同じとみてよいかどうかは即断できませんが、邪馬台国はヤマト国と読むというところから議論を始めなければならないとわたしは考えています。

ミマキイリヒコ（崇神）からイクメイリビコ（垂仁《すいにん》）・オホタラシヒコ（景行）と続く三輪山山麓にあった王権を、三輪王朝とか崇神王朝と呼びならわしています。おそらく三世紀半ばから四世紀にかけて、この地を中心として、天皇家のもとになった一族が勢力を蓄えて日本列島の征服に意欲を燃やしていたというのは間違いないでしょう。そうしたなかで、ミマキイリヒコが「初国知らしし天皇」として君臨していました。

ミマキイリヒコの記事を読むと、天皇の役割が祭祀王であるということがよくわかります。国中に疫病が広がって困り果て、神の教えを受けるために「神牀《かむどこ》」という聖なる場所で寝ているとオホモノヌシという三輪山の神が顕れ、疫病の鎮めかたを教えてくれるという話があります。ミマキイリヒコに限りませんが、ここにみられるのは神の教えを夢によって知るシャーマンの姿で、そうした呪的な能力が初期の天皇には求められていたのです。

## †オホモノヌシという神

三輪山周辺の初期王朝に関して、三輪山とそこに祀られるオホモノヌシという神は、出雲とヤマトとの関係を考える場合に、とても大きな謎として横たわっています。オホモノヌシとはいかなる存在かということが解ければ、古代の主要な流れはわかるのではないかと思えるほどです。そして、そのことを考えるためには、出雲神話において、オホクニヌシが国作りの困難さに直面した時の出来事を思い出してみなければなりません。オホクニヌシが美保の岬で出会い、国作りを手伝ってくれたスクナビコナが常世《とこよ》の国に帰ってしま

ったあとの出来事です。

さて、スクナビコナに去られたオホクニヌシは、いたくなげき悲しんで、

「われ独りで、いかにしてか、よくこの国を作ることができようぞ。いずれの神とわれとで、よくこの国を作ればよいのか」と、そう言うて憂えておった。

するとその時、海を輝きわたらせて依り来る神があっての。その神が仰せになることには、

「わが前を、よく治め祀ったならば、われが汝《なれ》とともによく国を作り成そう。もしそれができないならば、国を作り終えることは難しいぞよ」ということじゃった。

そこで、オホクニヌシが尋ねて、

「それならば、あなた様を治め祀るさまは、いかにすればよろしいのでしょうか」と言うと、その神は、

「われを、倭《やまと》の青々とした山垣の、東《ひんがし》の方《かた》の山の上に祝い祀ればよい」と答えた。

それでお祀りしたのが、今も御諸山《みもろやま》の頂きに坐《いま》す方よ。

ミモロというのはミムロとも言い、神のいます山をさす呼び名です。固有名詞ではありませんが、ここは「倭」の御諸山とありますから、三輪山をさすとみて間違いないでしょう。出雲神話をほとんど排除した日本書紀にもこの記事は存在します（第八段一書第六）。そこには、オホナムヂがあなたはだれかと問うたのに対して、わたしはあなたの「幸魂《さきみたま》・奇魂《くしみたま》」であり、「わたしは日本国《やまとのくに》の三諸山《みもろやま》に住まおうと思う」と言ったので、宮殿を造って住まわせたと記されています。そして、「これ大三輪の神なり」と注記されます。

古事記では別の神格になっていますが、日本書紀ではオホナムヂの分身（分霊）的な神だと名乗るのです。どこかでオホクニヌシ（オホナムヂ）とオホモノヌシとが重ねられ一体化されたものと考えられます。しかし、その理由をどのように考えればよいか、議論はさまざまにありますが、わたしには納得できる解答が準備できません。ただ、次のように考えてみることはできるのではないかと思います。

オホモノヌシは、もともと三輪山に鎮座する、あるいは三輪山を依代《よりしろ》として祀られる神であり、古来からの土地神だったと考えられます。それが、オホクニヌシ（オホナムヂ）が土着の神々の頭領となり、高天の原から降りてきた神々（天つ神）以外のすべての神がオホクニヌシに統合された段階で、天皇家の祖先の地に祀られていたオホモノヌシも、オホクニヌシの分身として位置づけられることになった。それは、オホモノヌシが高天の原から降りてきたという天つ神一族とは対極のところに存在した神であり、天皇家とは関係のない神、天皇家の祖先たちが住みつく以前から三輪山とその周辺において祀られていた神であったということです。

神武東征伝承が歴史的事実を反映しているとは考えにくいと思いますが、天皇家の祖先たちが、どこかよそからヤマトの地に入ってきた一族であったというのは動かないように思われます。そして、はじめに定住することになった三輪山周辺のヤマトと呼ばれる地において、土地神とのあいだに、ということは元から住んで土地神を祀る一族とのあいだに、何らかの対立や葛藤が生じた。そのひとつのしるしが、オホモノヌシと初期の天皇たちとのあいだで語られる伝承だったのではないか。それを克服し和解することで、天皇家はヤマトを基盤として勢力を拡張することができたのではないでしょうか。

## †結婚と疫病襲来

古事記中巻の初めのところには、オホモノヌシと天皇との関係を語る二つの伝承が置かれています。初代カムヤマトイハレビコの后となったイスケヨリヒメは、オホモノヌシがセヤダタラヒメに生ませた子だという伝承があります。三輪山型神婚神話あるいは丹塗矢《にぬりや》型神婚神話と呼ばれる神話です。セヤダタラヒメが厠《かわや》で大便をしていると、オホモノヌシが、その下を流れる溝を赤く塗った矢に変身して流れ下り、セヤダタラヒメのホト（女陰）を突き刺した。それによって神の子イスケヨリヒメが誕生したと語られます。

しごく単純な解釈ではずかしいほどですが、オホモノヌシが生ませた神の子と初代天皇とが結婚するという伝承が語られるのは、天皇家とヤマトの土着神とのあいだに、何らかの契約あるいは和解が成立したことを意味するはずです。ヤマトへの定住が認められたということになりましょう。しかしその関係は、それほど簡単に落着したのではないということが、もう一人の初代天皇、第十代ミマキイリヒコとの関係のなかで語られます。

この大君の御世に、ひどくおそろしい出来事が起こって、疫病《えや》みがこの国に流れ広がり、今にも人びとが死に尽きてしまいそうになった。

それで、なすべき手立ても使い果たした大君は、どうすればよいものやらと憂《うれ》え嘆き、神の教えを聞こうとして、くる日《ひ》もくる日も真っ暗な殿の内に設《しつら》えられた神牀にじっと座《すわ》り続けておったが、そのいく日《ひ》目かの夜更けになって、大君がちとまどろんだすきに、オホモノヌシの大神が夢の中に顕れてきて、

「これはわが御心《みこころ》であるぞ。この疫病《えや》みを鎮めるに、オホタタネコをもってわが前を祀らしめたならば、神の気《け》は起こらず、国は安らかに平らかになるであろう」と、こう告げた。

そこで大君は、早馬《はゆま》の使いを四方《よも》に分け遣わし、オホタタネコという人を捜し求めたが、幸いにも、河内《かわち》の美努《みの》の村でその人を見つけることができて、大君のもとに奉ってきた。それで大君が、「そなたは誰の子であるか」と問うと、

「わたくしは、オホモノヌシの大神が、スヱツミミの娘のイクタマヨリビメを妻として生んだ子、名はクシミカタ、その子イヒカタスミ、その子タケミカヅチ、その子、それがわたくしオホタタネコです」と答えた。

それを聞いた大君は、オホモノヌシが夢の中で教えたもうた者にちがいないと思うて、ひどく喜んで、「これで天の下は平らかになり、人びとは栄えるであろう」と仰せになり、すぐさま、オホタタネコを取りたてて神主《かんぬし》として、御諸《みもろ》の山に出向いて、オホミワの大神の前に額《ぬか》ずき、斎《いつ》き祭った。

ここでいう疫病というのは天然痘のこととされています。この流行病はしばしば日本列島を襲撃し、人びとを壊滅させるほどの猛威をふるいました。そして、それに立ち向かう

ために、人びとは神を祀るしかなかったのです。天皇とは、そういう場面で真価を問われる存在でした。

ここでミマキイリヒコは、「神牀」と呼ばれる聖なる場所で神の声を待ち続け、ようやく夢によってオホモノヌシの祟りであるということを察知するのです。そして、神の要求のままにオホタタネコという人物を、遠く「河内の美努の村」（今の、大阪府八尾市あたり）に見出して疫病を鎮めることに成功します。

引用した場面に続いて、三輪山のオホモノヌシがイクタマヨリビメと交わってオホタタネコ一族の祖を生むという話が、イスケヨリヒメの場合と同じように三輪山型神婚神話によって語られています。

カムヤマトイハレビコもミマキイリヒコも、三輪山に鎮座する神オホモノヌシのご機嫌をうかがいながら、ヤマトの地で人びとを治めているように読めます。そして、ここにも出雲の神々の影が見え隠れしているというのは気になります。今は、明確に論じきることができないのですが、ここに出雲とヤマトとの関係を見通す鍵が隠されているかもしれません。

## 2　サホビコとサホビメ――兄妹の恋物語

### †兄妹の恋

続いて即位した天皇は、イクメイリビコ（第十一代垂仁天皇）でした。彼の墓は、奈良盆地の北、唐招提寺のすぐ近くの奈良市尼辻西町というところにある宝来山《ほうらいさん》古墳だとされています。その前後の代の大王墓がある纏向古墳群からは遠く離れているのですが、宮殿は師木《しき》の玉垣《たまがき》の宮（三輪山麓の地）にあったと古事記は伝えています。この天皇の時代の出来事としてサホビメをめぐる兄と天皇との興味深い伝承を古事記は伝えています。ここでは、その恋物語をじっくりと読んでみることにします。

イクメイリビコは、サホビメを后にします。その時のようすを、古事記では次のように語ります。

イクメイリビコの大君はサホビメを后となさったのだが、その時に、サホビメと母を同じくする兄のサホビコが、同じ腹の妹サホビメに、「夫と兄と、いずれが愛《いと》しいと思っているのか」と尋ねると、サホビメは、「お兄さまを愛しいと思っています」と答えた。

こう聞いたのは、兄のサホビコの心には企《たくら》みがあったからで、「妹よ、まことにわたしのことを愛しいと思っているのであれば、わたしとそなたとで天《あめ》の下《した》を治めようではないか」と言うて、すぐさま幾たびも幾たびも鍛えた切れ味の鋭い紐飾りの付いた小刀《こがたな》を作らせて、それを妹のサホビメに手渡し、「この小刀で、大君が眠っているところをねらって刺し殺してくれ」と言うた。

恋物語というよりは、不穏な反乱物語の幕開けです。

サホビコ・サホビメのサホ（沙本）というのは地名です。現在の奈良市、平城宮と東大寺とのあいだあたりに佐保と呼ばれる地域があり、万葉集などにも詠まれています。サホビコとサホビメという兄弟は、その沙本（佐保）の地を本拠とする豪族です。

古代の統治形態として、兄妹や夫婦が祭政を司るというかたちが広く行なわれていました。彦姫《ひこひめ》制と名付けられています。サホビコ・サホビメと同様、同じ名前をもった兄妹や夫婦が古代の文献にはしばしば出てくるのですが、女性が祭祀を司って神を迎えたり神がかりしたりする役割を担当し、男性が神の意向にしたがって人びとを治めます。さきほど

系図4「イクメイリビコとサホビコ・サホビメ」

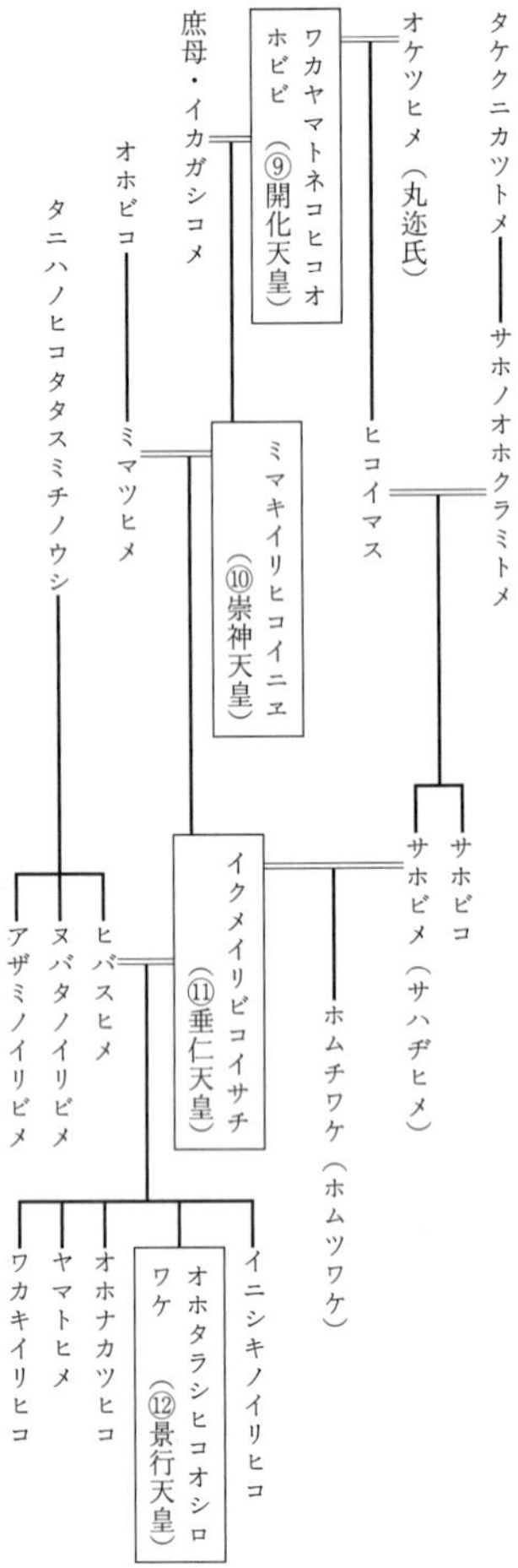


話題にしたヤマト国の卑弥呼と男弟の場合も、彦姫制の統治形態をとっていたと考えられます。したがって、イクメイリビコがサホビメを后にするというのは、沙本一族の祭祀権を奪い取ってしまうことを意味していると読むことができます。

### †夫と兄と

ただし、古事記では、それをたんなる祭祀権の簒奪と、それに抵抗する豪族の反乱というような権力闘争としては描きません。サホビコとサホビメとの恋物語として描こうとするのです。そこに、出来事を語ろうとする時の、物語の作りかたはいかなるものかというところが窺えるという点でとても興味深い伝承です。

サホビコは、夫であるイクメイリビコと兄であるサホビコと、そのどちらを愛しいかとたずねます。するとサホビメは即座に、お兄さんが愛しいと答えるのです。もちろん、この「愛しい（原文でも「愛」という漢字を用いる）」が、恋愛関係だけをいうことばでないのは明らかです。家族間でも同性間でも、愛しいということばは使われるでしょう。しかし、ずいぶん思わせぶりな尋ねかたであるという印象は否定できません。そして、この物語は、その全編において兄と妹との思わせぶりな関係が基調になっています。

女性史家の倉塚曄子は、この伝承の背後に、オナリ神信仰につながる兄妹の紐帯《ちゅうたい》を読み取ろうとしました（『巫女の文化』）。オナリ神信仰というのは、沖縄などにおいて顕著にみられる女キョウダイが男キョウダイの守護者になるという精神的なつながりをさします。たとえば、男たちが漁や旅に出ているあいだ、女キョウダイは、男たちの無事を祈り続けるわけです。こうした関係は、キョウダイのあいだだけではなく、母と息子、叔母と甥との関係などにおいてもみられることは、古事記の伝承をみても明らかで、日本列島の古代において、オナリ神信仰と共通する信仰的、精神的な紐帯が強く存したというのは十分に想定することができます。

ですから、倉塚さんの指摘に誤りはないのですが、この物語を読んでいくと、兄妹の信仰的、精神的なつながりというだけでは読み解けない要素が大きいと言わざるをえません。しかも、沖縄などのオナリ神にかかわる民間伝承を読んでも、そこに兄妹の恋愛や肉体関係が語られているのにしばしば出会います。少なくとも、物語の世界においては、オナリ神信仰は、兄妹の恋というかたちで語られることがあるというのは否定できないでしょう。

## †「二男一女」型の伝承

長い物語なので要約して紹介しながら進めます。

兄から渡された小刀で、夫である天皇を刺そうとしますが果たせないままに、自分の膝を枕にする夫の顔に涙を落としてしまいます。目覚めた天皇に問われたサホビメは、隠せずにサホビコに誘われたことを話します。すると天皇はすぐさま軍隊を派遣し、サホビコの稲城《いなき》を取り囲みます。するとサホビメは、後宮を抜け出して、沙本の地の兄の城に逃げ込んでしまいます。しかも、その時サホビメは赤子を身ごもっていました。天皇は、三年間もつれ添った愛しいサホビメが籠もり、しかも子を身ごもっていることもあって城を攻めることができないままに膠着状態が続き、時は過ぎてサホビメは男児を出産します。

するとサホビメは、その御子を出して稲城の外に置き、使いの者を大君に送り、こう言わせた。

「もし、この御子を大君の御子とおぼしめすならば、お育てくださいませ」と。

それを聞いた大君は、「その兄を恨んではいるけれども、今でも后を愛おしく思う心を抑えることはできない」と仰せになった。すぐにでも后を取り戻したいという心があったので、大君は、稲城を取り囲んでおった軍人《いくさびと》の中から、力が強くて身のこなしの素早い者どもを選び集めて教えた。

「その御子を受け取る時に、御子を抱いている母君もかっさらってしまえ。髪でもいい、手でもいい、手にふれるままにひっ摑《つか》んで、外に引きずり出してしまえ」と。

それを察知したサホビメは、自らの髪を剃ってカツラにし、衣や腕飾りの紐は腐らせて身につけ、子を城の外に差し出した。すると力士たちは、子どもは手に入れたが、サホビメの髪や衣を握ってもカツラがはずれたり衣が破れたりしてつかむことができなかった。天皇は悔しがったがなすすべもなく、腹立ちまぎれに八つ当たりして腕輪を作った玉造りの職人たちを所払いにしたのだった。一方、サホビメは、天皇に問われるままに、子の養育のしかたや自分のあとに後宮に入る后たちについて言い遺します。

さすがの大君も、もう問うこともなく、時を延ばす手立てもなくなり、ついにサホビコの稲城に火をつけて焼き殺してしもうたが、その時、その妹《いも》ごのサホビメも、兄に従《した》ごうて死んでしもうた。

生まれた子は、サホビメの希望でホムチワケと名付けられたのですが、天皇とのあいだの子とみるか、サホビコとのあいだの子とみるか、きわめて微妙な語りかたのままにサホビメは死んでしまいます。古事記では、天皇の系譜の中にホムチワケを入れており、公式には天皇の子として扱われているのは間違いありません。そうでありながら、稲城から子を差し出す場面で、「もし、この御子を大君の御子とおぼしめすならば、お育てくださいませ（原文は、「若此御子矣、天皇之御子所思看者、可治賜」）」というせりふをサホビメに言わせるという物語の演出は、まことに巧みなものだと感嘆してしまいます。

ここでは、事実を問題にしているのではありません。事実など問題にしても真実はわかりません。わたしたちが読み取らなければならないのは、この伝承の語り口であり、このような物語を伝える人びとの心情ではないかと思うのです。

古代から現代まで、もっとも好まれる恋物語のパターンは二人の男が一人の女をめぐって争う「二男一女」型の伝承です。その様式に乗っかって、天皇と兄妹との物語を作り上げたのは、天皇家の勢力の拡張によって滅んでゆく豪族たちに、ある種の共感を寄せる語り手であったというふうに見えてきます。

どうみてもサホビメの行為を否定的に語っている部分はありませんし、天皇を殺そうとしたサホビコでさえ悪者として位置づけられているとは言えません。天皇もサホビメへの思いを抱きつづけます。そこにあるのは、火の中で死んでいった兄妹へのレクイエム（鎮魂歌）ではないかと思うのです。そういうところに古事記の古事記らしさがあり、語りが息づいているとわたしが感じるのもそのためです。

## †出雲大神の祟り

生まれた子ホムチワケについて述べておきます。この子は、生まれつき物が言えませんでした。父であるイクメイリビコは心配していろいろなことを試します。二股の大木で船を造り、それを倭の池までもってきて浮かべ、舳先に自分と御子が乗って遊んだのですが、ホムチワケは物を言いません。また、白鳥が空を飛んでいるのを見て片言を発したので、白鳥を捕まえてこさせ、それを御子に見せましたが、それでもしゃべりません。

ちなみに、船に載せるのは、御子の魂に欠陥があって話せないのではないかと考えた天皇が、御子を船に載せて体を揺さぶることで魂を活性化させようと試みたのです。また、白鳥を見せたのは、御子の魂が肉体から離れてしまったためにしゃべらないのではないかと考え、白鳥を見せることによって遊離した魂を肉体に定着させようとしたわけですが、それでも効果はありませんでした。つまり、ホムチワケ自身には原因や理由が見出せなかったということを示しています。

さて、なすすべもなくなり大君の悩みは深まるばかりじゃったが、そんな折に、大君が寝ておると、夢にお告げがあって、
「わが宮を、大君の坐す大殿《おおとの》と並ぶほどに作り修めたならば、御子はかならず真言《まこと》を問うことができようぞ」と、こう教えさとす神があった。ところが、その神がいずれの神とも知れぬので、大君は占いの者に言いつけて、太占《ふとまに》による占いをさせて、いずれの神のお告げであるかを求めると、その祟《たた》りは出雲の大神の御心《み》であるということがわかった。

そこで、神祀りに秀でたアケタツとウナカミという二人を選び、ホムチワケを連れて出雲まで神を拝みに行かせます。その結果、ようやくホムチワケの御子は物を言うことがで

きるようになったと語られているのですが、ここで語られる出雲の大神の祟りというのは、おそらくサホビメの犯した罪に対する神の怒りとして発動されたと解釈するのがいいとわたしは考えています。

神の祟りは、天皇や皇后に対して顕れ、それを天皇は、神を祀ることによって除去しなければならないのです。ミマキイリヒコのところで生じた疫病も、ミマキイリヒコは夢によって教えを請うことで克服します。ここでも、イクメイリビコは夢によって出雲の大神から祟りの除去を教えられるのです。天皇の役割は、夢という手段を用いて神と交信することであり、神の声を聞いて人びとを治めることであったということがわかります。

それにしても、ここになぜ出雲の大神が出てくるのでしょう。しかも、祟りなす神として。ヤマトの支配者たちが、出雲におびえ続けるようにみえるのは、やはり出雲という世界が実体をもって存在していたからではないかと思えてなりません。古事記に「祟り」ということばが用いられているのはここ一か所しかありません。人の世の物語になっても、出雲という世界はとくべつな場所、とくべつな神がいますところと考えられていたということを示しているでしょう。

それは、遠い記憶として、先祖たちが制圧し統一した地上世界の、そこに刻印された負い目とでも言える出来事が、何か異変があると思い出されるということかもしれません。

疫病が蔓延した時にも、御子が物言わぬという異常に直面した時にも、出雲と出雲につながる神々がわけもなく思い出されてしまう。それは、ヤマトの側にとって触れたくはない過去であったがゆえにいつも、浮かび上がってしまうのです。

物を言うようになったホムチワケのその後を、古事記は何も語りません。火の中で生まれるというのは、コノハナノサクヤビメがホヲリ（ヤマサチビコ）ら三兄弟を生んだのと同じです。そこから考えれば、火中出産という異常誕生をした御子は、神の子として次の天皇になってもおかしくはないわけです。ところがホムチワケは、物を言わないという祟りを受け、それが克服されたのちには姿さえ消してしまいます。あきらかに、神話的な世界とは隔たっているということができるでしょう。ここにあるのは、まさに人間たちの物語なのです。そうでありながら、出雲という消し去ることのできない刻印をしるし続けて古事記の物語は語り継がれていきます。

## †三つの兄妹婚

サホビメ伝承にかかわって、兄妹婚についてお話ししておきます。古事記には、上巻、中巻、下巻のそれぞれに、一話ずつの兄妹婚が伝えられています。上巻にある兄妹婚は、イザナキ・イザナミの神話です。かれらは結婚して、たくさんの島や神を生み続けます。

ところが最初に生んだヒルコは骨なし子でした。その理由を古事記では、女が先に声をかけたからだという男尊女卑的な考えによって説明していますが、元は、兄妹による婚姻がタブーとしてあり、それを破ったためによくない子が生まれたのだと語られていたというのが一般的な解釈です。

イザナキとイザナミとの結婚は、たくさんの島や神を産むという生産的な神話であり、人類の始まりを兄妹の結婚によって語るという神話は、洪水型兄妹始祖神話としてひろく伝えられています。ただし、イザナキ・イザナミの神話に、洪水モチーフが含まれていたという明確な痕跡は見出せませんし、人類の始まりを語っているわけでもありませんが、晴れがましい創成神話であることは明らかです。

下巻にある兄妹婚は、キナシノカルという太子《ひつぎのみこ》と同母妹カルノオホイラツメ（またの名はソトホシ）との恋物語です。ヲアサツマワクゴノスクネ（允恭《いんぎょう》天皇）の子として生まれたキナシノカルは、あとを継いで天皇になることが決まっていながら、同母妹への思いを断ち切れずに告白し、それが人びとに知られて人心が離れ、逮捕されて伊予に島流しにされます。妹のソトホシも後を追って伊予に至り、二人は心中して果てるという悲恋物語です。しかも、この物語は全編が歌謡で構成された、抒情的な歌物語になっています。おそらく、こうした恋物語を語り伝えていた人びとがいたのでしょう。

注目しておきたいのは、キナシノカルとソトホシ（カルノオホイラツメ）は、恋を貫いて心中しますが、子は誕生しないということです。しかも、二人の行為は罪の犯しとして断罪されるわけです。反社会的な行為として認識されています。

上巻のイザナキ・イザナミの場合は、世界の誕生を語る起源神話として語られており、罪の犯しというような認識はありません。もちろん、それが人間の世界ではタブー（禁忌）であるという認識があるために、ヒルコの誕生が語られたりするわけですし、民間伝承における島建て神話などでは、人類がすべて絶滅して二人しか遺されていなかったのでやむをえず結婚したというような説明を加えたりはしますが、起源神話として開かれた未来を秘めています。

それらに対して、中間的な性格をもつのがサホビメの物語ではないかと思います。ここでは、兄妹の子か天皇とのあいだの子であるかはあいまいなままですが、子どもが誕生します。しかも、サホビメが社会的に非難の対象になっているという語りかたをしません。兄サホビコの行為は責められていますが、それは謀叛《むほん》を起こそうとしたことに対してであって、同母妹サホビメに恋をしたということが責められているわけではありません。

イザナキ・イザナミの関係とはまったく違うところに存在する伝承であることは明らかですが、下巻に語られているキナシノカルの伝承と読み比べてみても、その違いは大きいのではないかと思います。そこに、古事記の中巻に載せられている伝承の性格が窺えるのではないでしょうか。つまり、古事記中巻の伝承や登場人物は、神話的な性格を遺しながら、一方で人の世の秩序や倫理にもしばられた、まさに中間的な性格をもつわけです。

イクメイリビコの伝承としては、これ以外にも、常世の国のトキジクノカクノ木の実を採りにいったタヂマモリという臣下の物語や、姿が醜いために天皇との結婚を拒否されたマトノヒメという女性の悲劇などが収められています。それらの伝承にも神と人との中間的な性格が見出せます。要約して紹介したサホビメ伝承とともに、ぜひ古事記を読んでいただきたいと思います。まるで現代の文学作品を読むのと同じように、いろいろなことを考えさせてくれるはずです。

## 3 漂泊するヤマトタケル——天皇になりそこねた御子

### †父と子との断絶——発端がすべてを決めてしまった

古事記のなかでもっとも完成された主人公といえば、第十二代天皇オホタラシヒコオシロワケ（景行）の御子ヲウス、成長してヤマトタケルと呼ばれる人物でしょう。大君の子に生まれながら大君に疎まれてさすらい、ついには白い鳥となって天に翔り飛んでゆく御子は、今も作家たちの創造力をかきたて、小説や戯曲として再生し続けます。中世の悲劇の武将、源義経に匹敵する古代の英雄ですが、その舞台は、四世紀半ば頃のヤマトです。

かなり長編の物語なので、すべてを紹介することはできません。ここでは、その発端部を中心にお話しします。全体の構造については、別に添えた梗概（160頁）を参照してください。

ヤマトタケルの死は、直接的には伊服岐《いふき》の山（滋賀県米原市にある伊吹山）の神をその使いと見あやまり、神の怒りにふれたことによってもたらされます。しかし、その死は物語の最初から孕《はら》まれた必然として到来するのです。それは、幼いヲウスと、父であり天皇であったオホタラシヒコとの仲むつまじそうな会話に端を発しています。

ある時に、大君は、御子のヲウスに向こうて、「いかなるわけで、そなたの兄オホウスは、朝と夕《よい》との御食《みけ》の席に参り出てはこないのか。そなた、ねんごろに教え諭《さと》してやりなさい」と、こう語りかけた。

そのことがあって後《のち》、五日《いつか》を経てもオホウスはまだ出てこなかった。そこで大君は、いつまでも出てこない兄のことを、重ねてヲウスに尋ねた。「どうして、そなたの兄は長いあいだ出てこないのだ。もしかして、まだ兄を諭してはいないのか」
するとヲウスは、「とっくにねんごろにいたしました」と答えた。そこで大君が、「いかにねんごろに教えたのだ」と聞くと、ヲウスは、「夜明けに、兄が厠《かわや》に入る時をねらって、待ち捕まえて摑《つか》み潰《つぶ》し、その手と足とを引きちぎり、薦《こも》に包んで投げ捨ててしまいました」と、穏やかな顔で答えた。

兄のオホウスが食事に出てこないのは、父オホタラシヒコが妃にしようとした女を自分が奪ってしまったからでした。それというのも、父天皇に命じられて、三野《みの》の国（今の岐

系図5「ヤマトタケルの周辺」

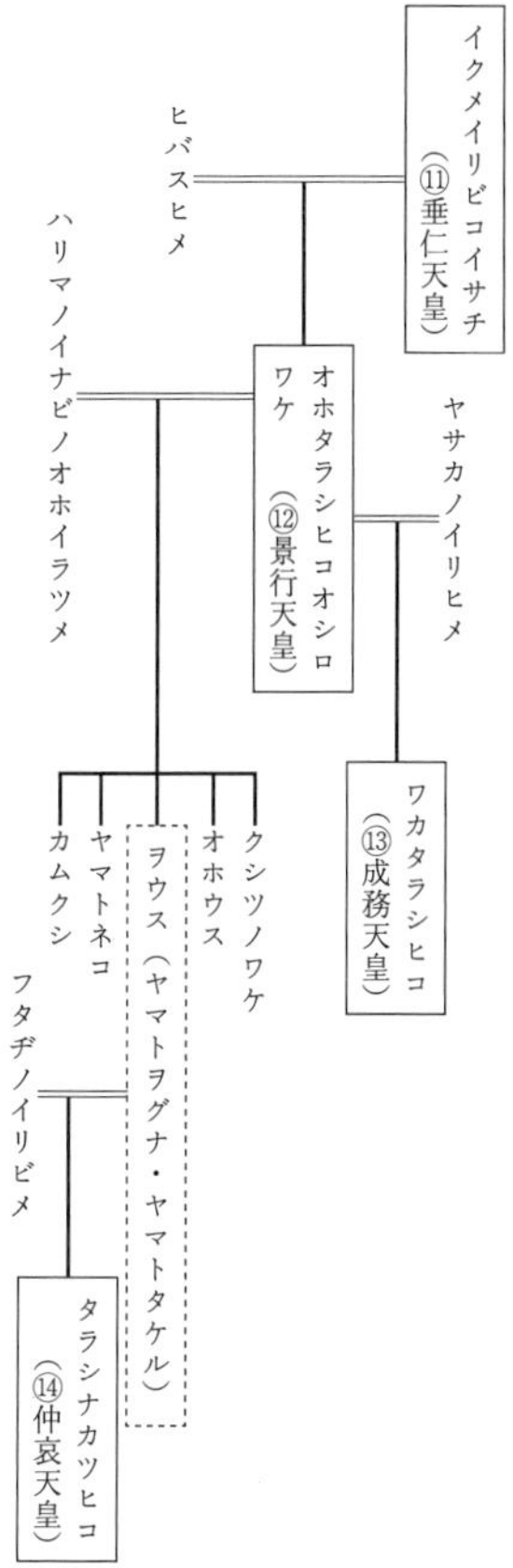

表２「ヤマトタケル伝承の構成」

A　発端

①大君は、オホウスに女を召し上げるように命じるが、オホウスは自分の女にして大君には別の女を差し出した。

②大君は、食事に出てこないオホウスを教えさとすように弟のヲウスに命じる。

③ヲウスは、夜明けに厠に入ったオホウスを捕まえて殺し、手足を引きちぎって薦に包んで棄ててしまう。

④ヲウスの行為を知った大君はその凶暴さを恐れ、クマソタケル討伐を命じた。

B　少年英雄の西征

①大君の命令を受けた少年ヲウスは、叔母ヤマトヒメから衣と裳をもらい、剣を懐に入れてクマソの国に出かけた。○ヤマトヒメ（援助者１）

②クマソタケル兄弟が新築祝いをする準備をしていたので、宴の日を待ち、少女に扮して宴会にもぐり込んだ。

③ヲウスを傍に侍らせた兄弟が酔ったのを見計らって兄を刺し殺し、逃げる弟のクマソタケルを追い詰めて尻から剣を刺し通し、自らの素性を名乗る。相手がヤマトタケルという名を献上すると、すぐさま切り殺してしまった。○クマソタケル（敵対者１）

④帰る途中で出雲の国に赴き、イヅモタケルと友だちになって水浴びに行き、作っておいた木刀と相手の剣とを交換して太刀合わせをしようと誘い、木刀を抜けない相手を切り殺してしまう。○イヅモタケル（敵対者２）

⑤大君に、西征の成功を報告した。

C　ヤマトタケルの東征

①大君は、ヤマトタケルが戻るとすぐに、東の国の討伐を命じる。

②ヤマトタケルは、叔母ヤマトヒメのいる伊勢神宮に立ち寄り、大君が自分のことを疎み、死ねと思っているのだと言って泣いた。ヤマトヒメは、危険なことがあったら解けといって袋と剣を与えた。○ヤマトヒメ（援助者１の再登場）

③尾張の国に寄り、ミヤズヒメと結婚しようとしたが、帰ってからということになった。○ミヤズヒメ（女１）

④相武の国造にだまされて野の中に連れ出され火をつけられたが、袋の中の火打ち石と剣を用いて迎え火をつけて難を逃れ、国造を焼き殺した。そこを焼津という。○相武国造（敵対者３）

⑤走水の海を渡ろうとすると暴風になるが、付き従っていたオトタチバナヒメが生贄となって海峡の神に身を投じたので救われる。○海峡の神（敵対者４）○オトタチバナヒメ（女２／援助者２）

⑥対岸に渡ると、オトタチバナヒメの櫛が流れ着いたので墓に納めた。

⑦東国の反逆者たちを討伐し、足柄の坂の神を殺し、頂上に立つとオトタチバナヒメを偲び嘆いた。○足柄の坂の神（敵対者５）

⑧甲斐の国にぬけ、火焚きの老人と歌問答をし、ほめて東国の国造にした。

⑨科野の国に行き、そこから尾張の国に戻ってミヤズヒメと結婚した。○ミヤズヒメ（女１との再会）

D　死へ向かう英雄

①ミヤズヒメの許に草那芸の剣を置いて、伊服岐の山の神を討伐に出るが、神を使いと見誤り、神の怒りにふれて病気になる。○伊服岐の山の神（敵対者６）

②病を受けたヤマトタケルは、山を降りて各地を放浪する。（地名起源譚の羅列）

③伊勢の国の能煩野で病が重くなり、四首の歌を歌って死ぬ。

④都に使いが送られ、后や皇子たちが来て嘆き哀しみ、葬送の儀礼を行う。

⑤ヤマトタケルの魂は白い鳥となって飛び翔り、后や皇子が後を追った。

⑥白い鳥はいったん河内の国に留まったが、ついに天に飛び翔っていった。

阜県）に使いに出でたオホウスは、召しあげた女二人があまりに美しいので自分のものにしてしまい、大君には別の女を差し出してしまったのです。大君はそのことに気づきながら知らんふりをし、幼い弟のヲウスに兄を説得するように言いつけたわけです。

父が求めた女を自分のものにしてしまったのですから、オホウスは、すでにじゅうぶんに大人になっています。それに対して弟のヲウスは、ヒサゴバナに髪を結い、ヤマトヲグナと呼ばれる少年でした。ヒサゴバナというのは、ヒョウタンの花の形に結った少年の髪形で、ヲグナというのは少年をさす呼び名です。

さきほど、「そなた、ねんごろに教え諭してやりなさい」と訳した大君のことばですが、原文には、「専汝、泥疑教覚（専《もは》ら汝《いまし》、泥疑《ねぎ》教覚《をし》へよ）」とあります。そして「まだ兄を諭してはいないのか」と尋ねたあとの部分を読み下し文で紹介すると、次のようになります。

答へて白《まを》さく、「すでに泥疑つ」と。
また詔《の》らさく、「いかに泥疑つる」と。
答へて白さく、「朝署《あさけ》に厠に入る時、待ち捕らへ搤《つか》み批《う》ちて、その枝を引き闕《か》き、薦《こも》に裹《つつ》み投げ棄《う》てつ」と。

## †ことばの行き違い

問題になるのは、この場面で三回も使われる「泥疑」ということばです。この語は古事記のほかの部分にはまったく出てこないのですが、この話のキーワードになっています。わざわざ音仮名で表記されているのもそのためです。古事記以外の文献でも連用形の用例しか見られず、「神の心を安め、その加護を願う」「いたわる。ねぎらう」という意味の上二段活用の動詞「ネグ」と考えられています（『時代別国語大辞典　上代編』）。神官をさす「禰宜《ねぎ》」はこの語の名詞化したものです。

父と子との、大君と御子との修復できない断絶が、ネグということばには埋め込まれているわけです。父は、「ねんごろに」とか「ねぎらう」という意味を込めて「ねぎ教覚へよ」と言ったのに対して、息子には、捕まえて手足を引きちぎって薦に包んで投げ棄てるというのが「ねぎらう」行為だったのです。西郷信綱が『古事記注釈』で指摘しているとおり、「ヤクザ仲間で痛めつけるのを可愛がるといい、練習でしごくのをそうよんだりする運動部」のように、ヲウスは兄オホウスを「ねんごろに」始末したというわけです。

たった一つの、「ねぐ」ということばで親子の決定的な行き違いを表現してしまうのは、じつに見事です。そしてそれは、音声に依拠して語られる物語だったからこそ可能になったとわたしには思えます。最初から書かれた物語であったとしたら、こうした「音」による連想と語義の転換を表現するのはむずかしかったでしょう。しかも、ネグということばは、ねぎらうとかいたわるというニュアンスだけではなく、「ネヅ」（上二段動詞）や「ネヂル」（四段動詞）という語と、音が響きあっています。ネヅ（ネヂル）というのは、たとえばニワトリの首をねじって息の根を止めるという時の捩じるです。だからヲウスは、兄の手足を捩じって引きちぎってしまうのです。

ヲウスという少年が英雄物語の主人公になるのは、この発端部分に語られているような、横溢して制御できない力を抱えこんでいるからです。大君の子として誕生するという申し分のない血筋に生まれながら、父である大君に恐れられ遠ざけられてしまう原因は、ヲウス自身が生まれながらに宿していた暴力性にありました。その制御できない力がひとりの英雄を生み出します。

オホタラシヒコは、わが子ヲウスの振る舞いを知り、その「建《たけ》く荒き情《こころ》」を恐れ、「西の方《かた》には、おのれらをクマソタケルと呼ぶ兄弟《はらから》二人が棲んでいる。こやつどもは、大君に従わず恭《うやうや》しい心もない人どもである。それゆえに、そなた、出向いて行き、その人どもを討ち取ってまいれ」と命じます。いうまでもないことですが、この命令はヲウスを都から追放するためでした。しかし、少年ヲウスは、その命令が追放だとは気づいていません。

自分の力を試す絶好の機会だというような気持ちで、クマソの国へと遠征するのです。

父の女を奪ったオホウスの殺害から追放へという発端部分の語りかたは、何度読んでもため息が出るほど巧みです。この場面を読んだだけで、わたしたちは物語にひきこまれてしまいます。それを生み出したのは、音声による語りでした。

## †知恵をもつ少年

クマソの国（九州の南部一帯をさす呼称）に着いたヲウスは、厳重に守りを固めるクマソタケル兄弟のすきを窺い、新築祝いの宴席に女装して入り込み、酒に酔って油断している兄弟を、隠し持った短剣で刺し殺してしまいます。本文を紹介する余裕はありませんが、この場面には、いろいろと興味深い問題があります。

まず、女装という点から考えます。この時の衣装は、出発に際して叔母ヤマトヒメから与えられたものですが、そこに援助者の呪力がかかわっているというのは前に述べたとおりです。ただ、そのこととは別に、女装し、しかもその美しさがクマソタケル兄弟を魅了してしまうのは、ヲウスが少年であったからです。少年というのはまだ男にはなりきらない、中性的な存在です。それゆえに、美しい女に変身することも可能だったということになります。女装するヲウスが、髭《ひげ》の生えたむさ苦しい男だとしたら興ざめです。

もうひとつ、女装して宴席に紛れこむという策略を思いついたという点からいえば、ヲウスはまちがいなく「知恵」をもつ少年でした。そしてこれは、英雄神スサノヲに通じる知恵だということができるでしょう。スサノヲは、凶暴なヤマタノヲロチに酒を飲ませ、酔って寝てしまったところを切り殺してしまいます。それとおなじように、ヲウスもまた、酒に酔って油断したクマソタケル兄弟を刺し殺します。ヲウスがスサノヲを受け継ぐ英雄であるというのは明らかです。知恵こそが英雄の条件なのですから。ここからは、おなじモチーフを少しずつ変えてらせん状に何度もくり返し語り継いでゆくという、音声による語りの特徴を窺い知ることもできます。

兄が殺されたのを見て逃げ出した弟のクマソタケルを追い詰め、尻から剣を刺し通した時、誰だと問われて、「わたしは、纏向《まきむく》の日代《ひしろ》の宮に坐《いま》して、この大八島《おおやしま》の国を統《す》べ治めておわすオホタラシヒコオシロワケの大君の御子、名はヤマトヲグナである」と答えます。これも、ヲロチ退治の場面で、スサノヲがアシナヅチに問われて、「われは、アマテラス大御神《おおみかみ》の、母をひとしくする弟である」と答えたのとおなじです。スサノヲとヲウスは、ともに秩序化された正統の側から遣わされた者として、アシナヅチやクマソタケルに向き合います。そうでありながら一方で、スサノヲは追放された身であり、本人は気づいていませんが、ヲウスもまた、父である大君から疎まれて追われた身なのです。そうした二重性が、聴き手が抱く主人公のイメージをふくらませてゆくのです。

この場面における名乗りについて言えば、スサノヲの名乗りほどには明るく響きません。それは、大君である父が、ヲウスの「猛々《たけだけ》しく荒々しい心に畏《おそ》れ」てクマソタケル討伐に遣わしたのだということにヲウス本人が気づかないままに、オホタラシヒコの御子ヤマトヲグナだと名乗っていることに、聴き手の心が動かされてしまうからです。そのようにして、聴き手を惹きつけてしまう魅力が語りという音声の表現には込められていきます。

## †知恵の逸脱とイヅモタケル

クマソタケルを倒してヤマトタケルと名を変えた英雄は、出雲の国へと向かいます。


その国には、イヅモタケルという猛々しい頭《かしら》がおると聞き、そいつを殺そうと思うて出かけていった。そうして、出雲の国に着くとすぐに、イヅモタケルと友の契りを結んだ。そうしておいて、こっそりとイチイガシの木で偽《いつわ》りの太刀を作り、おのれの佩《は》き太刀として腰に下げて、友となったイヅモタケルを誘い、肥《ひ》の河に水浴びに出かけた。

二人で水に入ったヤマトタケルは、おのれが先に河から上がり、イヅモタケルが解き置いた太刀を取って、おのれの腰に佩き、「太刀を換えよう」と言うた。
後《のち》に河から上がってきたイヅモタケルは、ヤマトタケルの偽りの太刀を佩いた。すると、ヤマトタケルは、挑《いど》み向こうて、「さあ、太刀合わせをしようではないか」と言うた。そこで、おのおのが、腰に佩いた太刀を抜こうとした時、イヅモタケルは、木で作られた偽りの太刀なので抜くことができなかった。そこをねらったヤマトタケルは、太刀を抜いたかと思うと、一《ひと》太刀でイヅモタケルを打ち殺してしもうた。そうして、歌を歌《うと》うた。

やつめさす　いづもたけるが
はけるたち　つづらさは巻き
さみ無しにあはれ

藻が繁《しじ》に芽吹く　イヅモのタケルが
身に佩いた太刀　鞘の飾りは葛も巻いて
中身の刃が無く哀れにも

ここに語られているイヅモタケル殺しをどのように説明することができるか、それはヤマトタケルの物語をどのように読むかということとかかわっています。友の契りを結んで相手を油断させておいて、にせ物の太刀を相手に持たせて切り殺すという手口は、知恵を逸脱して「ずるい」行為だとしか思えないからです。

スサノヲがヤマタノヲロチを退治したり、ヤマトタケルがクマソタケルを倒したりするのに、酒を飲ませ酔ったところを殺すのと、この場面の殺し方とでは、同じ知恵を使ったとしても大きな違いがあるとわたしには思われます。というのは、ヲロチは凶暴な怪物として語られ、クマソタケルも凶暴な敵であるとともに立ち向かうヲウスは少年でした。そのために、知恵を用いることが「だます」という印象を与えることはありません。それに対して、友だちになったイヅモタケルはヤマトタケルと同等か、それよりは弱い相手のように見えてしまうために、このやり方は引っかかってしまうのです。

ではなぜ、こうした語り口を取りこんでしまうのかというと、その一つは、語りの問題です。音声によって語り継がれる伝承は、さまざまなエピソードを累積しながら長編化されてゆきます。そこでは、ヤマトタケルの英雄性を保証するはずの「知恵」が、時としてこ逸脱してしまうことになるのです。知恵によって敵を倒すというパターンがくり返されながら英雄ヤマトタケルの物語が語り継がれてゆくとき、弱い者や友の契りを結んだ相手にまで、知恵のパターンがくり返されてしまうというのが語りなのだというふうに考えることが必要です。文字によって統御された物語ではおそらく排除されてしまうはずの逸脱が、語りでは制御できないままに自己展開してしまうということが起こるのです。

もう一つ考えられるのは、ヤマトタケルという人物の造形のしかたです。日本書紀のような、天皇に忠誠をつくす遠征将軍として描く場合には生じえないのでしょうが、古事記のヤマトタケルの場合は、父である大君に疎まれた御子として王権的な世界から疎外されています。そのために逸脱した知恵を抱えこむことになったとも考えられます。それは、スサノヲもそうであったような翳《かげ》りをもつ人物として造形されていることにかかわります。

知恵はいつの時代にも狡《ずる》さと紙一重のところにあります。ある行為が讃えられるか非難されるか、それも紙一重です。だからイヅモタケル殺しも讃えられてかまわないのですが、古事記に語られているヤマトタケル像を考えれば、この行為は彼の秘められた闇の噴出とみたほうが納得しやすいのではないでしょうか。そうした人物造形の深まりのなかに、語るという行為の魅力はあるのではないか、わたしは今そのように考えています。

### †出雲世界の終焉

イヅモタケルを倒すという話は、日本書紀のヤマトタケル伝承には存在しません。内容からみてふさわしくないと日本書紀の編纂者が考えるのは当然でしょう。もちろん、ヤマトタケルという主人公の行動としてふさわしくないというなら、古事記でもおなじです。そうでありながら古事記がこの逸話を取り込んでしまうところに語りの論理があると説明したのですが、それですべてが納得できるわけではありません。

舞台がなぜ出雲なのか、相手はなぜイヅモタケルなのかという点について、何も説明していないところが我ながら気にかかります。クマソの国から都への道中にはいくつもの国があるわけで、わざわざ日本海側に廻り道をして出雲に行かなくてもいいのではないか。

日本書紀にはイヅモタケルの討伐が語られていないと言いましたが、ヤマトタケルが歌ったとする歌謡とたいそう似た歌謡は、別の場面に出てきます。ミマキイリヒコ（崇神天皇）の時代ですが、出雲臣の祖先であるイヅモノフルネが頭領として出雲の神宝を守っていた時、フルネが筑紫の国に出かけていた隙にヤマトから使者が訪れ、神宝を差し出すように要求します。すると、留守を護っていた弟のイヒイリネが弟たちと結託して神宝を天皇に差し出してしまいます。筑紫からもどったフルネは怒り、木刀を準備してイヒイリネを水浴びに誘い、古事記のヤマトタケルとおなじように先に水から上がると弟イヒイリネの真《ま》刀《たち》を手にして切り殺してしまいます。その時、「時人《ときひと》（世間の人びと）」が歌ったというのが、「八雲立つ　いづもたけるが　佩ける太刀　つづら多《さは》巻き　さ身なしに　あはれ」という歌でした。日本書紀の崇神天皇六十年七月条に載せられた記事ですが、このあと出雲は、ずいぶん長く混乱が続いたと伝えられています。

想像するに、出雲では、日本海を通してつながる筑紫とのあいだで同盟関係をむすぶグループと、ヤマトの勢力下に入ったグループとのあいだで抗争が生じたのでしょう。それは、出雲を中心とした日本海文化圏を構成する諸地域とヤマトとのあいだの主導権争いで、のちの歴史を見れば明らかなように、ヤマトの側が出雲を制圧したのです。そのあたりの一端は、日本書紀のイクメイリビコ（垂仁天皇）のところにある記事によってうかがい知ることができます。

天皇が、物部十千根《もののべのとおちね》の大連《おおむらじ》に命じて言うことには、「しばしば使者を出雲の国に派遣して、その国の神宝を取り調べさせようとしたが、はっきりさせることができる者はいなかった。汝《なんじ》、みずから出雲に出かけて取り調べ、はっきりとさせよ」と。すぐさま出かけた十千根の大連は、神宝を取り調べ、天皇にくわしく報告した。そこで天皇は、この人物に神宝を掌《つかさど》らせることにした。（垂仁二十六年八月条）

日本書紀の二代にわたる天皇の代の出来事として伝える「神宝争奪」事件と、古事記に語られるヤマトタケルがイヅモタケルを討伐したという伝承とのあいだには、どのような関係があるのでしょうか。また、オホクニヌシを頭領とする出雲の神々がタケミカヅチに屈して国譲りをしたという古事記の神話と、ここに語られている「神宝争奪」事件とのあいだには何らかの連関があるのか、ないのか。

具体的に論じることはできませんが、何のつながりも関係もないということを証明するほうが、状況証拠を集めて出雲（日本海文化圏）とヤマトとのあいだに抗争があったとみなすよりも格段に困難だというのは明らかでしょう。しかも時代は、いずれもヤマトの纏向のあたりに初期ヤマト王権が成立したと考えられる三、四世紀とみなせます。安易な断定をしようとは思いませんが、日本書紀に載せる神宝献上の記事は、出雲とヤマトとの関係を考える上で、とても重要な記事であることは間違いありません。

ちなみに、ヤマトタケルがイヅモタケルを討伐したあと、古事記には出雲という地名はまったく姿を見せません。完全にヤマトに制圧されたということを示しているのではないかと思います。誤解のないように注記しておきますが、下巻末尾のヲホド（継体《けいたい》天皇）の系譜に、三尾《みを》君の女ワカヒメを娶《めと》ってイズモノイラツメ（出雲郎女）を生んだという記事があって「出雲」という名は出てきます。

## †皇統譜をもつ御子と倭武天皇

ここに紹介したのは、ヤマトタケル伝承の前半、いわゆる西征と呼ばれる部分だけですが、このあと、いったん都にもどったヤマトタケルは、すぐさま東への遠征を命じられ、叔母ヤマトヒメが仕える伊勢神宮を経て、尾張、相模から東へと向かいます。それは、悲劇的な死への道行きのように読めてしまうのですが、どうやら、元からヤマトタケルはこのような悲劇の御子として語られていたわけではなかったと考えられます。

古事記のヤマトタケル伝承の最後には系譜が付いており、ヤマトタケルが結婚した妃や生まれた子女の名が列挙されています。古事記では、天皇ごとに、その最初に、后妃《こうひ》の名前と生まれた子女たちの名を列挙した系譜記事が置かれていますが、こうした記述をもつのは、原則として天皇に限られます。父オホタラシヒコの場合も、冒頭部分に系譜記事があります。そして、それとは別に最後の部分にヤマトタケルの系譜記事があるのですが、こうした系譜をもつのは、第九代ワカヤマトネコヒコオホビビ（開化《かいか》天皇）の子ヒコイマス（日子坐王）とヤマトタケルと、この二人だけです。

この点について古代史研究者の吉井巌は、ヒコイマスの系譜は父天皇の系譜の一部として置かれているのに、「景行天皇の系譜のなかには、皇子としてのヤマトタケルの名はあらわれず、（古事記にある―三浦、注）二つの系譜は、系譜そのものの比較からは、天皇と皇子との系譜という連続した意味を持っていない」と指摘した上で、その他の諸点の検討も踏まえ、「ヤマトタケルの身分がかつては天皇であったことを示している」と述べています（『ヤマトタケル』）。おそらく、この見解は妥当なものと考えられ、吉井説を承けた西條勉も、ヤマトタケルは「かつてワケ系の王統譜において神話的な始祖とされる」大王であったと言います(『古事記と王家の系譜学』)。

もう一つ、古事記の系譜とは別に、常陸国風土記に伝えられるヤマトタケル伝承からも、彼がかつては大王(天皇)であったという痕跡が窺えます。常陸国風土記では、十数か所に名前が出てくるヤマトタケルは、すべて「倭武天皇《やまとたける》」と記されています。なぜ、常陸国風土記ではヤマトタケルは天皇として語られるのか、その理由を、悲劇の御子に同情した常陸の国の人びとが、夭逝《ようせい》した御子を天皇として語ったためだというように説明するのは、明らかに間違っています。なぜなら、律令国家の命令によって、中央から派遣された律令官人の手で編纂された風土記が、中央の歴史を無視したりねじ曲げたりした伝承を記載するとは考えにくいからです。笑い話なら見過ごせるとしても、天皇の系譜を歪曲してしまうのは許されそうもありません。

## †伝承が作る歴史

想定できるのは、国家の正史である日本書紀に定着する歴代天皇の継承順位とは別の、いくつかの異伝が、それ以前の天皇(大王)の継承には存在したと考えてみることです。わたしの認識では、律令国家とは距離を置いて存在する古事記は、七世紀後半には成立していました。そこで伝えられているヤマトタケルは、父天皇とのあいだに齟齬《そご》を生じ、悲劇の最期を遂げる英雄です。そうした夭逝する御子の伝承が、対立を回避した理想の父と子（天皇と皇子）の物語として再生し、それが、律令国家の正史である日本書紀（元来の書名は「日本書紀」）に載せられることで、国家に公認された歴史として定位したのです。

ところが、日本書紀が成立する直前まで、国家の側が認めていたヤマトタケルの系譜上の位置は、大王（天皇）だったのです。その痕跡の一つが、常陸国風土記に「倭武天皇」として残留し、もう一つの痕跡が、古事記に独立したかたちで残された「倭建命」の妃や子女の系譜だったのではないか、それがわたしの推測です。

七世紀から八世紀にかけて、律令国家の歴史書編纂はさまざまにくり返されました。およそ百年のあいだに、皇位継承の順序や継承者の顔ぶれは、いくたびも変転し揺れ動いたと推測できます。その揺れのなかに、常陸国風土記の倭武天皇や、古事記の倭建命、日本書紀の日本武尊がいたのです。そうした歴史上の大変貌を、常陸国風土記という書物はわたしたちに教えてくれているのだと思います。

そして古事記の場合、独立したかたちでヤマトタケルの妃や御子たちの系譜をもつところに、古層の歴史の残留が窺えると言えるでしょう。それが具体的にいつ頃のことであったかは明らかにできませんが、八世紀に入る前であったとみて間違いなさそうです。

常陸国風土記に語られているのは、王者として地方を巡行する天皇であり、征服し土地の名付けをする天皇です。そこに描かれている倭武天皇には死を予感させる翳りがなく、他の諸国風土記に登場する歴代天皇たちと変わりません。それが、大王（天皇）から悲劇の御子へとヤマトタケル像が急旋回することで、歴代天皇の継承を含む歴史そのものが、中央では大きく変容しました。

今では考えられないことかもしれませんが、語られる伝承のなかでヤマトタケルが悲劇化することで、歴史が変えられていったのです。語りというのはそのような力をもつものだということを踏まえて、古代の歴史書を考えてみることも、ある場合には必要ではないかと思います。

第 五 章

# 五世紀の大王たち

大仙古墳（伝仁徳天皇陵）

## 1　ホムダワケ——新たな王朝の始祖

### †住吉三神とホムダワケ

オホタラシヒコ（景行天皇）が死んであとを継いだのは、ヤマトタケルとは腹違いのワカタラシヒコ（成務《せいむ》天皇）でした。近淡海《ちかつおうみ》の志賀の高穴穂《たかあなほ》の宮（滋賀県大津市あたり）で天下を支配したというワカタラシヒコについての記録は、古事記にはほとんどありません。この時期に近淡海に宮殿があったというのは異例ですし、一人だけ載せられているワカタラシヒコの子があとを継ぐこともありません。その結果、カムヤマトイハレビコから始まった大王家の系譜の、直系継承がはじめて崩れてしまいます（系図5、159頁参照）。どうやらワカタラシヒコへの継承は、寄り道をしているような印象を与えます。それは、ヤマトタケルが悲劇的な最期を遂げたという物語が定着することによって、大王家の系譜に何らかの手が加わったからだと考えられます。

ワカタラシヒコの没後、あとを継いだのはヤマトタケルの子タラシナカツヒコ（第十四代仲哀《ちゅうあい》天皇）でした。この大君は、オキナガタラシヒメを后として九州に遠征します。はじめは、熊曾《くまそ》の国を討つための遠征だったのですが、オキナガタラシヒメが神がかりをして、西のほうに金銀の輝く国があるから討つようにとの託宣《たくせん》が下ります。オキナガタラシヒメは、神を寄せることができる巫女《ふじょ》だったのです。ところが、そばで琴を弾いて神がかりを助けていたタラシナカツヒコは、にわかにはそのことばを信じることができません。偽りをなす神ではないかと疑い、琴を弾くのもいい加減に対応していると、怒った神がタラシナカツヒコを殺してしまいます。

系図6「ホムダワケとオホサザキ」

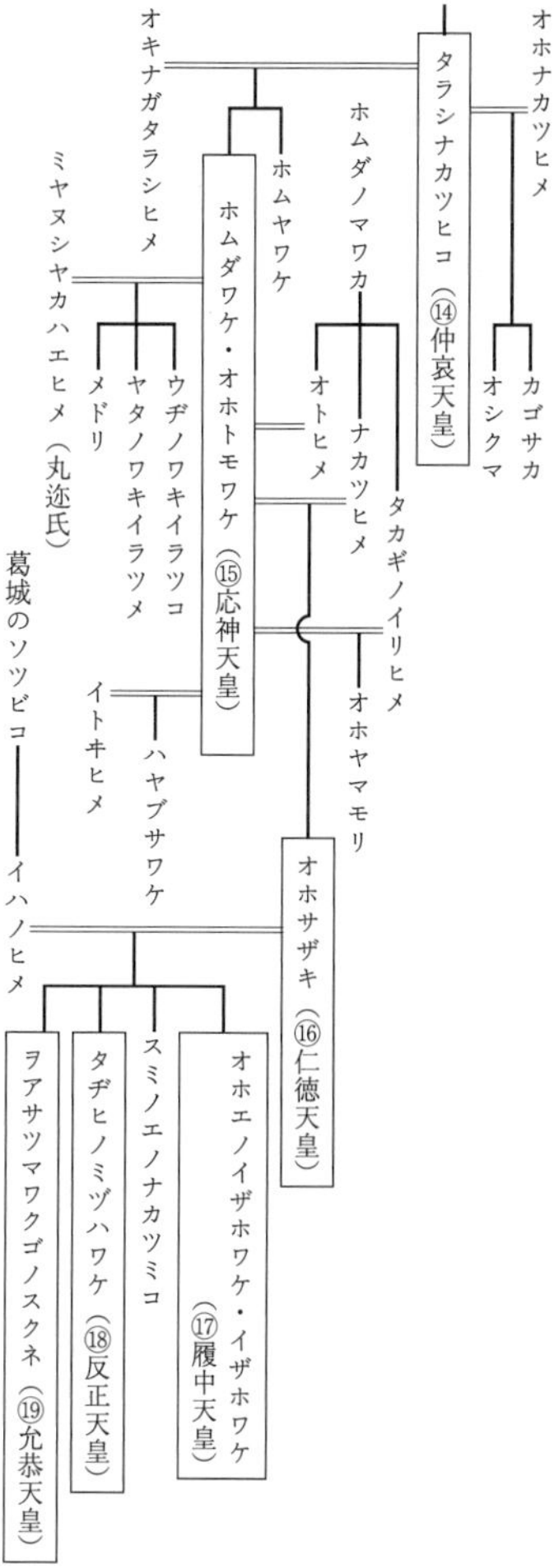

オキナガタラシヒメに依り憑《つ》いていた神は住吉《すみよし》三神だったのですが、その神の援助を受けたオキナガタラシヒメは、朝鮮半島にあった新羅《しらき》の国に船団を仕立てて攻め渡り滅ぼしてしまいます。おそらく、朝鮮半島の人びとからもっとも嫌われている日本女性ですが、よく知られた呼称を用いれば神功《じんぐう》皇后と呼ばれています。神功という呼び名は天皇の漢風諡号《しごう》と同様に、のちに付けられた名前です。この新羅遠征の伝承が歴史性をもっているとは考えにくいわけですが、朝鮮半島と日本列島とのあいだには、古くから緊密なつながりがあって、さまざまな交流が行なわれていました。それだからこそ、こうした伝承が語り出されることにもなるわけです。

## †始祖王ホムダワケ

タラシナカツヒコが神のことばを信じなかったために死んだ時、託宣した住吉の神は、オキナガタラシヒメの腹には御子が宿っており、その子があとを継ぐことになると告げていました。そして、遠征先の新羅の国からもどろうとすると、腹の子が生まれそうになります。そこで、出産を遅らせるために、腰に石を巻き付けて九州に帰って子を生みます。この子が、ホムダワケと呼ばれ、タラシナカツヒコを継いで第十五代応神《おうじん》天皇となります。ただし、あとを継ぐためには、いくつかの障碍《しょうがい》が待ち受けていました。

タラシナカツヒコには別の妃とのあいだに生まれたカゴサカとオシクマという二人の子がいたのですが、彼らは、継母オキナガタラシヒメが生んだ子を連れてヤマトに凱旋《がいせん》するのを待ち受け、戦いを挑みます。天皇の死後にはしばしば後継者争い（太子《ひつぎのみこ》争いという）が生じます。そのことをあらかじめ察知していたオキナガタラシヒメは、相手の裏をかいて危機を突破し、御子を護ります。

その後、御子は、戦いの穢《けが》れを祓《はら》うために臣下のタケウチノスクネとともに諸国を遍歴し、角鹿《つぬが》（福井県敦賀市のあたり）にいますイザサワケの大神の祝福を得て、ヤマトにもどり、軽島《かるしま》の明《あきら》の宮（奈良県橿原市のあたり）で天下を支配することになったと古事記は伝えています。ホムダワケという名は、このときに神と交換して与えられた名前だと語られているのですが、元の名前が何であったかはよくわかりません。

ホムダワケには他にもよくわからないところがあります。その出生については、父とされるタラシナカツヒコの死後、オキナガタラシヒメに依り憑いて託宣した住吉の神から知らされます。住吉の神というのはソコツツノヲ・ナカツツノヲ・ウハツツノヲという三柱の神ですが、スサノヲが黄泉の国からもどって水浴びをしたときに生まれたと古事記には語られています。この住吉三神は津守《つもり》という一族が祀る航海を司る神ですが、その津守氏が記した『住吉大社神代記』（十世紀末頃成立）という書物によれば、住吉の神とオキナガタラシヒメとのあいだには「密事」があり、そこで生まれたのがホムダワケだと伝えています。

この記事がどこまで古くさかのぼるかはわかりませんが、ホムダワケが、始祖王としての性格を強くもっているのは明らかです。そのためもあるのでしょうか、古代史研究者のあいだには、ホムダワケの実在性を疑っている人もいます。纏向の周辺とは別の、大阪湾沿岸の難波を中心とした新しい王朝の始祖として語られる神話的な存在、それがホムダワケだというわけです。

## †古事記の中巻と下巻

古事記中巻の最後に位置するのがホムダワケですが、その伝承は、息子オホサザキ（第十六代仁徳《にんとく》天皇）に関するものが多く、「仁徳前記」という性格が強いと指摘されています（中西進『万葉史の研究』、吉井巌『天皇の系譜と神話』など）。オホサザキとかかわらない伝承を挙げると、ヤカハエヒメとホムダワケとの結婚譚、ワニキシやススコリなど渡来人が来たという海外文化交流の話、アメノヒボコが朝鮮半島から渡ってきたという出石《いずし》族の始祖譚、この三種だけです。それ以外の伝承は、何らかのかたちで皇太子時代のオホサザキにかかわり、彼が中心的な活躍をしています。

オホサザキ関係の伝承はひとまず後回しにして、ここでは、ホムダワケが山代《やましろ》の国の木《こ》幡《はた》の村（京都府宇治市木幡のあたり）で出逢った美人《おとめ》ヤカハエヒメに求婚した時に歌ったという歌謡を読んでみます。カニの自叙になっている楽しい歌です。

このかにや　いづくのかに
ももづたふ　つぬがのかに
横さらふ　いづくにいたる
いちぢ島　み島にとき
みほどりの　かづきいきづき
しなだゆふ　ささなみぢを
すくすくと　わがいませばや
　こはたのみちに
あはししをとめ
うしろでは　をだてろかも
歯なみは　しひひしなす
いちひゐの　わにさのにを

このカニは　どこから来たカニ
ずっと向こうの　敦賀《つるが》のカニじゃ
横歩きしながら　どこに行くのか
いちじ島から　み島に着いて
カイツブリのごと　水に潜って出て息をして
上り下りの　ささなみ道を
すいすいすいと　わしがお出ましなされると
（五音句、欠落）　木幡《こはた》の道端
出逢《でお》うたおとめご
うしろ姿は　小さな盾よ
歯の並びざま　シイの実ヒシの実
イチイの生えた泉のそばの　丸迩《わに》の坂なる赤土を

はつには　はだあからけみ
しはには　にぐろきゆゑ
みつぐりの　その中つにを
かぶつく　ま火にはあてず
まよがき　こにかきたれ
あはししをみな
かもがと　わがみし子ら
かくもがと　あがみし子に
うたたけだに　むかひをるかも
い添ひをるかも

---

上面《うわつら》は　はだが赤っぽいので
底なる土は　どす黒いので
三つ並ぶ栗の実の　その中ほどのあたりのいい土を
頭を焦がす火は避けて　とろ火でとろりとろとろと
炒って作った眉墨を　かくもだらりと画き垂らし
出逢《でお》うたおとめご
ああであればと　わしの思うとおりのおとめ子よ
こうであればと　わしの思うとおりのおとめ子に
心も張り裂けそうに　向かいおうていることよ
はだ触れ座《すわ》っていることよ

地の文では、天皇がヤカハエヒメを手に入れたよろこびを歌っていると説明されていますが、内容をみると、敦賀から琵琶湖を通って南下したオスのカニが、美しい女を手に入れて喜んでいる歌になっています。ただし、その女のうしろ姿を盾にたとえたり、歯並びや垂らしている眉の眉墨の製法をくわしく歌ったりしていて、人間の女性の美しさをほめる表現としてはどこか違和感があります。

おそらく、北陸地方の名産ズワイガニ（越前ガニ、松葉ガニなどの呼称がある）とメス（メガニとかセイゴと呼んで区別する）とに扮した芸能者が、所作をともなって歌い演じる歌謡だったのではないかと考えられます（三浦佑之『古代叙事伝承の研究』）。かなり滑稽な歌であったというのは、内容を見れば明らかでしょう。

八行目の「こはたのみちに」の前には、地名コハタ（木幡）をほめる五音の枕詞があったはずで、古事記では欠落していると考えられます。「かもがと」以下の末尾四行を別にすると、全体は二つの部分から構成されています。はじめの九行「あはししをとめ」までが前半、カニが旅するさまを歌い、つぎの九行「うしろでは　をだてろかも」から「あはししをみな」までが後半で、出逢ったおとめ（じつはメスガニ）のすばらしさを歌います。そして、末尾四行は、前半のあとと後半のあとでくり返して歌われるサビの部分と考えるのがよいと思います。

おそらく、越前ガニとともに京へと向かう芸能者たちが演じた祝福芸能が、天皇の求婚物語に組み込まれたのです。そうした芸能には、ヤカハエヒメの出身氏族であるワニ氏一族がかかわっていたのかもしれません（角川源義「和邇部の伝承」）。

## †海を渡り来た人びと

ホムダワケの治世の特色の一つは、外国との関係がさまざまに語られるという点です。どこまでが事実かというのは置くとしても、そこにホムダワケの生きた時代が映し出されているのは間違いないでしょう。古事記にはホムダワケの世に渡来した人や事物を次のように伝えています。

新羅《しらき》人（タケウチノスクネが新羅人を率い渡来の技術を取り入れて百済《くだら》の池を作る）

阿直《あちき》の史《ふひと》らの祖《おや》アチキシ（百済国王の照古王《しょうこおう》が贈った番《つが》いの馬を連れてきた。また横刀《たち》と大鏡も献上した）

文《ふみ》の首《おびと》らの祖ワニキシ（百済の国に、かしこい者を差し出すように言うと、百済国王は、『論語《ろんご》』十巻と『千字《せんじ》文《もん》』一巻を副えて遣わしてきた）

韓《から》の鍛《かぬち》、名はタクソ

呉《くれ》の機織り、名はサイソ

秦《はだ》の造《みやつこ》の祖

漢《あや》の直《あたい》の祖

酒を醸《か》む人、名はニホ（またの名はススコリ）

土木事業に秀でた者、馬の飼育にかかわる者、学者、鍛冶や機織り・醸造の技術者たち、さまざまな知識や技術をもつ人びとが海を渡りきて、日本列島に根付いていったのです。グローバル化された世界が東アジアに作られようとする時代だということがわかります。

彼らは、朝鮮半島から、南下して北九州に至り、そこから瀬戸内を通って東に向かいヤマトに入ったのでしょう。三世紀以降には、そうした大陸や朝鮮半島とヤマトとをつなぐ確固とした交通路ができあがっていたということになります。しかし、ルートはそれだけではありません。同じ時代の出来事として語られているアメノヒボコという神の渡来は、日本海沿岸にも渡来の道があったということを窺わせます。

### †アメノヒボコと日本海

新羅の国王の子アメノヒボコは、不思議な赤い石の玉が縁で美しい女（アカルヒメ）を妻にしますが、かいがいしく世話をする妻への対応がぞんざいになり、怒った妻は「祖《おや》の国」に行くと言って、海を渡り難波に逃げます。それを追って渡り来たアメノヒボコは、難波に入ろうとするが海峡の神が妨害して入れません。断念したアメノヒボコは、もどって「多遅摩《たじま》の国」に留まったという話です。多遅摩の国というのは但馬の国のことで兵庫県北部ですが、今もアメノヒボコを祀る出石神社（兵庫県豊岡市出石《いずし》町）が鎮座します。古事記には、その時に新羅からもたらされた神宝を次のように伝えています。

そのアメノヒボコが新羅の国から持ち渡り来たものは、玉つ宝といふて、珠二貫《たまふたつら》、また浪振る比礼《ひれ》、浪切る比礼、風振る比礼、風切る比礼、また奥《おき》つ鏡、辺《へ》つ鏡、あわせて八種《やくさ》。［これは伊豆志《いずし》の八前《やまえ》の大神］

出石神社は、城崎温泉の北側で日本海に注ぐ円山川を南にさかのぼった支流・出石川のほとりにあり、このあたりは渡来の人びとの伝承を伝える地域です。おそらく、難波から引き返して多遅摩に入ったという伝えは、日本海ルートをさしているとみなしてよいでしょう。出雲神話における日本海文化を論じたところを思い出していただきたいのですが、日本海は海の道であり大陸と列島とをつないでいました。大陸の文化が流入する地点は多様にあり、筑紫はもちろん出雲や敦賀や高志へと運ばれたのです。そうした痕跡が、アメノヒボコの伝承には見出せるだろうと思います（松前健ほか『渡来の神　天日槍』）。

ところが、その交流が次第にヤマトによって独占されていくという状況が生じてきた、それがホムダワケによって象徴的に語られる時代なのかもしれません。先に引いたさまざまな技術や文化の流入が、新羅の国や百済の国からヤマトの国へというかたちで行なわれているというのが、その一つの証しではないでしょうか。考古学の松木武彦によれば、「列島規模のネットワーク」が形成されたのは三世紀のことで、流通の中心は北部九州から奈良盆地へと移動したと述べています。つまり、「近畿の奈良盆地を中心に据えて、列島内各地を結ぶ広域ネットワーク」が作られていくことになります（『列島創世記』）。

このことは、出雲や高志を中心として形成されていた日本海文化圏が変容を強いられ始めたということを意味するでしょう。文化や技術の独占がヤマトによってはじまろうとする時代、それが、古事記の伝承ではホムダワケの時代に出現するというのは象徴的なことです。実年代としても、松木の指摘とそれほど隔たってはいないようです。しかも、そのホムダワケ自身が、オキナガタラシヒメのおなかの中にあったとはいえ、朝鮮半島から渡ってきた御子であるというのは興味深いことではありませんか。

## †譲り合う御子たち

さきほど紹介したカニの歌謡に登場したヤカハエヒメがホムダワケと結婚して生まれたのが、ウヂノワキイラツコです。ホムダワケには、たくさんの后妃《こうひ》と子どもたちがいるのですが、そのうち、後継ぎ候補として出てくるのが、オホヤマモリ、オホサザキ、ウヂノワキイラツコの三人です。それぞれ母の違う兄弟ですが、天皇は、いちばん年の若いワキイラツコを後継ぎにしたいと考えていました。ところが、年長のオホヤマモリは単純に自分が後継ぎになるべきだと考え、まん中のオホサザキは、その中途半端な位置もあって、天皇の意向を窺いながら兄と弟とのあいだで様子を見ているという状態だったと古事記は伝えています。

そして当然のように、ホムダワケが死ぬと後継者争いが勃発します。まず、年長のオホヤマモリが、ホムダワケが後継ぎにと願っていたワキイラツコを殺そうとして宇治に向かいます。ところが、宇治河を渡ろうとした時に、船頭に扮していたワキイラツコが川の中ほどで船を操作してオホヤマモリを川に堕《お》として殺してしまいます。残されたのは、ワキイラツコと様子を窺っていたオホサザキです。二人はいつまでも位を譲り合い、どちらも天皇になろうとしません。

ある時、海人《あま》が貢ぎ物の海の幸《さち》を奉ろうとした。ところが、兄のオホサザキのところに持って行くと弟のもとに届けよと言われるし、弟のワキイラツコのところに持って行くと兄のもとに届けよと言われる。たがいに譲りおうて、そのたびに、海人はあちらへ行ったりこちらへ行ったりしておる間に、あまたの日を経てしもうた。譲り合うというても、一《ひと》たび二《ふた》たびのことではなかった。それで、海人は二人の御子の間を往き来するのに疲れ果て、おまけに貢ぎ物の海幸の魚《な》は腐りかけてしまうし、しまいには泣き出してしもうた。

そうこうしているうちに、ウヂノワキイラツコは病気になって夭折《ようせつ》したと古事記は語ります。その結果、「棚ぼた」のかたちで、オホサザキがホムダワケのあとを継いで位に就きました。日本書紀では、オホサザキに位を譲ろうとしてワキイラツコは自ら命を断ったと伝えます。夭折にしても自殺にしても、不自然な語り口です。証拠は何もありませんが、「対立して年を越した太子（ウヂノワキイラツコのこと——三浦、注）が仁徳に攻め滅ぼされた」（神田秀夫『古事記の構造』）というのが真実に近いのではないでしょうか。

この次に天皇になるオホサザキは儒教的な徳を備えた天皇として讃美されるのですが、皇位の譲り合いの果てに命を落とした太子ウヂノワキイラツコも、まさに儒教的な徳を備えた人物として伝えられていたようです。古事記には直接そうした描写はありませんが、この時代にワニキシ（いわゆる「王仁」と呼ばれる人物）が論語や千字文をもって渡来したとあります。そのワニキシの知を吸収して知識を得たと、日本書紀のウヂノワキイラツコは伝えられています。

新しい時代の到来は、新しい皇太子の誕生によって始まるのです。仏教によって知を形成したという聖徳太子もそのひとりとみなせるでしょう。もちろん、それが事実かどうか、実在したか否かということではなく、歴史書に描かれたウヂノワキイラツコや聖徳太子はそのように読めるということです。まさに新しい時代を象徴する人物だったのです。それが、古事記にみられる二人の御子の譲り合いだということになります。この互譲の精神こそ、儒教思想の実践でもあったのですから。

古事記は、ここで中巻を終え、天皇の位に就いたオホサザキ（仁徳天皇）の記事から、いよいよ下巻が始まります。

## 2 オホサザキと息子たち

### †儒教的な聖帝オホサザキ

下巻の冒頭をかざるオホサザキの記事を読むと、大きな二つの方向をもっていることに気づかされます。その一つは、聖帝にかかわる伝承であり、もう一つは皇后イハノヒメの嫉妬を軸とする求婚の物語です。どの天皇でも冒頭に置かれるのは系譜記事ですが、それを除いたオホサザキの記事は、この二類以外には何もありません。

はじめに聖帝像について言うと、それは三つの要素からなっています。第一は、系譜に続いて記される、三年にわたって実施されたという課役免除の話です。

ある時のこと、大君は高い山に登り、まわりに広がる国々を眺め渡すと、「国の中のいずこにも煙が立っていない。これは、人びとがみな貧しいからに違いない。それゆえに、今から三年《みとせ》の間、人びとを集めて働かせたり貢ぎ物を出させることをすべて止めることにする」と仰せになった。

そのために、大君の坐《いま》す大殿《おおとの》の屋根が壊れて、あちこち雨漏《あまも》りがしても、人びとを集めて屋根の葺《ふ》き替えをさせたりはなさらずに、桶で漏る雨を受け、おのれは漏らないところに移って濡れるのを避けるというありさまだった。

そうして、三年の後に、ふたたび山に登って国々を眺めわたして見たところ、どの家からも朝餉《あさげ》を作る煙が立ち上っておった。それで、ようやく人びとは豊かになったと思うて、もういいだろうというので、大殿の繕《つくろ》いのために人を集めたり、貢ぎ物を出させたりすることにした。それからは、人びとの暮らしは上向いて、前ほどに苦しむことはなくなった。

このために、オホサザキの治世を「聖帝の世」と称えたと伝えています。ここに描かれているのは、仁政者オホサザキの姿です。

第二には、最後のところに記された二つの話、日女島《ひめ》で雁が卵を産んだという話と、大樹で作った快速船「枯野《かれの》」が古くなったので塩を焼く材料にしたところ焼け残った木から名琴が作られたという話とにみられる、祥瑞《しょうずい》を招来させる有徳者オホサザキの姿です。祥瑞というのは、よい世の中にはめでたいしるしが顕れるという中国からもたらされた考え方です。ことに雁の卵の話は中国伝来の讖緯《しんい》思想の影響を受けた典型的な祥瑞譚で、冒頭の課役免除の話と対応して、聖帝像を構築するための柱になっています。讖緯思想とは一種の予言のようなもので、いいことをしていればそれを暗示するめでたい出来事（祥瑞）が顕れるという考え方をいいます。

そしてもう一つ、善政者としてのオホサザキの姿も描かれています。洪水を防ぐために茨田《まむた》の堤を作った、灌漑用水に利用する丸邇《わに》の池や依網《よさみ》の池を築造した、運河や港湾設備としての難波の堀江《ほりえ》や小椅江《おばしえ》を掘削したなど、さまざまな土木事業がオホサザキの手によってなされたことが記されています。そして、この善政者オホサザキの姿に、国家の確立期に位置する大王オホサザキの理想化された姿を見出すことができそうです。

これら聖帝オホサザキを語る話には、国家が確立する時に当然存在したと思われる、武力闘争の影はまったく感じられません。おそらくその片鱗は、中巻末のホムダワケのところに語られていた後継者争いの中に封じこめられてしまったのでしょう。そのために、下巻のオホサザキには、新しい国家の建設にともなう理想化された支配者の治世が、仁・徳・善という儒教思想に裏付けられて語られているのです。

言うまでもないでしょうが、それを事実だとみなしているのではありません。下巻の冒頭に置いたオホサザキの事績を、このように語るというのが古事記の歴史認識だということです。そして、こうした善政・仁政・有徳という聖帝オホサザキ像を構成する三つの要素は、いずれもが「人間」天皇の理想像を描いているとみてよいでしょう。それが、上巻の神々や、中巻に語られた天皇や御子たちとの大きな違いです。ここには、神話的な語り口や武勇にすぐれた英雄の活躍譚は求められていないのです。

## †嫉妬に苦しむオホサザキ

オホサザキという天皇のもうひとつの姿として語られるのは、女たちをめぐる物語、それも、皇后イハノヒメの嫉妬を軸として展開する物語です。儒教的なオホサザキ像と対になった「人間」天皇の物語とみると、これらの話も理解しやすくなります。

描かれているオホサザキの求婚譚は三話から成ります。相手は、クロヒメ（吉備の海部《あまべ》の直《あたい》の女）、異母妹であるヤタノワキイラツメ、同じく異母妹のメドリの三人で、いずれの物語も、オホサザキと女たちとのあいだで交わされた歌謡が挿入され、歌物語のような構成になっています。そして、三人の女たちに対するオホサザキの求婚は成就せず、いずれも皇后イハノヒメの嫉妬深さを理由にした破談として語られます。

たとえば、メドリの話を読んでみます。

オホサザキは腹違いの妹であるメドリに、これまた別の母から生まれたハヤブサワケを仲立ちにして求婚します。ところがメドリは、使いに来たハヤブサワケに対して、嫉妬深い皇后のいるオホサザキより、あなたのほうが好きだと告白し、二人はねんごろな関係になります。それを知らないオホサザキは、ある時、メドリの家を訪れます。

そうとは知らず、待ちかねた大君はみずからメドリのところに出かけて行って、その戸口の敷居の上に立った。その時、メドリは、機《はた》の前に座って機織りをしておった。それで、大君はメドリに歌いかけた。

めどりの
わがおほきみの　おろすはた
たがたねろかも

女鳥《めどり》よ
わがいとしき君が　織りなす布は
どなたの衣《ころも》になるのかな

すると、それに答えてメドリが歌《うと》うた。

たかゆくや　はやぶさわけの
みおすひがね

高々と飛ぶ　ハヤブサワケの
お召し物に

その歌を聞いてメドリの心を知った大君は、手も出せないままに、すごすごと宮に戻った。

この時に、夫になったハヤブサワケがメドリの許《もと》を訪れると、メドリは歌《うと》うた。

ひばりは　あめにかける
たかゆくや　はやぶさわけ
さざき取らさね

ヒバリは　大空を翔《かけ》り飛ぶ
高々と飛ぶ　ハヤブサよ
ミソサザイなんぞはひとひねり

人伝てにこの歌を聞いた大君は、すぐさま軍《いくさ》を整えてハヤブサワケを殺そうとした。すると、それを知ったハヤブサワケとメドリは、手に手を取って、倉椅《くらはし》山に登って逃げた。その時、ハヤブサワケは歌《うと》うた。

はしたての　くらはし山を
さがしみと
いはかきかねて　わが手とらすも

---

立てたはしごの　倉椅山が
あまりにけわしいものだから
岩をつかめず　わが手つかむよ

また、歌《うと》うた。

はしたての　くらはし山は
さがしけど
いもとのぼれば　さがしくもあらず

---

立てたはしごの　倉椅山は
けわしいことはけわしいが
お前と登れば　けわしくもなし

そうして、二人はその山を越えて逃げ、宇陀《うだ》の蘇迩《そに》まで行ったが、そこで大君の軍《いくさ》が追いついて、二人を殺してしもうた。

オホサザキの伝承というよりはメドリとハヤブサワケの悲恋物語という印象が残ります。しかも登場人物はいずれも「鳥」（オホサザキ＝鷦鷯《みそさざい》、メドリ＝女鳥《めどり》、ハヤブサワケ＝隼《はやぶさ》）なのです。鳥に扮して演じたかどうかはわかりませんが、演劇的な性格が強いということは言えるでしょう。そして、ここでのオホサザキは、いささか滑稽な、あるいはそこまでいかなくても、ちょっと三枚目的な役割を割り振られています。ほかの二人の女性との関係にも似た部分がありますし、オホサザキの婚姻譚は、イハノヒメの嫉妬が軸になっているということもあって、純粋な二枚目というわけにはいきません。

三人の女性への求婚失敗譚に見出せるオホサザキ像は、男性の求婚と女性の拒否を語る婚姻伝承の類型とみなすことができます。そこには、聖帝像を構想しようとした歴史認識とはずれているとしても、共通した「人間」天皇オホサザキを描こうとする意図があることはわかります。失敗譚でありながら、クロヒメやヤタノワキイラツメとの贈答歌から浮かび上がってくる情愛あふれたやさしさ、メドリがハヤブサワケと結婚したことも知らずに求婚歌を歌いかけて拒否される間抜けさなどを通して、中巻には見出せなかった新しい天皇像が浮かび上がります。

下巻の冒頭に天皇としてのオホサザキを置き、そのオホサザキを儒教的な聖帝の話と、后の嫉妬に悩みながらも女たちに求婚する話を配列することによって、下巻が「人間」天皇の物語であることを印象づけているわけです。そして、その流れは、以降の天皇や御子たちの伝承にも続きます。中巻には見られなかった儒教的な性格は、このあともしばしば現れますし、人間っぽい恋物語もさまざまに語られます。

## †太子争い

古事記の下巻には、オホサザキや次章に取りあげるオホハツセワカタケル（第二十一代雄略《ゆうりやく》天皇）をはじめとして、ヤマトや難波に本拠を置く大王たちが登場します。そして、そこには統一国家への道を歩みはじめた五世紀の日本列島を舞台にした、王権内部の武力闘争がつぎつぎに語られます。それは、英雄物語というよりは、大半が謀略にみちた戦いの物語です。そのせいでしょうか、時代の生々しさを感じます。

舞台は、五世紀です。オホサザキのあとを継いで天皇になったのは、オホサザキの息子たち三名でした（179頁、系図6参照）。今までの天皇たちは親子間による直系相続が基本でした。ヤマトタケルの子タラシナカツヒコ（仲哀天皇）だけが、変則的でしたが、あとはずっと直系です。それが、ここにきて兄弟相続になるというところにも、戦いに明け暮れた時代のリアリティが感じられます。これを末子相続《ばっし》という習俗を反映しているとみなす見解もありますが、制度や習俗というよりは、時代性だとみるべきでしょう。

まず即位したのは、長男のオホエノイザホワケ（第十七代履中《りちゅう》天皇）でした。ところがその後継者は、息子にはいかずに、同母の弟タヂヒノミヅハワケ（第十八代反正《はんぜい》天皇）になりました。しかも、ミヅハワケは、同母弟スミノエノナカツミコとの権力闘争に勝利して即位したのでした。そのあとは、同じく同母弟のヲアサツマワクゴノスクネ（第十九代允恭《いんぎょう》天皇）が即位し、その次に、位はようやく次世代のアナホ（第二十代安康《あんこう》天皇）へと譲られます。彼は、オホサザキの末子ヲアサツマワクゴノスクネの息子でした。長男オホエノイザホワケの子イチノヘノオシハが見捨てられるかたちになりますが、これは後日、大きな問題となって浮かび上がります（第六章3、参照）。

まずは、下巻の皇位継承争いの典型ともいえる話を読んでおきたいと思います。イザホワケが天皇となり、ヤマトの石上《いそのかみ》神宮にいた時のこと、弟のミヅハワケが訪れると、イザホワケは謀叛心をもっているのではないかと疑って会おうとしません。悪い心はもっていないと言うと、イザホワケは、自分を殺そうとしたスミノエノナカツミコを殺してきたら会おうと言うのです。そこでミヅハワケは、次のような行動に出ます。

ミヅハワケはすぐに難波に下り、スミノエノナカツミコの側仕《そばづか》えをしておった隼人《はやと》で、名はソバカリという男をだまし、「もし、お前がわたしの言うことを聞いてくれたならば、わたしが大君となった暁《あかつき》には、お前を大臣《おおおみ》に取り立てて、二人で天の下を治めようではないか。どうだ、悪い取り引きではなかろうが」と言うて、ソバカリを企みに誘い込んだ。

その言葉を真《ま》に受けたソバカリは、「仰せのままに」と言うた。するとミヅハワケは、数々の品物をその隼人に与え、「それならば、すぐにお前の仕えている御子を殺してくれ」と言うた。

そこでソバカリは、おのれの御子が厠《かわや》に入っておるところに密かに近づいて、戸の外から、長い矛《ほこ》でスミノエノナカツミコを刺し殺してしもうた。

さて、ミヅハワケはソバカリを連れて倭へと上って行ったが、大坂山の登り口に到って考えた。「ソバカリという男は、我《わ》がためには大きな功《いさお》を立てたけれども、おのれがお仕えしていた君《きみ》を殺したのは、義《ことわり》にもとる振る舞いだ。しかしながら、その功《いさお》に報いなければ、我《われ》に信《まこと》がないということになってしまう。しかし、その信《まこと》を行なってソバカリに報いたならば、奴《やつ》の心根《こころね》からみて次にはいつおのれの命が狙《ねら》われることになるかもしれない。そこで、その功《いさお》に報いた上で、ソバカリの命を奪ってしまおう」と。

そこでミヅハワケは、ソバカリに親しく言葉をかけ、「今日はここに留まり、まず、そなたに大臣の位を授け、そのうえで、明日《あす》、倭に上ることにいたそう」と言うと、すぐさま大坂山の登り口に仮り宮を建て、急いで宴《うたげ》の設けを申しつけると、その隼人ソバカリに大臣の位を授け、お伴の者たちすべてを、大臣の前に額《ぬか》ずかせた。それを見たソバカリは心から喜んで、志《こころざし》を遂げることができたと思うた。すると、ミヅハワケはソバカリに向こうて、「めでたい今日は、大臣と同じ酒杯《さかずき》で契りの酒を飲むことにいたそうではないか」と言うて、ともに酒を飲み交わす時に、顔をすっぽり隠してしまうほどの大きな椀《まり》を持ってこさせて、その椀《まり》になみなみと酒を注いだ。そして、御子がまず椀に口をつけて半ばほど飲むと、その椀をソバカリに渡した。ソバカリが口をつけて残りの酒を飲みほそうとして、ぐっと椀を傾けたので、大きな椀が顔をすっかり覆ってしもうた。そこをねらってミヅハワケは、座っている蓆《むしろ》の下に隠しておいた剣《つるぎ》を取り出すと、隼人ソバカリの首を一太刀《ひとたち》で斬り落としてしもうた。

とくに説明する必要はないでしょう。ミヅハワケの論理は、儒教の教えに則っていて、「功」とか「義」とか「信」とかの単語を散りばめながら、自分勝手な論理を作り上げていきます。

まんまと策略に乗って主君を殺してしまったソバカリという人物は、隼人と語られています。勇猛な人物としておそれられる隼人は、思慮に欠ける愚か者として、虫けらのように首をはねられてしまうしかないのです。そこに、権力構造が確固として組み上げられた五世紀という時代を見ることができるでしょう。

### †心中する太子と見棄てる臣下

古事記には、各巻に一話ずつ兄妹婚の伝承があるということを述べました（第四章2、参照）。その最後の兄妹婚が、ヲアサツマワクゴノスクネ（允恭天皇）の太子《ひつぎのみこ》であったキナシノカルと同母妹カルノオホイラツメ（またの名をソトホシ）とのあいだに語られています。禁忌《きんき》の恋が発覚して、太子は伊予に流され、あとを追ったソトホシとともに心中するという悲劇的な話が、二人の贈答する歌謡によって展開します。その歌物語については古事記の本文に当たっていただくことにして、ここでは、二人の関係が太子キナシノカルの歌によって発覚した直後の場面を読んでおきたいと思います。その部分だけが、ゆいいつ散文で記述されているのですが、次のようになっています。

〔同母妹との関係が明るみになり、宮廷に使える者も天下の人も日継ぎの御子であったキナシノカルから離れ、弟のアナホになびいた〕それで、カルの日継ぎの御子は、アナホに攻められるのを畏《おそ》れて、大臣《おおおみ》のオホマヘヲマヘノスクネの家に逃げ込み、兵器《つわもの》を備え作った。（略）また、弟のアナホも、兵器を作った。（略）そして、アナホは、軍《いくさ》を興して、オホマヘヲマヘノスクネの家を取り囲んだ。

すると、その門《かど》の前に到るとともに激しい雨が降ってきた。アナホは、それを待ってでもおったのか、こう歌《うと》うた。

おほまへ　をまへすくねが
かなとかげ　かくよりこね
雨たちやめむ

オホマヘ　ヲマヘノスクネの家の
大きな門《かど》の下へ　さあ寄っておいでよ
雨を遣り過ごそうよ

その歌を聞いたオホマヘヲマヘノスクネは手を挙げ下げして、おのれの膝《ひざ》を打ち、笛の音《ね》に合わせて舞いながら、歌を歌《うと》うてアナホの前に出てきた。

みやひとの　あゆひのこすず ―― 宮仕えの方がたの　足に結んだ小さな鈴が

落ちにきと　みやひととよむ――落ちてしまったと　宮人たちは大騒ぎ
さとびともゆめ　　　　　　　里人たちも心を引き締められよ

この歌は、宮人振《ぶ》りと言う。こう歌いながら出てきたオホマヘヲマヘノスクネは、アナホの前に出ると、こう言うた。「わがヲアサツマワクゴノスクネの大君の御子様よ、同じ腹に生まれた兄の御子に兵《いくさ》を向けるのはお止めくだされ。もし、兵を向けなされば、多くの人びとがあなた様の振る舞いを笑い誹《そし》ることでありましょう。わたくしめが、兄の御子を捕らえてお連れいたしましょう」と。それで、アナホは兵を解いて後ろに退かせて待つことにした。

すると、オホマヘヲマヘノスクネは、家の中にもどると、カルの日継ぎの御子を捕らえ、アナホに差し出した。

最後の部分がずいぶん簡略な叙述になっており、大臣がなぜキナシノカルをつかまえて差し出したのか、そこに至るのにどのような話し合いがあったのか、心の葛藤はなかったのかというようなことが何も語られていません。そのために、わたしたちは想像するしかないのですが、おそらくここには、一つの理想の臣下（大臣）像が語られているのだと思います。もちろん、だれのための理想かといえば、権力の側にとって必要な大臣の振る舞いだとみなければならないでしょうし、そこには、五世紀という時代の権謀術策のさまが反映しているとみなすべきかもしれません。

## †だれのために語るか

しかし、この大臣の行動に対して、兄と妹との哀しい恋の物語を語り継いだ人びとは、どう感じていたのでしょうか。あるいは、当事者である太子に心を寄り添わせている人がいたとすれば、その人たちは大臣の行動をどのように語ったのでしょうか。

物語というのは、さまざまな語りが可能です。だれの立場に立って語るかという、その立場の違いによって同じ出来事でもまったく別の物語になってしまうはずです。そして、古事記の伝承をはじめから読んできた者は、このオホマヘヲマヘノスクネの行動に違和感を覚えるのではないかと思います。古事記が向き合おうとしている立場とは、いささか違っているように感じられるからです。

天皇の側、権力の側に立って語るというのは日本書紀の場合はお得意ですが、古事記にはなじみがありません。どちらかといえば、滅んでいく側に立って語るのが古事記の本領ではないか、わたしはそのように読みます。

そもそも、オホマヘヲマヘノスクネという、権力者（大君）に媚びへつらったような名前からして気にかかります。日本書紀には「物部《もののべ》の大前宿禰《おほまへすくね》」とあり、古事記とおなじく太子が逃げ込みアナホの軍隊に囲まれると、大前宿禰は、「どうか太子を殺さないでください。わたしめが計らいます（願勿害太子。臣将議）」と言って家にもどる。ところが、結果は古事記とは違い、「太子、自ら大前宿禰の家に死《みう》せたまふ」とあって、自殺したと伝えています（一説に、伊予の国に流されたとある）。この、太子を自害させたというふうに読める日本書紀の大前宿禰の行動のほうが、つかまえて差し出したと語る古事記よりも納得できる結末です。

　兄妹の恋の全体が歌謡の贈答によって展開するのに、引用した部分だけが散文になっており、なかば挿入されたようにみえるのは出自が違う二つが組み合わされているからとも考えられます。そして、このあと続けて古事記を読んでゆくと、ここの大臣とは正反対の行動をとる大臣を感動的に描く話が出てきます。まるで、そちらの話を盛り上げるために、わざわざ逆のふるまいをする大臣を直前にもってきたというような配置ぶりです。さて、その話はどのような内容か、章を改めて読んでみることにしましょう。

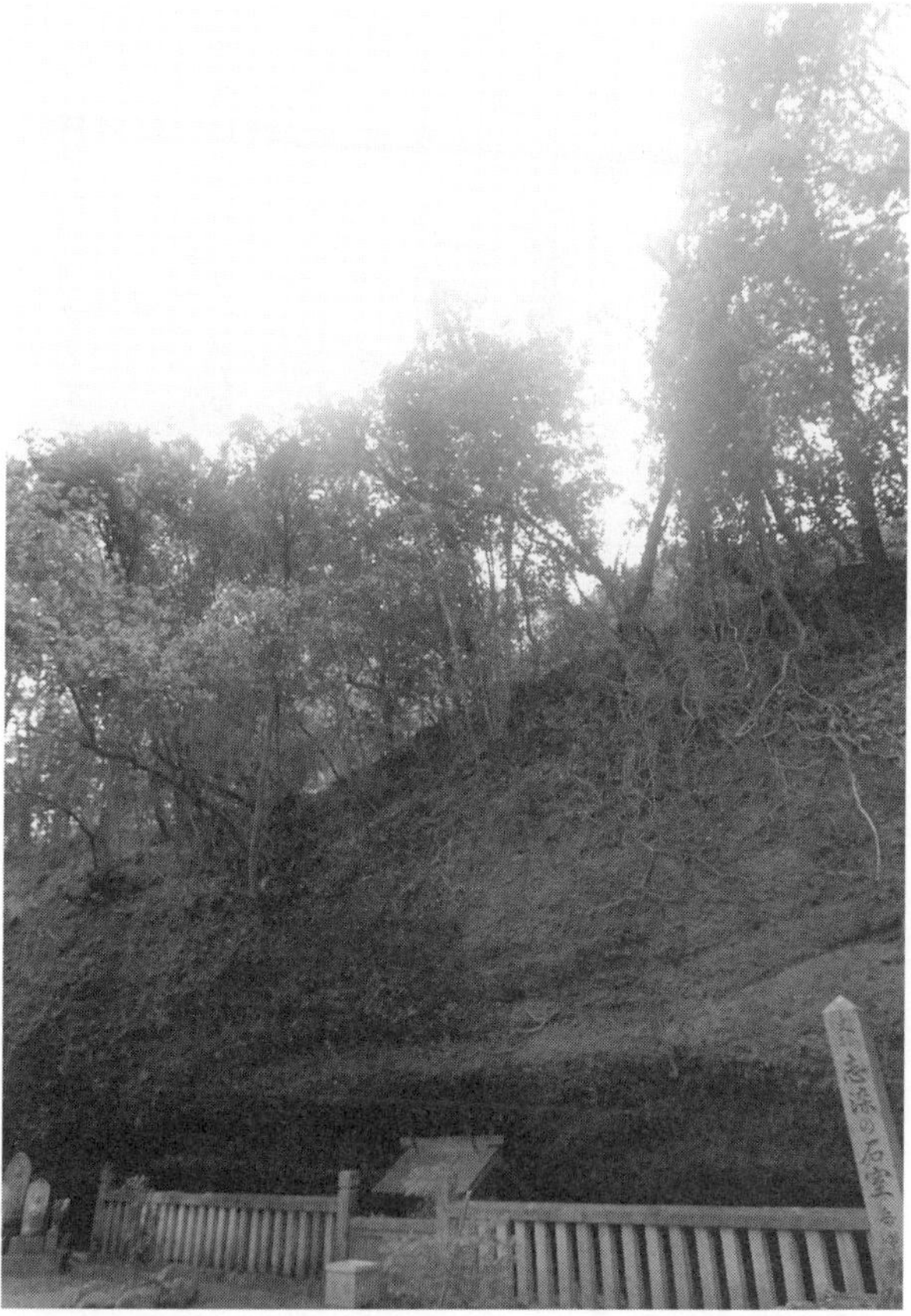

第六章
# 滅びへ向かう物語

オケ・ヲケが隠れ住んだと伝えられる岩穴（兵庫県三木市）

## 1　マヨワとツブラノオホミ――葛城氏の最期

### †太子争いとオホハツセワカタケル

古事記のもとになる伝承がいつごろから語られはじめたのかはわかりませんが、遅くても六世紀後半には、その原型のようなものはあったのではないかと考えられます。稲荷山古墳（埼玉県行田市）から出土したヲワケの臣という豪族の系譜を伝える鉄剣にも名前が彫られているオホハツセワカタケル（第二十一代雄略天皇）の時代から数えるとおよそ百年、あの巨大な墳墓に葬られたとされるオホサザキの時代からでも百五、六十年しか経っていない時代です。古事記の下巻に語られているのは、語り手にとっても聴き手にとっても、つい最近と感じられるような出来事だと言っても過言ではありません。

もちろん、オホサザキやオホハツセの伝承が歴史的な事実だと言いたいのではありません。ただ、けっこう生々しい記憶といったものが、伝承に影を落としているのではないかとは思うのです。口承による伝えは、とんでもない時間を自在に超えたりしますから。

一例を挙げますと、まだ若かったオホハツセは、同母の兄アナホ（第二十代安康天皇）

がマヨワという少年に殺されたという情報を聞いて行動を起こすのですが、その場面を、古事記は次のように語ります。

オホハツセは、兄のアナホが殺され、殺したマヨワがツブラノオホミの家に逃げたということを聞き、すぐに、これも同じ腹から生まれた兄クロヒコの許《もと》に駆けつけて、こう言うた。「あいつが大君を殺しました。どうすればいいでしょうか」

しかし、アナホより年上のクロヒコは驚くでもなく、何かをしようというのでもないそぶりに見えた。それで、オホハツセは兄を罵《ののし》り、「ひとつには大君であり、ひとつには母を同じくする兄弟《はらから》であるというのに、どうして頼みにする心もなく、おのれの弟が殺されたと聞いて驚きもせず、何もしようとはしないのですか」と言うたかと思うと、その兄の襟首《えりくび》を摑《つか》んで外に引きずり出し、太刀を抜くやいなや、兄のクロヒコを斬り殺してしもうた。

そしてオホハツセは、その足でもう一人の兄であるシロヒコの許《もと》に到ると、クロヒコに言うたのと同じことを伝えた。ところが、驚きもせず何もしようともしないのは、クロヒコと同じじゃった。それでまた、すぐさまシロヒコの襟首を摑んで引きずってきて、小治田《おわりだ》まで連れてきて、そこに穴を掘ると、生きたまま埋め立ててしもうたので、シロヒコは恐ろしさのあまり、腰のあたりまで土に埋められた時に、二つの目の玉が飛び出し、そのまま死んでしもうた。

ヤマトタケルと名乗る前、幼いヲウスが、厠にいた兄オホウスの手足を引きちぎって殺した場面を思い出させます。ヤマトタケルの英雄性をワカタケルと呼ばれるオホハツセが引き継いでいるという指摘もありますが、この兄殺しを、英雄物語と呼んでいいかというと、ちょっと違うと言わざるをえません。

こうした話は王権内部の権力闘争として位置づけたほうがわかりやすいはずですし、ここに語られている出来事は、物語的な様式を抱えこみながらも、事件そのものの記憶といったものが潜んでいるように見えてしまうのです。それは、穴に埋めるという殺しかたが、とても生々しい印象を与えてしまうためでしょうか。残虐に殺すのが英雄の力のあらわれだとしても、そこには物語的な流れや展開が必要です。オホハツセのようにほとんど意味もなく殺すのでは、単なる乱暴者にすぎません。

このように王位継承の資格をもつ者たちを次々に片づけながら、五世紀後半に王として君臨したオホハツセを、ここでは英雄とは呼ばないことにします。それはオホサザキの場合も同様で、異母兄弟であるウヂノワキイラツコやオホヤマモリとの権力闘争は、どこか姑息な駆け引きといった印象を与えるばかりで、英雄物語の語り手や聴き手が求めるカタルシスがないのです。少なくとも、スサノヲのヲロチ退治やヤマトタケルのクマソタケルとの戦いには、聴く者をわくわくさせる何かがあったはずですし、ヤマトタケルの、父オホタラシヒコとの対立やその悲劇的な死には、語り手や聴き手をひきこんでしまう共感があったはずです。そうした物語を、ここでは英雄物語として位置づけたいと思います。

## †マヨワとハムレット

古事記の中ではそれほど知名度は高くありませんが、まずはマヨワと呼ばれる御子の物語を読んでみます。

物語の舞台になっているのは五世紀後半の都です。次頁の系図7に、この物語の背景となる人物の関係をわかりやすく示しました。主人公はオホサザキの息子の一人オホクサカの御子マヨワです。

事件の発端になったのは、大君であったアナホがオホクサカの許に使いを遣わし、妹のワカクサカ（ワカクサカベ）を同母の弟オホハツセの妃《きさき》にしたいと所望したことでした。よろこんだオホクサカは立派な玉飾りのついた冠をお礼の品として贈るのですが、使者に立ったネノオミという男がその宝冠を奪い、オホクサカが妹を妃に出すのを拒否したと嘘

系図７「五世紀の大王家」

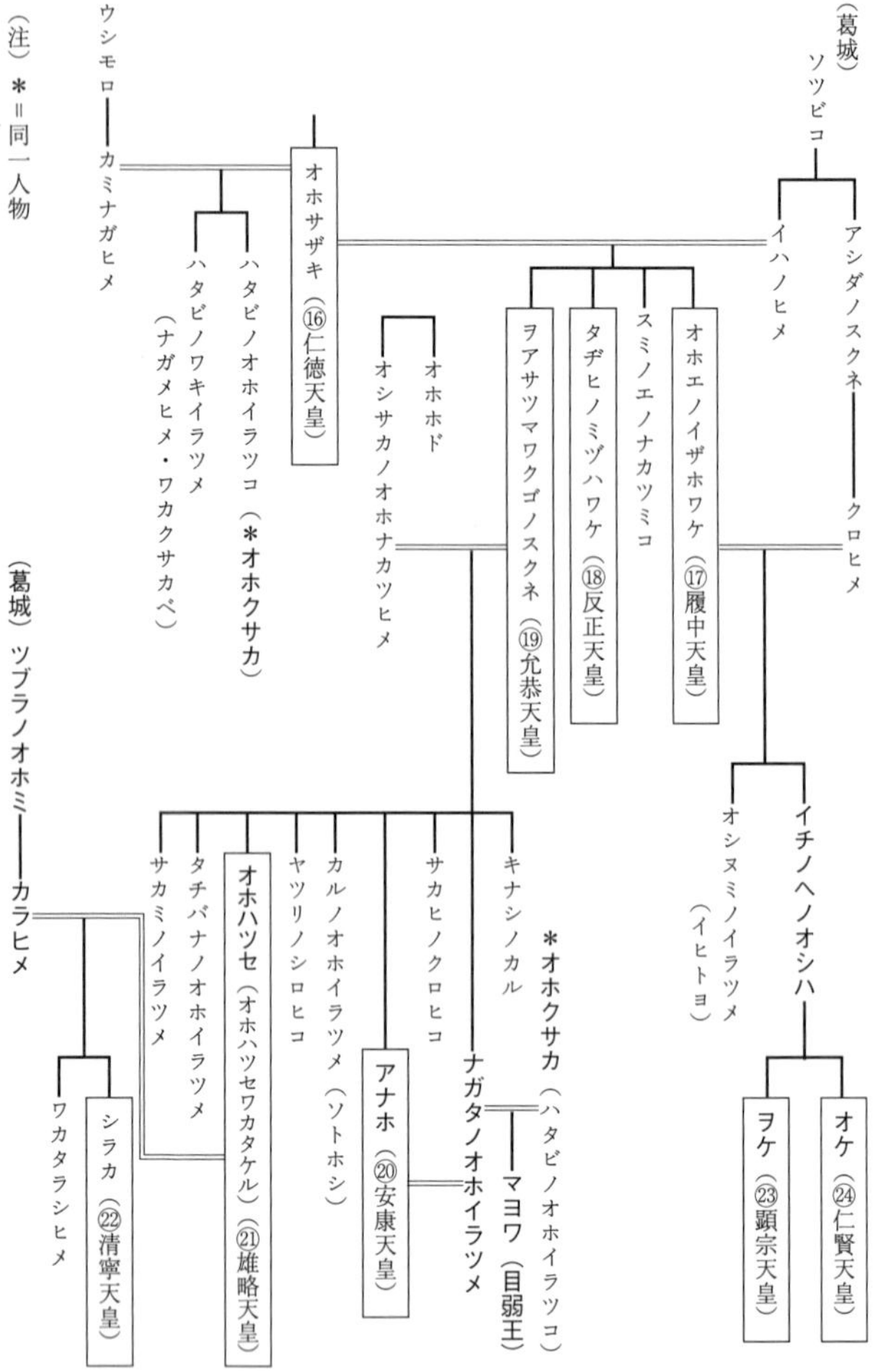
（葛城）
ソツビコ
アシダノスクネ
イハノヒメ
クロヒメ
ウシモロ
カミナガヒメ
オホサザキ（⑯仁徳天皇）
ハタビノオホイラツコ（＊オホクサカ）
ハタビノワキイラツメ（ナガメヒメ・ワカクサカベ）
オホエノイザホワケ（⑰履中天皇）
スミノエノナカツミコ
タヂヒノミヅハワケ（⑱反正天皇）
ヲアサツマワクゴノスクネ（⑲允恭天皇）
オホホド
オシサカノオホナカツヒメ
イチノヘノオシハ
オシヌミノイラツメ（イヒトヨ）
オケ（㉔仁賢天皇）
ヲケ（㉓顕宗天皇）
キナシノカル
サカヒノクロヒコ
アナホ（⑳安康天皇）
カルノオホイラツメ（ソトホシ）
ヤツリノシロヒコ
オホハツセ（オホハツセワカタケル）（㉑雄略天皇）
タチバナノオホイラツメ
サカミノイラツメ
＊オホクサカ（ハタビノオホイラツコ）
ナガタノオホイラツメ
マヨワ（目弱王）
（葛城）ツブラノオホミ
カラヒメ
シラカ（㉒清寧天皇）
ワカタラシヒメ
（注）＊＝同一人物

の報告をします。怒ったアナホの大君は、軍隊を差し向けてオホクサカを殺し、その妃であったナガタノオホイラツメを奪って自分の后《きさき》にしてしまいます。

ちょっと気になるのは、ナガタノオホイラツメは、古事記の系譜によればアナホの同母の姉になっていることです。同母の兄妹(姉弟)の結婚はもっとも重いタブーになりますから、ふつうは考えられないことです。しかも古事記では、前章で紹介した通り、直前に兄妹相姦のタブーを犯して伊予《いよ》に流されるキナシノカル(アナホやナガタノオホイラツメと同母兄弟)の事件が語られていますので、ここにまた同母兄妹の結婚が出てくるのは不自然です。おそらく、系譜の伝えに何らかの誤りのある可能性があります。

ちなみに、日本書紀によればアナホは殺したオホクサカの妻「中蒂姫《なかし》」を妃にしますが、この女性はオホエノイザホワケのむすめと伝えられているので、いとことということになります。

父オホクサカを殺されたマヨワは、母ナガタノオホイラツメとともに、アナホの宮殿で暮らすことになります。その時、マヨワは七歳の少年だったと語られているのですが、ある時、父を殺したのが、今は母の結婚相手でもある大君アナホであるということを知ります。その場面を読んでみます。

その後《のち》のこと、大君は、神を迎え教えを請うための神牀《かんどこ》にいでまして、体を横たえて昼寝をしておった。そうして、そばに侍る大后《おおきさき》に語りかけて、「そなたは何か悩みごとはあるか」と問うと、大后は、「大君の心からの思いやりをいただき、悩みわずらうことなど何もございません」と答えた。

この大后ナガタノオホイラツメには、先の夫のオホクサカとの間に生まれた子、マヨワがおって、年は七歳《ななとせ》じゃった。その子が、大君と大后とが語らい合《お》うていた神牀のある高床《たかゆか》の殿の、その床下に入り込んで遊んでおった。

しかし、大君はその幼子《おさなご》がおのれの坐《いま》す殿の下で遊んでおるとは思いもせずに、大后に語りかけた。

「われには、つねづね心に掛かることが一つあるのだ。それが何かと言えば、そなたの子のマヨワだ。あの子が大きくなった時に、父親を殺したのがわれだと知ったならば、おそらく邪《よこしま》な心を抱くにちがいないと、そればかりを思うことよ」

ここに、その殿の下で遊んでおったマヨワは、この大君の言葉を聞いてしもうて、それで初めてまことを知った。すると、まだ幼いマヨワが、すぐに大君の寝ておる時を密かに窺《うかご》うて、寝ておる床《とこ》の傍らにあった大君の太刀を手にしたかと思うと、その首を打ち落とし、そのままツブラノオホミの家に逃げ込んでしもうた。

父を現王に殺され、母は現王の后となり、王宮で暮らす七歳の少年マヨワが、偶然に現王と母との会話を盗み聞きし、父を殺したのが母を奪った現王であることを知る。マヨワはその日の夜中にアナホの部屋に忍び込み、枕元に置かれた太刀で寝ているアナホを殺したというふうにこの話を要約すると、時代も場所もまったく違うのですが、シェイクスピアの戯曲『ハムレット』（一六〇〇～二年頃成立）とそっくりだということに気づきます。

図「ハムレットとマヨワ」

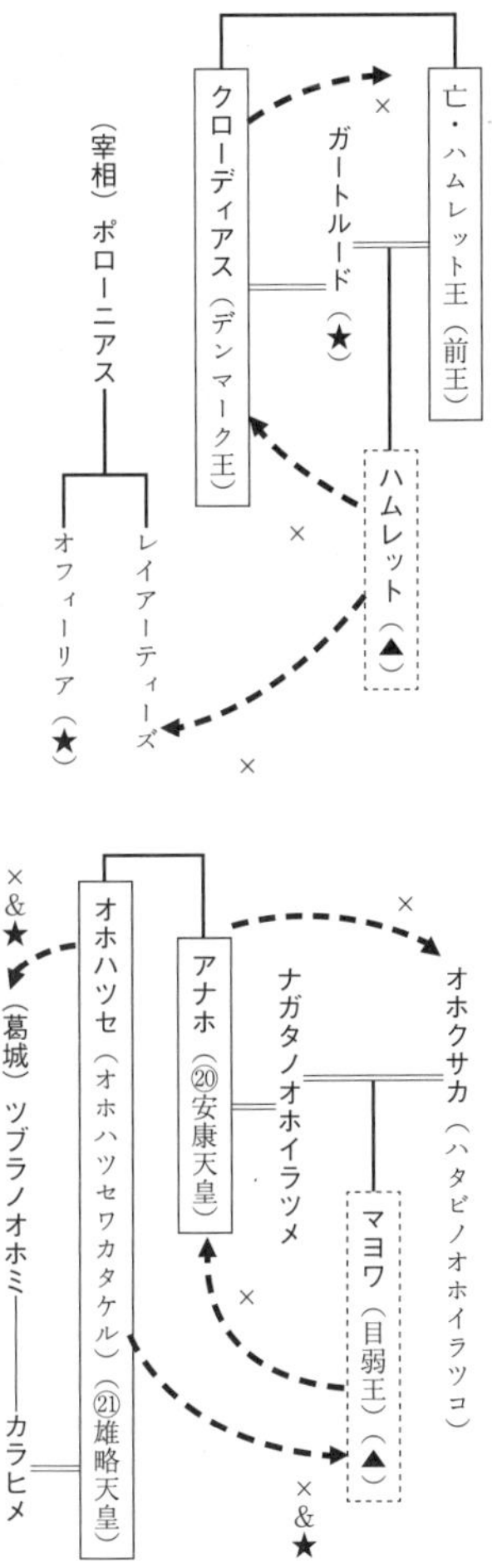


（注）★＝自死　／　×＝殺害
▲＝ハムレットは剣の毒で死に、マヨワは望んで大臣が殺す。

王であった父を殺され、即位した叔父クローディアスの后となった母ガートルードの変節に苦しみ、父殺しの犯人が現王クローディアスであることを知って狂気を装い、オフィーリアとの恋も捨てた悩める青年の物語が『ハムレット』ですが、この戯曲は、極論してしまえば単純な仇討ち物語だということができます。最後は、自分を毒殺しようとした継父クローディアスに毒酒を飲ませて仇討ちを果たし、自分もクローディアスの陰謀によって毒の塗られた剣で傷ついて死ぬことで、悲劇の主人公ハムレットは誕生します。

### †ツブラノオホミの決断

世界的に有名な長編戯曲『ハムレット』と作者もわからぬ短編物語とを同列に置いて、どちらも仇討ち物語だというのはシェイクスピアには失礼なことですが、この二つの物語の粗筋だけを比べていえば、マヨワの物語のほうがおもしろいとわたしは思います。それは、後半に以下のような物語が語られているためです。この章のはじめに引用した、オホハツセが不甲斐ない二人の兄クロヒコとシロヒコとを殺したのに続いて語られている場面です。

そこで、生き残ったオホハツセはみずから軍《いくさ》を興《おこ》し、ツブラノオホミの家を囲んだ。

それを知って相手も軍を興して待ち戦《たたこ》うたので、互いに射かける矢は、まるで沼に生えた葦《あし》のごとくに乱れ飛んだ。その中でオホハツセは、飛んでくる矢を払うために矛《ほこ》を杖《つえ》にして歩み出したかと思うと、ツブラノオホミの家の中に向こうて声をかけた。

「われが契りを交わしたおとめごは、もしや、この家にいますか」

するとツブラノオホミがその言葉を聞きつけ、みずから外に出て、佩《は》いた太刀を腰からはずすと、八《や》たび額《ひたい》を土につけながら申し上げた。

「先の日に声をかけていただいたわたくしの娘、カラヒメは家の中に居ります。その娘カラヒメは、わたくしの持っております五所《いつところ》の屯宅《みやけ》を副えて差し上げましょう。しかしながら、わたくしの身はオホハツセの御子様にお仕えすることはできませぬ。そのわけは、往古《いにしえ》より今に至るまで、臣《おみ》や連《むらじ》が御子の宮に隠れたということは聞いておりますが、いまだ、御子が臣の家にお隠れになるなど聞いたことがないからでございます。

とくと考えてみまするに、賤《いや》しいわたくしツブラノオホミが力のかぎり戦《たたこ》うたところで、とてもオホハツセの御子様に勝つことなどありえないでありましょう。それはわかっておりますが、わたくしを頼みにして賤しい臣の家にお入りくだされた御子は、たとえわたくしが死ぬとしても、見棄てることなどできるわけがございません」

ツブラノオホミは、そう言うたかと思うと、また太刀を身に佩《は》き、家に帰り入ると、オホハツセの軍《いくさ》と戦《たたこ》うた。そして、ついに力尽き矢も尽きて、マヨワの御子に申し上げた。「わたくしは、手傷《てきず》を負ってしまいました。矢も尽き果てました。今はもう戦うこともできません。いかに致しましょうや」

するとマヨワは、答えて言うた。「こうなれば、もうなすべき手立てはありません。今は、われを殺したまえ」と。

それで、ツブラノオホミは手にした太刀でその御子を刺し殺し、すぐさまおのれの首を切って死んだ。

この部分の主人公はマヨワというよりは、大臣のツブラノオホミだと言うこともできるでしょう。そして、語られるのはその潔い最期です。

こうした「忠臣」像の成立には、おそらく儒教的な思想が影をおとしているはずです。そのために、この話を忠臣とか忠義といったかたちで説明してしまうと、主従関係を前提とした古臭い観念に彩られているようで、また、戦前の忠君愛国などという死語を思い出させるようで危険な部分がないとはいえません。しかし、人としての生きかたのひとつの理想を描いているという点で、わたしには、ツブラノオホミは古事記のなかでもことさらに魅力的な人物にみえます。しかも、たんなる忠臣の物語でないのは、国家の力に抗《あらが》うというかたちで御子マヨワへの信義が貫かれているからです。

自分を頼ってきたマヨワは七歳の少年です。その父オホクサカは王族の一人でしかなく、マヨワは先代の大君の子でもないわけですし、血縁的なつながりがあるわけでもありません。天皇と姻戚関係を結ぶような大豪族であった葛城《かずらき》氏の頭領がことさらに護る必要などなかったはずです。つまり、ツブラノオホミには打算が働いていないのが魅力的なわけで、そこに、この伝承を理解するカギがあるとわたしは思います。

ツブラノオホミは、負けることがわかっていながら、マヨワを護ろうと決断します。それが聴き手を感動させるのです。ここで、第五章の最後（２０４頁〜）に紹介したキナシノカルとオホマヘヲマヘノスクネとの関係を重ねてみます。あの話は、兄妹相姦のタブーを犯したために弟のアナホに攻められるのを恐れた太子キナシノカルが、大臣の家に逃げこんだのに、物部《もののべ》一族のオホマヘヲマヘノスクネは、自分を頼ってきたキナシノカルを捕らえ、家を囲んだ大君アナホに差し出してしまいました。

同じく大臣でありながら、オホマヘヲマヘノスクネとツブラノオホミとの対応はまったく正反対です。一方は権力のために罪を犯した御子を捕らえ、一方は、負けるとわかっていながら大君を殺した御子を護って戦おうとします。どちらが聴き手に感動を与えるか、それは言うまでもないでしょう。

### †語り手の視線

マヨワの物語では、御子と臣下との哀しい物語を盛りあげようとするこまかな工夫がなされています。古事記によれば、マヨワという御子は、盲目の少年として語られていたようです。あいまいな言い方になるのは、古事記に盲目だったとは書かれていないからです。マヨワの名前は原文に「目弱王」と表記されています。ただし、日本書紀には「眉輪王」とありますから、漢字「目弱」は音「マヨワ」を移しているに過ぎないという反論もあるでしょう。しかし、マヨワという名を耳で聴いて漢字に移す時、「目弱」と表記するのは、表記者の意識に「目が弱い」という意味が浮かんだから「目弱」の表記を選んだのではないか。そこから考えて、マヨワは盲目の少年として語られていたのだろうとわたしは推測します。

事実にこだわれば、実際にマヨワと呼ばれる御子が五世紀後半に実在したかどうかもわかりません。しかし、いったん物語にこのように語られてしまうと、マヨワという少年は目が見えないのだと受け取られ、哀れを誘う物語になってゆくというのが、語られる伝承を受け入れる人びとの語りかたであり聴きかたでもありました。だからこそ、ツブラノオホミのような潔い人物が登場してくることにもなるのです。

シェイクスピアは、宰相ポローニアスにツブラノオホミほどの恰好いい役割を与えませんでした。あくまでもハムレットという一人の主人公の心情と行動に焦点を絞りたかったからでしょう。あるいは、エリザベス朝の、十六世紀末から十七世紀初頭に活躍したシェイクスピアという劇作家にとって、安定した宮廷への回帰が物語の結末として必要だったというふうにいえるのかもしれません。

それに対して、主君と臣下との理想像をマヨワとツブラノオホミとの関係を通して語ろうとした古事記の伝承には、滅びの美学とでもいえるような雰囲気が漂っています。間違いなく、語り手の視線は、王となったオホハツセにではなく、敗れていったマヨワとツブラノオホミのほうに向いています。おそらく、この物語の成長には、王家の内部抗争を原因とした復讐物語だけでは満足できない人びとが関与していたとわたしには思えるのです。もっといえば、五世紀の終わり頃にその勢力を弱めてしまった葛城氏という豪族の側に立って、この物語は伝えられていたに違いありません。

ここに語られているマヨワとツブラノオホミの物語は、日本書紀にも事実関係としてはほぼ同じ内容で伝えられています。ただ一か所、違っているのは最後の場面です。オホハツセは、円《つぶら》の大臣《おおおみ》のことばを聞くとただちに、「火を縦《はな》ち宅《いへや》を燔きたまふ」（雄略即位前紀）

と記されていて、マヨワと臣下とを心中させるようなことはしません。そして、葛城氏の滅亡にかかわっていえば、それが真実に近かったと考えられるのは、二〇〇五年に発掘された葛城氏のものとされる邸宅（御所《ごせ》市極楽寺ヒビキ遺跡）が火災に遭っていたことからも想像できます（三浦佑之『古事記を旅する』）。

儒教的な性格が古事記とはくらべられないほどに濃厚な日本書紀のことですから、忠臣物語が描かれるのは当然ですが、物語としてのおもしろさは古事記には遠く及びません。それは、心中させずに焼き殺してしまったと語るところに端的に表れているように、日本書紀編纂者の視線は、死んでいく者たちにではなく、王権の側に向いているからです。おそらくそれは、「語る」という言語行為によって成長したのとは別の、国家の側から叙述された「正史」として日本書紀が存在するからだと考えることができます。

## †王権を逸脱する者たちへ

現実にどのような事件が起こったのかといえば、五世紀後半の王権の内部に生じた、氏族たちを巻き込んでの御子同士の権力闘争だったのでしょう。古事記や日本書紀には、そうした争いがしばしば語られています。そして、オホハツセが当面の抗争に勝利したのです。その時、争いをどのように描くかという点で、古事記と日本書紀との違いは鮮明になります。そのポイントは、どのようなポジションから物語を語るかということです。

古事記の場合、その分岐点で、王権を逸脱する者たちへの視線を抱えこんで語られるところに特徴があります。それは、王権の外側に位置した、あるいは王権と外部との狭間に位置した語り手を、古事記の伝承は抱えこんでいるからです。マヨワの伝承でいえば、五世紀に滅んでいった葛城氏に寄り添う語り手が見えてきます。

すでに気づかれた方もいると思いますが、『平家物語』について柳田國男《やなぎたくにお》が論じた、出来事の証人であり語り手でもある「有王《ありおう》」のような役割をもつ存在が（「有王と俊寛僧都」）、マヨワをめぐる葛城氏の伝承の背後には潜んでいるに違いないとわたしは考えています。それはある意味で、『平家物語』を語ることがそうであるような、鎮魂的な性格をもつのかもしれません。そして、語りというのは、いつも滅びていった者たちの側にあると言えそうな気がしています。

もちろん、王権の内部にも語り部はいました。それは、王を讃美し、王権の歴史を称える語り部です。日本書紀の論理は、その延長線上に存在します。それに対して、王権の外側に、王権と外部との狭間に位置して王権の出来事を語る者たちがいたということを、古事記の語りは明かしているのではないでしょうか。この点に関する見通しを述べておくと、わたしは、西アフリカのモシ族について調査した文化人類学者の川田順造の報告からヒントを得ることができると考えています。モシ社会における語り部について、川田さんは二つのありかたを指摘して次のように述べています。

声の芸人は一方では王制にとりこまれ、すみずみまで定型化されたことばで王の名をたたえる王宮付楽師と、「クンデ」という四弦の撥弦リュートやヒョウタンのガラガラを鳴らしながら、過去現在の王の名や村の名をよみこんだうたいものをうたって歩く、落魄した流しのほがいびとに両極化したように思われる。(『聲』)

日本列島の古代社会においても、王(天皇)に隷属し王の歴史を鑚仰《さんぎょう》する語り部たちと、外部をさすらう語りの者たちがいたのではないでしょうか。ホカヒビト(乞食者)と呼ばれる人びとが、そうしたさすらう語り部を髣髴《ほうふつ》とさせます。そのような時に、古事記「序」を信じて朝廷の内部に閉じ込めようとする古事記研究の不毛を感じるのです。

## 2 オホハツセワカタケルの物語

## †獲加多支鹵《わかたける》大王

血みどろのと言っていい戦いを制して大王となったオホハツセワカタケルですが、即位したのちは、穏やかな求婚物語などが展開します。もちろん、凶暴な部分も時には顔を見せて、「堅魚木《かつおぎ》」を屋根に置いた、おのれの宮殿と同じような立派な邸宅があるのを見て怒ったオホハツセは、臣下に焼いてしまえと命じます。また、差し出された杯に槻《つき》（ケヤキ）の葉が浮かんでいるのを見つけて怒り、杯を奉った三重の采女《うねめ》を切り殺そうとします。ところがそれらの怒りは、邸宅の主、志幾《しき》の大県主《おほあがたぬし》が貢ぎ物を捧げて謝罪したり、采女が祝福の歌をうたって謝ったりすると、すぐに鎮まります。

こうした話を読んでいると、やはり物語的な性格がつよいということができそうです。求婚譚などもそうですが、いささか滑稽味のある話や、オホハツセが笑われる話も混じっていて、民間伝承として語られていてもおかしくないという印象を与えるのです。そしてそれらは、競争相手を力ずくで倒していった即位前の伝えとはずいぶん違っているのではないか。その違いは、前節に紹介したマヨワやツブラノオホミとの戦いの場合は語り手の立場がマヨワたちの側にあって、オホハツセは悪役に位置するというところから生じているのでしょう。それに対して即位後の伝承は、いずれの場合にもオホハツセを主人公にして物語は展開します。

一九七八年のこと、その十年ほど前に発掘されていた錆《さ》びた鉄剣を保存するために修理していたところ、「辛亥年七月《しんがい》」からはじまる一一五文字の金象嵌《きんぞうがん》が見つかりました。稲荷山古墳から出土した鉄剣ですが、その中に刻まれていた「獲加多支鹵《わかたける》大王」というのは、古事記や日本書紀に出てくるオホハツセワカタケルであり、辛亥年というの西暦四七一年のことだろうというのが大方の見解です。

そうすると、古事記に「己巳《きし》年八月九日」に死んだと記されている四八九年とも矛盾することはなく、オホハツセという大王は五世紀後半にヤマトの地を支配したとみて誤らないでしょう。ただし、没年として記された己巳年にたしかな根拠があるかどうかは不明ですし、百二十四歳と記された年齢をみても、没年はあまり信用できないと考えたほうがよさそうです。しかし、五世紀後半にオホハツセワカタケルと呼ばれる支配者がヤマトにいたという事実は、中国の歴史書『宋書』に出てくる倭王「武」と重ねて動かないと思います。

## †ワカタケルの求婚――待つ女

即位したのちのオホハツセの物語には、のどかな印象を与える求婚譚が伝えられています。まずは、よく知られた話を読んでみます。

また、ある時に天皇は国をめぐって美和河《みわがわ》に行ったが、河のほとりで衣《きぬ》を洗うおとめに出逢《でお》うた。その姿かたちはうるわしく、天皇はそのおとめに声をかけた。「そなたは誰の子だ」と。すると答えて、「わたくしの名は、引田部《ひけたべ》のアカキの子と申します」と言うた。すると天皇は、「そなたは嫁《とつ》がずにおれ。そのうちに、われが召そうぞ」と言い置いて、宮に戻った。

それでアカキの子は、大君の仰せを心待ちにして嫁ぎもせずに待ち続けて、すでに八十歳《やそとせ》を過ぎてしもうた。そこでアカキの子は思うた。「お言葉を仰ぎ待っている間に、ひどく多くの年を重ねてしまいました。姿かたちは痩《や》せ萎《しぼ》み、美しさを頼みにすることはできなくなってしまいました。しかし、ここまでお待ちしていた心だけはお伝えしないことには、この胸のうちの苦しさを晴らすことはできそうもありません」

そう思うて、妻問いのための山と盛った贈り物の品をお伴の者にもたせ、大君のもとに参り出て差し上げた。しかし、天皇は先に声をかけたこともすっかり忘れて、そのアカキの子に問うた。「そなたは、どこの婆さんか。いかなるわけでここに来たのか」と。そこでアカキの子は、答えて申し上げた。「去る年の去る月に大君のお言葉をいただき、お召しを仰ぎ待って、今日に到るまで八十歳《やそとせ》を過ごしてしまいました。今は姿かたちもすでに衰《おとろ》え老いて、頼みにすることもできません。しかしながら、わたくしの心だけはお知りいただきたいと思い、まかり越したのでございます」

それを聞いた天皇はひどく驚き、「われは、そうしたことがあったというのもすっかり忘れていた。しかしながら、そなたが志を守り、わが言葉を待ち続けて、いたずらに身の盛りの年頃を過ごしてしまったというのは、これはまことに愛《いと》しく哀れなことである」と言うて、心のなかでは結びおうてもとは思うたが、アカヰの子はあまりに老い果てて、まぐわうことも叶わぬので、それを悲しんで歌を賜わった。

オホハツセの歌った二首とアカヰの子の歌二首は省略します。この女性は、原文に「引田部赤猪子」とあり、アカヰコという名前とみる解釈もあるが、赤猪（父の名）のむすめというのでアカヰの子と呼ばれているとみなしました。引田部というのは引田という氏族に隷属する部の民で、とても大王に声をかけられるような血筋の女性ではなかったでしょう。それゆえにアカヰの子は、いつまでもいつまでもお呼びがかかるのを待ち続けたのです。オホハツセにとってはほほえましいエピソードとして読めるのですが、考えようによってはずいぶん残酷な話です。

同じ時間の上に生きているはずなのに、アカヰの子だけがおばあさんになり、オホハツセは変わらないというような印象を与えるという点で、この話は奇妙なところがあります。おそらくそこには、天つ神の子孫だからとは認識されてはいないとしても、特権化された支配者の時間というようなものがはたらいているのかもしれません。百二十四歳で没したという末尾の記事と連動しているとまでは言えないでしょうが。

そして、このような話を置くことによって、憎めないところのある支配者、ちょっととんまな性格の大王という側面を描こうとしています。たとえばオホサザキ（仁徳天皇）の場合も、若い女にちょっかいを出して嫉妬深い后イハノヒメに振りまわされる伝承が婚姻譚を彩っていましたが、そこには、笑いを誘いながら親しみのある大王像が意図されていると思われます。そうした話題は語りの世界にとってはなじみ深く好みの題材だということは、ヤチホコの神語りなどを思い出せばわかります。

## †ワカタケルを拒む女

権力者が結婚に手こずったり、ひとりの女を思うようにできないというのは、傍観者の話題としてはたしかに面白いものです。今でも、有名人やタレントの離婚や失恋のスキャンダルは人気があります。オホハツセにも次のような失敗譚が語られています。

また天皇は、丸迩《わに》のサツキノオミの娘、ヲドヒメを妻問《つまど》うために、春日《かすが》にいでました時、そのおとめに道のほとりで逢《お》うた。するとおとめは、天皇の姿を見るなり、岡のあたりに逃げて隠れてしもうた。それで、歌を作った。

をとめの　いかくるをかを
かなすきも　いほちもがも
すきはぬるもの

おとめの　隠れている岡よ
くろがねの鋤《すき》を　五百箇《いほち》もほしい
鋤《す》き起こし探し出そうものを

五世紀の豪族・丸迩氏の娘への求婚に失敗したという語りの背後には、丸迩氏と大王家との関係に何らかの変化が生じているのかもしれません。丸迩氏は、むすめを大王と結婚させることによって外戚氏族として勢力を振るう大豪族でした。ホムダワケ（応神天皇）と結婚してウヂノワキイラツコを生んだヤカハエヒメも、ミヅハワケ（反正《はんぜい》天皇）と結婚したツノノイラツメやオトヒメも、オケ（仁賢《にんけん》天皇）と結婚したヌカノワクゴノイラツメも、みな丸迩氏の出身です。五世紀の豪族としては、葛城氏と丸迩氏とが、大王家の外戚氏族としてもっとも大きな力をもっていました。

前節で述べたように、葛城氏はオホハツセによって滅ぼされます。丸迩氏の場合は、のちには春日臣へと名を変えながら続いていきますから、葛城氏の場合とは違うのでしょうが、六世紀になると大王家の外戚氏族は蘇我氏へと移っていきます。そういう点では、大王の求婚を拒むヲドヒメの伝承は象徴的な意味をもっているのでしょう。

丸迩氏について、角川源義《げんよし》は、古事記の伝承において語り部の一翼を担っていたのではないかと想定しています。そして、彼らの得意とした伝承は、決まった様式をもっており、「ほとんど婚姻説話と誇張咄《オホバナシ》に限られ」ていたと述べます（「和邇部の伝承」）。ホムダワケのところにあった「この蟹や」の歌謡や、オキナガタラシヒメが生んだ子を連れて東に向かった時の戦いの際に活躍した丸迩氏の祖タケブルクマの功績譚などを念頭において述べるのですが、たしかに丸迩氏が古事記の伝承の一端を担っていたというのは、葛城氏とともに認められるのではないかと思います。とすると、古事記に載せられている伝承の一部は、五世紀にその萌芽があると言えそうです。そしておそらく、そこには滅亡や衰退といった要因がかかわっていたらしいと考えることができます。

## 葛城山での出来事

オホハツセがヲドヒメに拒まれたという伝承の前に、古事記では葛城山での二つの出来事を語ります。ひとつは、葛城山に狩りに行ったオホハツセがイノシシに出遭《であ》い、射そこなって追われ、木に登って逃げたという話です。その時に、逃げ登ったハンノキの上で次のような歌謡を歌います。

やすみしし　わがおほきみの
あそばしし　ししの
やみししの　うたきかしこみ
わが逃げのぼりし　ありをの
はりの木のえだ

八つの隅まで統《す》べなさる　わが大君が
狩り遊びをなさると　イノシシの
手負いのシシの　唸り声に畏れなし
わが逃げ登った　高くそびえる丘の
そのハンノキの枝よ、折れるな

「わがおほきみの」とありますが、古事記ではオホハツセ自身が歌ったと語ります。そして、ここにはいささか滑稽なオホハツセを語ろうとする意図があるのだと思いますが、それがなぜ葛城山での出来事として語られるのでしょうか。

前節で取りあげたマヨワとともに滅んでいった大臣ツブラノオホミは葛城氏の頭領でした。ハツセ（初瀬・泊瀬・長谷）の地（奈良盆地の南東部、奈良県桜井市）に宮殿をもつオホハツセワカタケルが、奈良盆地南西端の葛城山へ遠征するのは、おそらく葛城氏の滅亡とかかわっているに違いありません。制圧した土地の、しかも葛城氏にとってももっともだいじな神の山に足跡を遺すことが、オホハツセには必要だったのです。

### †葛城の神ヒトコトヌシとの出会い

このイノシシの話と並べて置かれているのは、おなじく葛城山に登って神に出会う話です。要約して紹介します。

ある時、オホハツセは葛城山に登ると、谷を挟《はさ》んだ向かい側の尾根を、天皇のお伴どもとまったく同じ装束を身に着けて登る一群がいた。そこでオホハツセが、倭の国には自分以外に王はいないはずなのに誰だとたずねると、向こうも同じことを聞いてくる。怒ったオホハツセとお伴が弓に矢を番《つが》えると、相手も同じようにする。そこで、たがいに名乗りをしようということになり、相手は「われは、悪《あ》しき事も一言《ひとこと》、善き事も一言、何事も一言で言い放つ神、葛城のヒトコトヌシの大神だ」と言う。

相手の正体を知ったオホハツセは謝罪し、お伴の者たちが着ていた衣を脱がせてヒトコトヌシに奉った。すると喜んだヒトコトヌシは、山々の峰に満ち溢れるほどにお伴を引き連れ、長谷《はつせ》の山の入り口までオホハツセを送り届けた。

おそらくこの伝承の背後にあるのは、葛城氏と大王家との和睦というような出来事なのでしょう。ツブラノオホミが滅んだのちに、ヤマトと河内とのあいだに位置する重要な拠点を、オホハツセは掌握したのです。そのためかどうか、オホハツセの墓は、葛城の山並みを越えた「河内の多治比《たじひ》の高鸇《たかわし》」（大阪府羽曳野市島泉という）に造られたと伝えています。

さて、オホハツセが没すると、御子シラカノオホヤマトネコがあとを継ぎます。第二十二代清寧《せいねい》天皇の誕生ですが、この天皇には子がなかったために、没すると後継者がいないという事態に直面します。そこで葛城の忍海《おしぬみ》の高木の角刺《つのさし》の宮（奈良県葛城市忍海《おしみ》の地にあったという）にいたオシヌミノイラツメ（またの名イヒトヨ）が中継ぎの女帝のような役割を果たします。この女性は、オホハツセに謀殺されたイチノヘノオシハの妹で、オホエノイザホワケ（履中天皇）のむすめです。

ホムダワケ・オホサザキからはじまる五世紀の大王家にとって、とんでもない危機が襲いかかります。血をつなぐ後継者がいないという異常事態が生じてしまったのです。そこに現れたのが、救世主となる兄弟でした。

いよいよ、古事記の掉尾《ちょうび》をかざる物語がはじまります。

## 3　凱旋するオケとヲケ――シンデレラ・ボーイの物語

### †隠れ棲む貴種

王権にゆかりをもつ御子たちの物語には、大まかにいうと二つの流れがあります。一つは、マヨワのように、争いに敗れて死んでしまう悲劇的な物語です。ヤマトタケルもそうした主人公の一人でしょう。それに対してもう一つは、苦難ののちに王になって凱旋する物語です。初代天皇カムヤマトイハレビコの東征譚がその典型としてあります。そして、古事記の最後を飾るのも、苦難のすえに王として凱旋する兄弟の物語です。

オケとヲケの兄弟は、オホエノイザホワケ（履中天皇）の孫にあたる御子で、弟のヲケは第二十三代顕宗《けんぞう》天皇、兄のオケは第二十四代仁賢《にんけん》天皇として即位したと古事記や日本書紀では伝えています。その実在性は不確かですが、ホムダワケとオホサザキからはじまった難波（河内）王朝と呼ばれる王権の最後を飾る、五世紀末を舞台にした物語です。はじめに、簡略にあらすじを紹介すると、次のようになります。

淡海《おうみ》の国の久多綿《くたわた》の蚊屋野《かやの》（滋賀県東近江市のあたりか）に狩りに誘い出されたイチノヘノオシハ（オケ・ヲケ兄弟の父で、履中天皇の皇子）は、いとこオホハツセワカタケル（允恭《いんぎょう》天皇の皇子）に射殺され、死体はきざまれ飼い葉桶に入れて埋められる。父が惨殺されたことを知った幼い兄弟オケとヲケは、身の危険を感じて家を出て逃げ、山代《やましろ》の国の苅羽井《かりはい》（京都府綴喜郡のあたりか）で食糧を奪われるなどの苦難を経たのちに、玖須婆《くすば》の河（大阪府枚方市楠葉で、淀川の渡し場）を渡って針間《はりま》の国（今の兵庫県）に逃げのび、その地の豪族シジムの家で、身をやつし馬飼い・牛飼いとして使われることになった。

一方、後継者候補を次々に倒したオホハツセワカタケルは天皇（雄略）となり、長谷《はつせ》の朝倉の宮で天下を治めた。時を経て、オホハツセが没したあとの朝廷では、オホハツセの子シラカ（清寧天皇）があとを継ぐが、子どもが生まれないままに没して後継者も絶える。

針間に逃げた兄弟は、あいかわらずシジムの家で身分を隠して働いていた。ある時、シジムの屋敷で新築祝いの宴が行われ、集まった人びとが次々に舞い、火焚きの童《わらわ》として竈《かまど》のそばに侍っていた二人の兄弟も舞わされることになった。兄弟で譲り合った末に兄が舞い、つぎに立った弟のヲケが「詠《ながめごと》」をした。それは自分たちの素性を明かす詞章を唱えたものだが、朝廷から派遣されていた針間の国の長官が宴には招かれており、「詠」を聞いて二人の兄弟がイチノヘノオシハの御子であることに気づき、都に報告した。その結果、大君の血統が絶えようとすることに心を痛めていた叔母イヒトヨが二人の御子を都に召し出し、シラカのあとを継いで王位に就かせた。

自分たちの素姓を明かす名乗りの歌を歌った弟ヲケが先に天皇となり、続いて兄オケが即位します。凱旋後の物語も古事記にはさまざまに語られています。即位前には、弟ヲケと、平群《へぐり》の臣シビという豪族とのあいだに生じた、ひとりの女をめぐる歌の掛け合い、即位後には、父イチノヘノオシハの骨が埋められた場所を知っていた老女オキメにまつわる物語や歌謡、逃げる途中で二人から食糧を奪った山代の猪飼《いかい》に対する制裁、父を殺したワカタケルの墓を暴く話などが語られます。父が殺される話から即位後の物語まで、さまざまなエピソードを積み重ねながら長編の物語として構成されているのですが、ここでは、針間で見出されて都に呼び戻されるまでの部分を中心に取り上げてみようと思います。

### †さまざまな苦難

オケとヲケは、放浪と隠棲ののちに五世紀の終わりに天皇として即位したと伝えられていますが、カムヤマトイハレビコやホムダワケのような、輝かしい栄光に向かう遍歴を語るのとはずいぶん違ったところで語られているような感じがします。最初から約束された血統をもつ者たちではなく、いったんは排除され、泥だらけになり、灰まみれになった御子たちの苦難に満ちた物語だからです。

即位後も試練が続き、ヲケには子がなく、あとを継いだ兄オケの子ヲハツセノワカサザキ（第二十五代武烈《ぶれつ》天皇）が位に就くのですが、やはり子どもは生まれませんでした。そこで登場するのがワカサザキの姉タシラカノイラツメで、彼女のもとに、ホムダワケの五世孫を名乗るヲホド（第二十六代継体天皇）が入《い》り婿《むこ》のかたちで入ることで皇統をつなぎ、かろうじてアメクニオシハルキヒロニハ（第二十九代欽明《きんめい》天皇）以下の六世紀の天皇たちに受け継がれていきます。こうした流れの上に存在するオケとヲケは、いわば河内王朝の末尾を彩るために置かれているということができるでしょう。そして、その傷だらけの栄光を語る物語は、二人の実在性とは別に、きわめて様式化されたかたちで語られています。

二人が幼い時、父イチノヘノオシハはいとこのオホハツセに殺されます。身の危険を感じて二人は逃げ隠れるわけですが、これは典型的な貴《き》種流離《しゆりゆうり》譚になっています。しかも、馬飼い・牛飼いというもっとも賤《いや》しい者に身をやつし、火焚《ひた》きの童子《わらわ》となって隠れ棲むのです。この構造は、ずっとのちのヨーロッパで語られる昔話として有名な、継子いじめ

「シンデレラ」とよく似ています。フランス語ではサンドリヨン、ドイツ語ではアッシェンプッテルという呼び名は、主人公の少女をさげすんだあだ名で「灰かぶり」の意味です。彼女たちは、かまどの前で灰まみれになってはたらき、継母やその連れ子たちにいじめられます。これは、「欠乏」と「欠乏の解消」を語る（アラン・ダンダス『民話の構造』）、もっとも典型的な物語構造をもっています。

オケ・ヲケの兄弟も、火焚きをする灰まみれの少年（シンデレラ・ボーイ）です。日本

系図8「古事記下巻末の天皇たち」

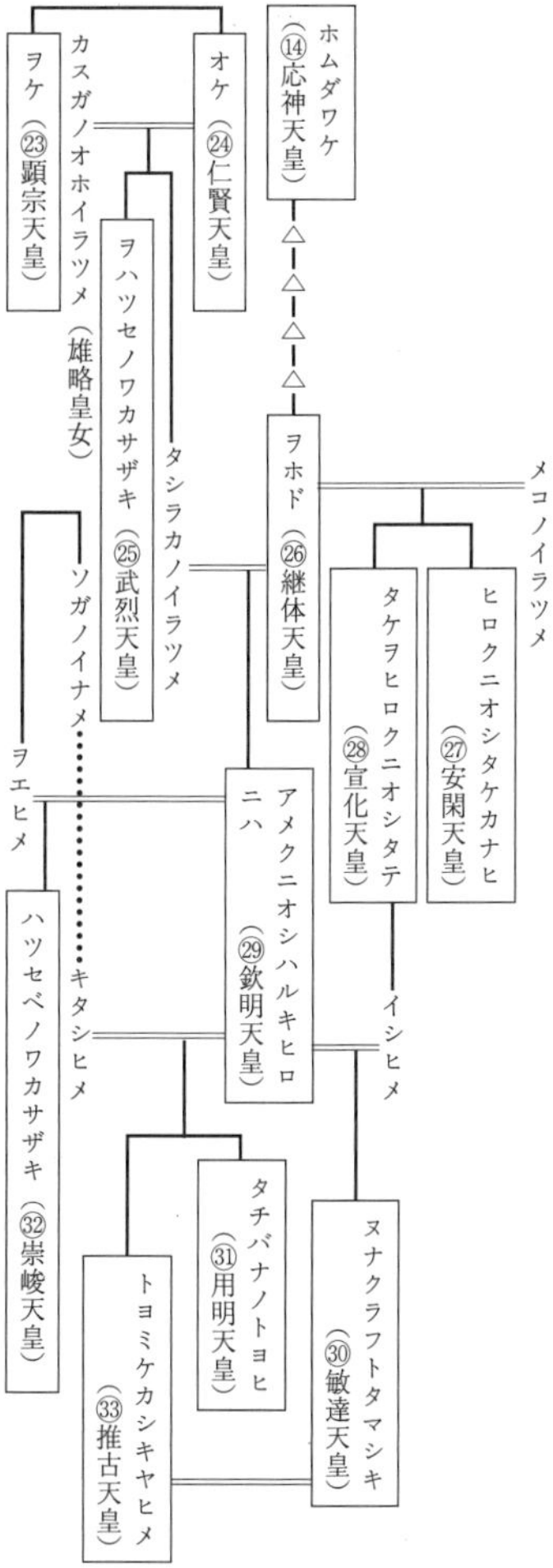

でもシンデレラ型の継子いじめは古くから存在し、十世紀末のかな物語『落窪物語』がよく知られています。昔話「灰坊」の主人公のように男の子の継子も語られています。オケ・ヲケは継子ではありませんが、継子と同様に、親が殺されて頼る者もいないかわいそうな少年です。

### †食べ物のうらみ

もとは高貴な血筋の子が、親を亡くして幾多の苦しみを味わうというのは、洋の東西を問わず、少年少女の苦難を語るパターンです。そのなかで、オケ・ヲケがオホハツセに父を殺されたことを知って逃げる場面に、次のようなエピソードが語られます。

ここに、イチノヘノオシハの幼い御子、オケとヲケの二柱《ふた》の御子たちは、その乱れを聞くとすぐさま家を出て逃げた。
そこで二人は、倭から山代《やましろ》の苅羽井《かりはい》に到り、持って出た粮《かりて》を食べておった時、顔に入れ墨をした老夫《おきな》がやってきて、その粮を奪った。二人は、「粮が惜しいわけではない。しかし、そなたは誰だ」と問うた。すると老夫は、「わしは山代の猪飼《いかい》い」と答えた。

さて、二人の御子は腹を空《す》かせたままで先を急ぎ、玖須婆《くすば》の河を逃げ渡り、針間の国に到ると、身の上を隠して、その国の人、名はシジムの家に雇われて、馬飼い、牛飼いとして使われることになった。

食べ物のことを語っているからというわけではありませんが、こうした些細なと思えるエピソードを語るのは、王権の物語にはそぐわないような気がします。おそらく王権の外で語られる庶民の物語であったに違いないと思わせるのです。そして、「粮が惜しいわけではない」と言っておきながら、粮を奪った老人への報復は強烈です。ヲケが即位した直後に次のように語られています。

さて、即位したヲケは、二人が倭《やまと》から逃げ出した時に、その少ない粮《かりて》を奪った山代《やましろ》の猪飼《いか》いという老人を探させた。そして都に召し出すと、その老人を飛鳥河の河原に連れて行って斬り殺し、その猪飼いの族《うから》をことごとく集め、膝《ひざ》の筋《すじ》を断ってしもうた。それで、今に至るまで、その子や孫たちが倭に上ろうとする日には、足が曲がってうまく歩けなくなってしまうのじゃ。そして山代の猪飼いの者たちには、おのれらの祖《おや》の老人が粮《かりて》を奪い取ったところを、よく見させた。それで、そこを志米須《しめす》と言うことになった。

この徹底した報復と残虐な仕打ちは、おそらく聴き手に大きなカタルシスを与える痛快なものだったと思います。現存する最古の継子いじめ譚『落窪物語《おちくぼものがたり》』に描かれている継母「北の方」とその実子たちに対する報復もそうですし、「竹のこぎり」で山椒太夫の首を百六回も挽いて落としたと語る中世の説経節『さんせう太夫』もそうですが、苦難ののちの報復という語り口は、間違いなく、民間伝承における語りの中で育ったものです。

### †伝えられる歌

オケ・ヲケの物語のクライマックスに位置するのが、隠していた素姓を明かす場面です。古事記では、シジムの邸の新築祝いの宴会で、竈《かまど》の前にいた賤しい少年二人が譲りあったのちに、兄がまず舞い、次に弟が舞おうとして「詠《ながめごと》」という歌を歌います。

物部《もののふ》の　我が夫子《せこ》が
取り佩《は》ける　大刀の手上に
丹《に》画《か》き著《つ》け

---

武士《もののふ》である　わが御子が
腰に取り佩いた　太刀の柄《つか》には
赤い色にて画《え》を描き付け

其の緒《を》は　赤幡《あかはた》を載せ
赤幡を　立てて見れば
五十《い》隠《かく》る　山の三尾《みを》の
竹をかき刈り
末《すゑ》押し　なびかすなす
八絃《やつを》の琴を　調べたるごと
天《あめ》の下　治め賜ひし
伊《い》耶《ざ》本《ほ》和《わ》気《け》の　天皇《すめらみこと》の御子
市辺《いちのへ》の　押歯の王《おほきみ》の
奴末《やつこすゑ》

---

その太刀の紐には　赤い幡を付け
その赤い幡を　立てて見渡せば
奥深く籠もる　山の尾根に立つ
竹を刈り取り
その竹の末を押しつけ　靡《なび》かせるに似て
八つの絃を持つ　琴の調べに似て
平らかに天の下を　治めなされた
イザホワケの　大君の御子
イチノヘノ　オシハの御子の
われら末にて

はじめから九行目までは、ことばのつながりや意味に不明な部分が多いのですが、立派に天下を支配したことをあらわす比喩表現になっていると思われます。この歌で述べたいのは、最後の四行にみられる名乗りです。そして、その名乗りに信憑性を与えているのが、前に置かれた比喩表現だということになります。

古事記では、歌謡は一字一音の音仮名（万葉仮名）表記になっているのですが、この部分はそうではありません。「詠」という呼び名からみても、他の歌謡とは別のものと考えられていたのは明らかです。そして、この名乗りは、日本書紀の顕宗即位前紀や播磨国風土記の美嚢《みなぎ》郡の伝承にも似た歌が伝えられています。たとえば風土記の例を引くと、次のような内容です。

淡海《あふみ》は　水渟《たま》る国
倭《やまと》は　青垣《あをがき》
青垣の　山投《やまと》に坐《ま》しし
市辺の天皇《すめらみこと》が
御《み》足末《あなすゑ》　奴僕《やつこ》らま

---

淡海は　水のたまっている国
倭は　青々とした山に囲まれた国
その青い垣根の　ヤマトにいました
市辺の天皇の
ご子孫である　われらは

宴席や祭りの場が物語の舞台になるのは、よくみられることです。ヤマトタケルも新築祝いの宴席でクマソタケルを倒しました。昔話「シンデレラ」では王子さまの舞踏会で、日本の継子いじめの昔話「糠福《ぬかふく》米福」では祭りの場で、継子は立派な若者に見そめられます。華やかさのある場面ですから、物語のクライマックスとして宴席はぴったりの設定なのでしょう。

古事記にも日本書紀にも風土記にも、似たことばをもった名乗りの歌が伝えられているということは、この場面がそれだけいろいろなバリエーションをもちながら語り継がれていたということを示しています。おそらく、この不遇の御子たちの苦難の物語を語り伝える者たちが存在したのです。そのことは、別のところからも確かめることができます。

## †祝福するホカヒビト

古事記には伝えられていないのですが、日本書紀によれば、ヲケは、みずからの素姓を名乗るまえに「室寿《むろほ》き」の歌をうたいます。かなり長い、新築祝いに用いられた呪的な唱え言なのですが、これは、呪術的な力をもつとされるシャーマンや、その伝統を受け継ぐ芸能者たちによって唱えられたものであろうと考えられています。その内容は、建物の建築部材をとりあげながら、建物の立派さや強靭さと家の主人の繁栄や健康とをならべて祝福するという、独特の表現様式をもっています。そしてそのあとに、宴席に出された酒をほめることばが添えられます。

建築部材と人の繁栄とを並べてうたう表現について言うと、この形式は、芸能者によって伝えられていた歌謡に類似の表現が認められます。万葉集に載せられた「乞食者《ほかひびと》の詠《ながめごと》」という題詞をもつ歌がそれです。その中に、顕宗紀の「室寿き」にたいそうよく似た形式をもつ歌詞が出てきます。

その一首、鹿の歌では、角や毛皮など鹿の部位を一つずつとりあげながら、祝福のことばを唱えています。しかも興味深いことには、顕宗紀の新築祝いの呪詞には、「牡鹿《をじか》の角挙《ささ》げて　吾が舞へば」とあって、芸能者たちは鹿に扮してこれらの唱え言を歌っていたらしいのです（三浦佑之『古代叙事伝承の研究』、同『古事記講義』など参照）。宮沢賢治の童話に「鹿《しし》踊りのはじまり」という作品がありますが、わたしは、この唱え言を読むといつも、岩手県の花巻市や遠野市に今も伝わる「鹿踊り」を思い出し、大きな鹿の角を頭につけたホカヒビトが舞いながら唱える姿を想像しています。

もう一つ、ヲケが歌ったという新築の唱え言には、「あしひきの　この傍山《かたやま》の」という句が出てくるのですが、これもどうやらホカヒビトがよく用いる表現だったと考えられます。万葉集の「乞食者の詠」は二首ありますが、そのどちらにも、「あしひきの　この片山に　二つ立つ　いちひが本《もと》に」（巻十六、三八八五番）、「あしひきの　この片山の　もむ楡《にれ》を　五百枝《いほえ》剝ぎ垂れ」（同、三八八六番）という表現が出てきます。とりたてて特徴のある表現とは言えませんが、古代の文献に出てくるのはここだけです。しかも「この」という指示語があるのは、所作があったことを暗示しています。「鹿の頭などをかぶって舞う歌の一つ」で『あしひき振り』とでも命名すべきリズムの歌」があったという小島憲之の想定は、おそらく当たっているでしょう(「古代歌謡の彼方」)。

それを伝えていたのがホカヒビトであり、そこから考えると、オケとヲケの苦難と栄光の物語の流通や伝播には芸能者が関与していたに違いありません。しかも彼らは、王権の内部に存在する者たちではなく、各地を巡り歩く人びとでした。したがって、オケとヲケの苦難と栄光の物語を享受していたのは、王権とはかかわりのないところに生きる人びとだったということになります。

## †クメノワクゴの物語

オケとヲケの物語が王権の外部で語り伝えられていたということを証明する証拠がもうひとつ存在します。古事記には出てこないのですが、日本書紀の顕宗天皇の冒頭部分の系譜記事に、「弘計《をけ》天皇は〔またの名は来目《くめ》の稚子《わくご》〕、大兄去来穂別《おほえのいざほわけ》の天皇の孫《みまご》にして、市辺《いちのへの》押磐《おしは》の皇子の子なり」という注記があります。注目したいのは、ヲケの別名が「来目の稚子」とある点です。このクメノワクゴ(久米若子)には流離し放浪する少年のイメージがつきまとっています。一例をあげると、万葉集巻三に、「博通《はくつう》法師の紀伊《き》の国に往きて、三穂《みほ》の石室《いはや》を見て作れる歌三首」という題をもつ歌があります。

はだ薄《すすき》久米の若子《わくご》が
座《いま》しける三穂の石室は
見れど飽かぬかも（三〇七番）

穂の出たすすきの久米の若さまが
住まわれたという三穂の岩窟は
いつまで見ても飽きないことよ

博通法師については何もわかりません。三穂は現在の和歌山県日高郡美浜《みはま》町三尾《みお》の地で、三尾湾の入り口あたりの海岸にあって、今も「久米の穴」と呼ばれる大きな岩窟があります。そこに、久米の若子と呼ばれる少年が住んでいたというのです。具体的なことはわかりませんが、オケ・ヲケの物語を重ねてみると、何か子細があって岩屋に隠れ棲む少年がいたということだけは確認できます。そして、日本書紀によれば、ヲケもまたクメノワクゴと呼ばれていたというのは注目に値します。

同じく万葉集巻三には、次の歌も載せられています。

みつみつし久米の若子が
い触れけむ磯《いそ》の草根の
枯れまく惜《を》しも（四三五番）

威力にみちあふれた久米の若さまが
お触れになったという磯の草が
枯れてしまうのは惜しいことよ

これらの歌や伝承の背後に、流竄《るざん》を性格とする「久米の若子」という物語的な存在がいたと中西進は考えています（『河内王家の伝承』）。おそらく、何人もの受難の御子たちが苦しい放浪や隠棲をくり返していました。そして、その中の何人かが苦難にうち勝って凱旋したでしょうし、何人かは悲運の最期を遂げることになったのではないでしょうか。

この種の伝承は、折口信夫の「貴種流離」（『古代研究（国文学篇）』）や柳田國男の「流され王」（『一目小僧その他』）の基盤をなしています。そして、そうした伝承を語り伝えた人たちについて、柳田國男は、『平家物語』に登場する僧俊寛《しゅんかん》の最期を語ってめぐり歩く有王に代表させて、「死霊の執着といふ類の不思議を、語つてあるく法師の代々の通り名」として認識したわけです（「有王と俊寛僧都」）。宗教的な性格をもつ巡り歩く語りの者たち、それは中世に固有の存在ではなく、古事記における語りにも援用できるだろうとわたしは考えています。その点で、兵藤裕己『琵琶法師』は参考にしたい研究です。

哀しい最期を遂げなければならなかった御子と、傷だらけの栄光をつかんだ御子と、おそらく、その根っこはおなじところにあったに違いないと、わたしは考えています。そのどちらの物語にも、人びとは共感することができるのです。そして、五世紀という時代を背景としてそうした伝承が出現するというのは、とても興味深い問題です。

## †伝承の終焉

実在もあいまいなオケ・ヲケの兄弟が京に凱旋し、まず弟ヲケが、そして次には兄オケが即位します（顕宗天皇と仁賢天皇）。ところがヲケには子がなく、兄オケの没後には、その子ヲハツセノワカサザキがあとを継いで第二十五代武烈天皇となります。オホハツセ（雄略）とオホサザキ（仁徳）とを組み合わせたような名をもつ天皇ですが、この天皇にも子がありません。しかも、古事記には系譜しか載せられていませんが、日本書紀には異様とも思えるふるまいが執拗に記述されています。五世紀の大王家は、とうとう滅亡の時を迎えてしまったということでしょう。

ヲハツセノワカサザキが没したあとは、その姉タシラカが、ホムダワケの五世孫を称するヲホド（継体天皇）を婿養子にむかえるかたちで大王家の血筋を継ぎます。ヲホドも后妃と子女の系譜があるだけで、記事は何も載せられていません。ヲホドに続いてトヨミケカシキヤヒメ（第三十三代推古《すいこ》天皇）まで七代の天皇たちが記されますが、欠史八代の場合とおなじく、いずれも系譜記事があるだけです。

五世紀が終わるとともに、古事記の伝承は終わりを告げます。系譜は七世紀初めまでつながっていきますが、古事記が語ろうとした世界は六世紀が始まるとともに終わりを告げます。語りの時代は終わったのです。

系譜がトヨミケカシキヤヒメまで続くのは、おそらく何らかのかたちで伝えが存在したということだと思います。「帝紀《ていき》」と呼ばれる大王家の系譜が、文字化された記録として存在したのでしょう。そして、そこまで記しておく必要があったのは、古事記という歴史書が目指したのが、「天皇記《てんのうき》」「国記《こくき》」になることだったからではないかとわたしは考えています。天皇記・国記というのは、日本書紀の推古天皇二十八年条にある記事、「是《こ》の歳《とし》に、皇太子《ひつぎのみこ》・島の大臣《おほおみ》、共に議《はか》りて、天皇記と国記、臣《おみ》・連《むらじ》・伴造《とものみやつこ》・国造《くにのみやつこ》・百八十部《ももやそとものを》、并《あは》せて公民《おほみたからども》等の本記《ほんぎ》を録《しる》す」をさしています。

聖徳太子《しょうとくたいし》と蘇我馬子《そがのうまこ》とが共同して、初めての歴史書を編纂したというのです。それが本当に作られたのか、どのような形態や内容をもっていたのか、事実は何もわかりません。

律令国家の歴史認識として、推古天皇の時代に編纂されたわが国最初の歴史書が「天皇記」「国記」そして「(氏族たちの)本記」であり、それが国家の根幹を成していると認識されていたというのは、日本書紀によってわかります。実際に作られたとは断定できませんが、七世紀初頭という時代は、それを可能にする時代であったし要求する時代であったということはできるでしょう。

そして古事記は、その「天皇記」「国記」になろうとしていたがゆえに、推古天皇の系譜まで記して筆を擱《お》いたのです。そうでなければ、ここで系譜を切る必然性はなかったはずです。

「序」とある上表文が最初から付いていたのなら、天武天皇のところまで記事や系譜があってもいいはずですし、伝承の終焉に合わせるなら、オケ・ヲケとともに系譜を終えていいはずです。そうしなかったのは、系譜はトヨミケカシキヤヒメで終わらなければならないという強い意志が存したのだと思います。

さて、古事記の本文に関する紹介はここで終わりです。しかし、このあとに考えなければならない問題が残されています。いうまでもなく、それは古事記の成立についてです。わたしにとって、古事記とは「天皇記・国記」であると言えれば、とてもすっきりします。しかし、そう言い切る勇気はありません。それでは、古事記とは何か。どうぞ、あとひと時おつきあいください。

終　章

# 古事記とはいかなる書物か

## ――語りの世界と歴史書の成立

出雲大社

そのすべてを取りあげることはできませんでしたが、古事記の神話や天皇たちの事績と系譜について、主要な部分はひと通り読んできました。その論述を踏まえ本書のまとめとして、古事記とはいかなる書物かということを述べなければなりません。そのために、まずは今までの内容を整理しておきたいと思います。

## †古事記神話における出雲

上巻に載せられた神話のなかでもっとも重要なところは、出雲神話の扱いでした。イザナキ・イザナミの国生みから天孫降臨を経てカムヤマトイハレビコ誕生に至る神話全体の流れを見通しながら言えば、古事記の出雲神話は、以降に展開する国譲りや天孫降臨を成り立たせる結節点に位置しています。一方、国譲り神話の前に葦原の中つ国が存在しない日本書紀の展開には無理がありますから、全体の構想としては、古事記のような流れをもった神話から出雲世界が排除されて日本書紀のかたちに縮小したとみなす以外に、古事記と日本書紀との関係を説明する道筋は立てられません。

出雲という世界は、机上の空想でもヤマトの側のでっち上げでもなく、実体をもつ世界として存在したと考えなければならないということは、さまざまな研究によって明らかになってきました。そのことについては、考古学や歴史学の知識を借りながら「日本海文化圏」として説明したとおりです。

出雲神話に遺された物語や系譜は、日本海文化圏の歴史に重なりながら語られていたと思われます。そしてそう考えることによって、中巻のオホモノヌシが出雲の頭領オホクニヌシの分身的存在とされることや、イクメイリビコ（垂仁天皇）の子ホムチワケが出雲大神の祟りを解消することでことばを発するようになったとか、ヤマトタケルが廻り道をしてイヅモタケルの討伐に向かうとか、さまざまに出雲とヤマトとの関係が語られる理由も納得できます。古事記にとって出雲は、心の底にいつまでも澱《おり》のように残り続ける世界だったのです。ほかにそのような地域は存在しません。

古事記と日本書紀との違いはきわめて明瞭です。日本書紀は出雲を「山陰道」の一国に配属するために、とくべつの存在としてあった出雲を排除したのです。そうしなければ、理念としても実体としても中央集権的な律令制古代国家は完成しなかったからです。地上にはじめて降り立った統治者として天皇氏が君臨するためには、奪い取った国土ではなく選び取った土地でなければならず、無秩序な者たちはいたとしても、文化が存在してはならなかったのではないか、日本書紀はそのように読めてしまいます。

†滅びを語る古事記

中・下巻の天皇たちのなかには実在性が希薄な天皇たちもいますし、系譜記事しか伝えられていない天皇もたくさんいました。まとまった物語が伝えられている天皇は意外に少なく、十代ほどです。また、ヤマトタケルやオキナガタラシヒメのように御子や后妃が活躍して天皇は脇役に徹しているという場合もめずらしくありません。

天皇の時代はカムヤマトイハレビコから始まります。この天皇は天から降りてきた神々の最後に位置づけられているというふうに説明することも可能です。神から続く始祖天皇として、白檮原《かしはら》の地に宮を建ててヤマトの支配者となるのです。ここでは、古事記に記録をもつ歴代天皇の事績をみてきましたが、イハレビコほど栄光に満ちた輝かしい凱旋が語られる天皇は存在しません。

ホムダワケもオケ・ヲケ兄弟も、苦難の旅ののちにヤマトに入って王になりました。ホムダワケは難波（河内）王朝の始祖王という性格をつよくもっていましたから、栄光の凱旋という性格を帯びていますが、オケ・ヲケ兄弟の場合は傷だらけの栄光であり、滅びに向かう王権の物語になっています。

どちらかというと、古事記の中・下巻に載せられた伝承は、翳《かげ》りのある悲劇性のつよい話が多かったのではないかと読み終えたあとに感じます。ヤマトタケルもキナシノカルもマヨワも、みな悲劇的な最期を迎えます。それこそが語りだとでもいうように。

古事記の神話や伝承は、今と未来の国家のために語られる歴史ではない、わたしにはそのようにみえてなりません。語り手が向きあっているのは、今はなき世界であり滅びていった人びとであるように思えます。よく知られた言説ですが、「日本書紀の関心が続日本紀以下の六国史へと続いてゆくあるものに向けられているのとは逆に、古事記の関心は推古朝あたりで、ないしは律令制の開始とともに終るところのあるものへと向けられている」と述べたのは西郷信綱でした（『古事記研究』）。

その「律令制の開始とともに終るところのあるもの」とは何か。西郷さんは、「神話時代であるといってもいいし、シャーマニスチックな王権であるといってもいい」というふうに、とてもあいまいで情緒的なことばを用いて「あるもの」を説明します。おそらく、古事記が何を語ろうとしているかを伝えようとすると、こうした言いかたしかできないのではないか、わたしにはそう思えるのです。

わたしなりに理解して言えば、滅びていったもの、滅びようとしているものに心とことばとを向けているのが古事記ではないか。

古事記と日本書紀とについて、西郷さんは、どちらも天武朝にもくろまれたと認識した上で、日本書紀は「律令制に並ぶ公的事業」であったのに対して、古事記は「一つの家、あるいは豪家のなかの豪家としての宮廷の物語であり、官僚的な意味での国家の物語ではなかった」と述べます（同前書）。この認識が正しいのか、古事記の成立をどのように考えればいいのか、その点についてはこのあとに、わたしなりの理解を示したいと考えていますが、律令的な世界とは対極のところに古事記が存在したであろうというのは間違いなかろうと思います。それを無造作に、古事記も日本書紀も律令国家の歴史書として成立したかのような論陣を張るとすれば、とんでもない誤りと言うしかありません。

日本書紀が編年体で編まれているのに対して、古事記の中・下巻は、天皇代ごとにまとめられた出来事が積み重ねられるかたちで叙述されます。これも、過ぎてしまった世界に向き合うためにはぜひとも必要なかたちだったのでしょう。編年体の叙述に解体してしまったのでは、出来事は、すべて今につながる事績や事件として認識されます。

今を説明するものではないし、今に向かわせるための出来事でもない、過ぎてしまったもの、滅びていったものたちに向き合うには、出来事はそっくりそのままに浮かび上がらせる必要があった。それができるのが「語り」ではないか、時代をくだっても、語りとはそのように機能する表現だったように思います。

## †太朝臣安万侶と古事記

古事記を、いつ、だれが書いたかという点について考えようとする時、わたしたちは、上巻冒頭に置かれた「序」を参照するしかありません。そして、その「序」によれば、稗《ひえ》田阿礼《だのあれ》という人物が「誦習《しょうしゅう》」していた天武天皇直伝の旧辞《きゅうじ》（歴史）を、太朝臣安万侶《おおのあそみやすまろ》が和銅四（七一一）年九月に元明天皇から編纂するように命じられ、和銅五年正月に奏上したのが古事記だと記されています。

その「序」を除くと、古事記がどのような経緯で成立したかを明らかにする資料は存在しません。しかし、「序」はあちこちに疑わしい部分があって、江戸時代からずっと偽書ではないかと言われてきました。「序」だけを疑う場合と、古事記全体を後世の書物とみなす場合とがあります。ただし、「序」が偽物だということになると、和銅五年に成立したという根拠がなくなってしまいます。そうなると、書物全体の成立は不安定になり、本文がどのようないきさつで書かれたものかは何もわからなくなります。

「序」のない古事記というのは、どこの馬の骨ともわからない怪しげな本になってしまうのですが、わたしは古事記「序」は、あとになって付けられたと考えています。同様の考えかたを変わらずに主張し続けている研究者に大和岩雄《おおわ》がいますが（『新版　古事記成立考』)、現在活躍する研究者のほとんどは、疑わしさを感じたとしても、古事記は和銅五年に書かれた律令国家の歴史書であると決めてしまおうとします。

古事記という作品は、ことに戦前から活動していた古事記研究者にとっては、複雑な思いがこもる書物です。戦前には、天皇制を称賛し人びとを戦争に駆りたてる聖典として利用され、戦後には、その反動もあって排斥論者と偽書説論者とに翻弄され続けた、それが古事記だという苦い思いが、すでに鬼籍に入ってしまった研究者たちにはあったのではないかと思います。そして、そうした古事記のダーティでマイナーなイメージを打破する神の福音のごとくに土中から掘り出されたのが、太安万侶の墓であり、その中から見つかった墓誌だったというわけです。

昭和五十四(一九七九)年一月二十三日に墓誌が発見されて以降、「序」への疑いは雲散霧消してしまいました。その当時、わたしも墓誌の出現に浮かれていたと思いますが、あらためてふり返ると、とんでもない誤りを犯していたのではないかと恥ずかしくなります。少なくとも、発掘された墓誌には、古事記の成立を保証する事実は何も書かれていないのです。奈良市此瀬《このせ》町の茶畑から出てきた銅板に書かれていたのは、次の四十一文字でした。

左京四条四坊従四位下勲五等太朝臣安萬侶以癸亥年七月六日卒之　養老七年十二月十五日乙巳

太安万侶が住んでいたのは平城京左京の四条四坊（現在のＪＲ奈良駅のすぐ近く）、位階は従四位下、勲位は十二等中の五等、養老七（七二三）年七月六日に没したので、十二月十五日に埋葬したということが書かれています。安万侶が実在した官人であり、霊亀元（七一五）年には従四位下に昇進し、翌年、太氏の「氏長《うじおさ》」となり、民部卿（民部省の長官）であった養老七年の七月庚午（七日）に没したというような履歴は、奈良時代の歴史書『続日本紀《しょくにほんぎ》』に記されていたことです。墓誌から得られた新しい情報としては、住んでいた場所、勲五等、『続日本紀』とは一日違いの死亡日（届け出日が七日だったか、『続日本紀』の記載ミスか、そのどちらか）だけで、古事記の編纂に携わったというような情報はどこにも記されていません。

あえて古事記とのつながりを見つければ、「安万（萬）侶」という墓誌の表記が、古事記「序」の署名と同じだということになるでしょう（続日本紀の表記は安麻呂）。しかし、名前に複数の表記が用いられるのは特段めずらしいことではありませんし、本人や周囲の人は「万侶」を使っているのに公文書（続日本紀）では一般的な「麻呂」にしてしまうというようなことも考えられます。

ところが、その墓誌が出て、古事記成立に関する疑惑はほぼ完璧に消えました。しかし、論理的であるべき研究者の態度としては、もっと慎重でもよかったのではないか、今わたしはそう考えています。

### †古事記「序」について

さて、古事記の「序」にはどのようなことが書かれているのでしょうか。九百字あまりの漢字を用いて書かれた「序」の全体をここに引用するのは無理なので、まずは内容を手みじかに紹介します（項目末尾の数字は原文の字数、冒頭の「臣安万侶言」は除く）。

1　古事記に描かれている神々の事績（イザナキ・イザナミ、日月神、国譲り）や歴代天皇（カムヤマトイハレビコ、ミマキイリヒコ〔崇神天皇〕、オホサザキ、ヲアサツマワクゴノスクネ〔允恭天皇〕など）の事績についての簡略な紹介。（二四七字）

2　大海人皇子《おおあまのみこ》による皇位継承の争乱（壬申の乱、六七二年）についての詳細な記述と、即位した天武天皇への讃辞。（一九五字）

3　天武天皇が、「帝紀」と「旧辞」との誤りを正すために、みずから正しい歴史を語

って稗田阿礼《ひえだのあれ》に誦習させたことと、それが未完成に終わったこと。（一一六字）

4　元明天皇は、まれに見る名君であるという称賛の記事。（七五字）

5　元明天皇の命令で、わたし安万侶が阿礼の誦習する「勅語の旧辞」を撰録することになったことと、その作業を遂行する上での文字とことばに関する困難さの克服、表記上の方針など。（一五〇字）

6　三巻の構成と、撰録日と署名。（一一一字）

「序」の内容でとくに目立つのは、3の部分、壬申の乱に勝利した天武天皇の、家々によってねじ曲げられた歴史（帝紀・旧辞）を正そうとする熱意です。たしかに、歴史を記述することは国家を揺るぎなく成り立たせるために不可欠な事業ですし、クーデターを成功させた天武が真に正統な王者になるためには、唯一の歴史をもつことがぜったいに必要だったというのもよくわかります。およそ百二十字ほどの漢文で記述されていますが、古事記の成立を考える上で重要な部分なので、現代語に訳して引用します。

ここに、大海人天皇は次のごとく仰せになった。「朕《わたし》が聞いていることには、諸々の家に持ち伝えている帝紀《ていき》と本辞《ほんじ》とは、すでに真実の内容とは違い、多くの虚偽を加えているという。今、この時にその誤りを改めないかぎり、何年も経たないうちに、その本来の意図は滅び去ってしまうであろう。これらの伝えは、すなわち我が朝廷の縦糸と横糸とをなす大切な教えであり、人々を正しく導いてゆくための揺るぎない基盤となるものである。そこで、よくよく思いめぐらして、帝紀を撰《えら》び録《しる》し、旧辞《きゅうじ》を探し求めて、偽りを削り真実を定めて後の世に伝えようと思う」と。

ちょうどその時、天皇の側《そば》に仕える一人の舎人《とねり》がいた。氏《うじ》（原文は「姓」）は稗田《ひえだ》、名は阿礼《あれ》、年は二十八歳であった。その人となりは聡明で、目に見たものは即座に言葉に置き換えることができ、耳に触れた言葉は心の中にしっかりと覚え込んで忘れることがなかった。すぐさま天皇は阿礼に命じて、自ら撰び定めた歴代天皇の日継ぎの伝えと、過ぎし代の出来事を伝える旧辞とを誦《よ》み習わせたのである。

しかしながら、時は移り世は変わり、いまだその事業を完成させることはできないままであった。

壬申の乱に勝利して皇位に就いた天武天皇は、国家の根幹である帝紀と本辞（旧辞）の乱れを正すために、みずからが「偽《いつは》りを削り真実《まこと》を定め」た帝紀と旧辞とを、聡明な稗田阿礼に「誦《よ》み習わ」せた。しかし、書物としては完成しないままに時は過ぎてしまったというのです。そして、その時の、天武が阿礼に誦習させた歴史が古事記の元になっていると、古事記「序」は述べています。それが、わたしたちの知っている、太安万侶によって古事記が撰録されることになったただ一つの経緯です。

この文章を読むかぎり、疑わなければならない問題は何もなさそうにみえます。ことに天武にとって、歴史を正すことはぜひとも必要でしたし、それは、彼自身が正統な後継者であることを保証するものでもあったはずです。また、律令国家をめざした天皇氏を中核とした古代王権にとって、律令と歴史書とは、車の両輪のごとくに存在しなければならなかったのです。ただし、律令制古代国家を支える歴史書として古事記がふさわしい内実をもっていたかどうかというと、とても疑わしいのですが。

## †歴史書の編纂

古事記「序」に記された編纂のいきさつは、説明としては辻褄が合っていますし、元明天皇が命じて古事記が撰録されることになった必然性も納得できます。なぜなら、安万侶に撰録を命じた元明天皇（阿閉《あへ》皇女）は、天武と持統とのあいだに生まれた草壁皇子の妃であり、天智天皇のむすめでした。天智も天武も、律令の撰定と歴史書の編纂に力を入れており、しかも阿閉皇女の母は蘇我氏の出でした。歴史書にゆかりの深い蘇我氏は、聖徳太子とともに「天皇記・国記」の編纂に関与したと伝えられる一族で、乙巳《いっし》の変（大化の改新）によって蘇我氏の屋敷が炎上した時、その火中から「国記」が運び出されて中大兄《なかのおおえ》にもたらされたと日本書紀が伝えているように、深く歴史にかかわった一族だったのです。ですから、天武の事業を元明が受け継ぐというのはとてもふさわしいことです。

古事記「序」を読むかぎり、そのように理解できます。しかし、そこに、日本書紀に記された天武の事業を重ねてみると、俄然、雲行きが怪しくなってきます。天武は何を考えていたのかと思わずにはいられません。その日本書紀の記事というのは、天武十（六八一）年三月条に載せられた次のような命令です。

天皇は、大極殿にお出ましになり、川嶋皇子《かわしまのみこ》・忍壁皇子《おさかべ》・広瀬王《ひろせのおおきみ》・竹田王……（王や臣下六名、省略）……大山上《だいせんじょう》中臣連大嶋・大山下平群臣子首《へぐりのおみこびと》にご命令になり、帝紀および上古《じょうこ》の諸事《しょじ》を記し定めさせなさいました。大嶋と子首が、みずから筆をとって筆録していきました。

天武天皇は、皇子や臣下を一堂に集め、帝紀と上古の諸事（本辞・旧辞に相当）の編纂を命じます。そして、この命令に端を発した歴史書の編纂事業は紆余曲折があったようですが、養老四（七二〇）年に日本書紀（「日本書　紀」）として完成します。
ただし、これは歴史書の完成を意味するものではありません。天武を頂点に戴く律令国家は、中国の歴史書にならって、紀（天皇の歴史）と志（国家の記録）と伝（功績のあった臣下たちの伝記）とからなる「日本書」を構想していました。その「日本書」編纂の過程で、地方の国々に対して命じられたのが、「日本書　志」の一部としての地理志の材料となる、いわゆる風土記の編纂命令（和銅六年）だったと考えられますし、「伝」の痕跡も見つかります（三浦佑之『浦島太郎の文学史』）。

系図９「天智・天武とその周辺」

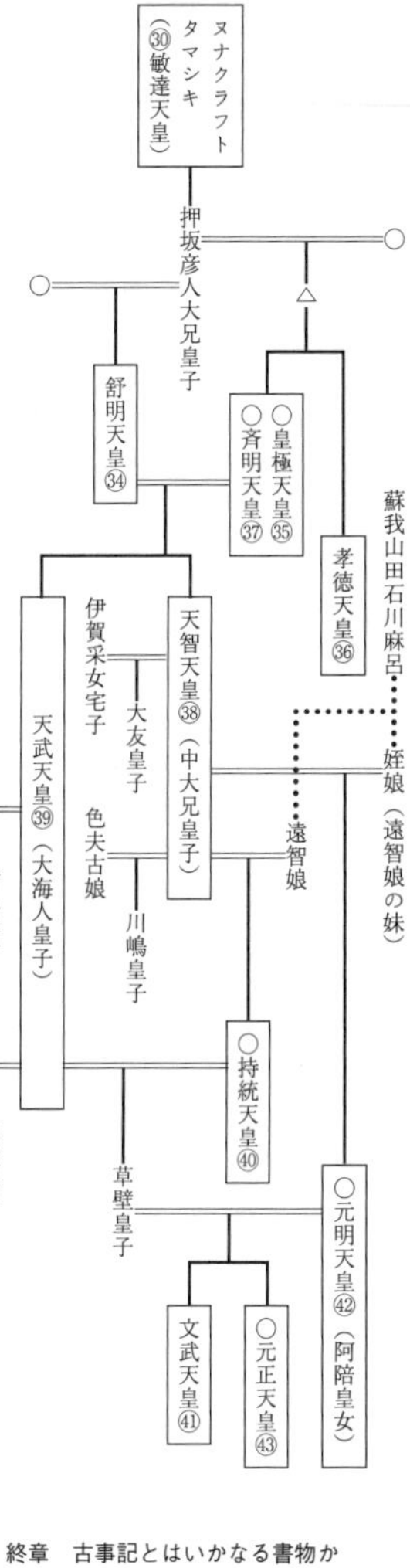


（注）天皇の継承順位は日本書紀に従い、大友皇子を外した。古事記以外の天皇名の表記は、漢風諡号によった。

ところが、どうやら「日本書」を編纂するというもくろみは頓挫し、日本書のうちの「紀」三十巻と「系図」一巻だけが、養老四年にできあがったのです。そのために、それ以降の歴史書では、「日本書」を標榜することはなく、編年体の「紀」だけが記録されているというので、「日本紀」という書名が定着することになりました。

さきほど、律令と歴史書とは、車の両輪のようにして存在すると述べましたが、天武の事業でもその点は明瞭です。十年三月に出された歴史書の編纂命令は、同じ年の二月に出された「律令」編纂の命令と対応しています。日本書紀に見出せる天武の事業からは、律令国家の確立を目指して、歴史書の編纂と律令の撰定とを並行して行なっていることがわかります。法によってすべての制度は揺るぎなく機能し、始まりから今へ、そして未来へと続く国家の永遠性を歴史が保証する、それが古代国家の基本方針になっているのです。そうすると、古事記「序」にある天武の事業というのは、どこに位置づけられるのでしょう。大きな疑問が生じてきます。

古事記「序」にいう阿礼の誦習も、日本書紀にある皇子や臣下たちによる歴史書の編纂も、それぞれの事業を別個に考えれば妥当なもので、疑惑が生じる隙はありません。ところが、両者を並べて読み比べてみると、どうにも腑に落ちないところが見えてしまうのです。同じ天皇が、古事記「序」にある歴史書の編纂と、日本書紀に記された歴史書の編纂と、二つの事業を並走させることにどのような意味があったのでしょうか。これでは、正しい歴史を定めるどころか、かえって混乱を深めるだけではないか、わたしにはそのように思えてなりません。しかも一方は、皇子や臣下たちには内密に、稗田阿礼という腹心一人をそばに置いて、自分だけでこっそりと歴史を作ろうとしているのです。

天武十年三月条の命令は、律令の論理から考えると必然的な事業です。それに対して、古事記「序」にある誦習は、律令の論理では説明のつかない、個人的でノスタルジックな行動に見えてしまいます。そうでありながら、「序」によれば、天武は国家の確立のために阿礼に誦習を命じ、元明天皇は国家の事業として安万侶に撰録を命じています。しかし、古事記と日本書紀として完成する二つの歴史書の編纂事業を、国家プロジェクトとして同時に推進させようとしていたとするなら、天武という人物は分裂症的な気質をもっていたとでも考えるしかありません。

## †二つの事業と二つの身体

わたしはそうした見解を『古事記のひみつ』という本に発表したのですが、それに対してなされた唯一の反論は、呉哲男による「王の二つの身体」という考え方でした。呉さんは、ヨーロッパ中世のキリスト教神学の理論を借りて、王には、王としての身体と私的な身体とがあるのだと主張し、そこに、二つの歴史書が同時に置かれることの必然性を説明しようとしました。呉さんによれば、「漢文体と和文体という似て非なる文体の相違が二書の目的の違いを規定して」おり、「王には二つの相矛盾する身体を備えていなければならないという宿命」が背負わされており、「帝紀（国家の歴史）と先代旧辞《せんだいくじ》（王家の神話）」との一本化はむずかしいと考えて、「公的な立場から律令国家の成り立ち」を記録させ、一方で「私的な史書の編纂（古事記）」を命じたのではないかと述べています（『古事記の世界観』）。

この論理は、この章のはじめに引用した西郷信綱の、「豪家のなかの豪家としての宮廷の物語」と「官僚的な意味での国家の物語」との二つの歴史として認識する論理に近いということができるでしょう。反論としては理解できますが、わたしは古事記と日本書紀とを並べて存在させることに疑問を呈しているのであり、そうした立場からみるとあまり説得力があるとは思えません。それが同じ天皇の事業ではなく、離れた時代になされたと考えるのであれば話は違ってくるかもしれませんが。

古事記と日本書紀とに結実する天武朝における相反した二つの事業のうちの、どちらか一方は「嘘」をついていると考えたほうが正しいのではないか、わたしはそう考えます。そして、そうだとするなら、時代の状況からも、天皇の立場からも、書物の性格からも、日本書紀の記述のほうが事実に近いと考えるのが穏当ではないかと思うのです。それゆえに、天武十年三月条の詔を隣に置いて考えると、古事記「序」にある阿礼の誦習と、それを受け継ごうとした元明天皇の命令を受けた太安万侶の筆録作業と、この二つの事業はどうにも怪しげに見えてしまいます。

付け加えておきますと、稗田阿礼の「誦習」作業は、天武紀十年三月の史書編纂作業と対立するものではなく、連続的な関係にあるので並んで行なわれても矛盾しないという主張も存在します。いろんな説を編み出す人がいるものです。

「誦習」というのは「単なる暗誦」ではなく「文字の読み方に習熟する意味」であって、阿礼の行為は、「帝紀を撰び録し、旧辞を探し求めて、偽りを削り真実を定めて後の世に伝えようと思う（撰録帝紀、討覈旧辞、削偽定実、欲流後葉）」とあるうちの「流後葉」だけであり、その前に記されている「撰録帝紀、討覈旧辞、削偽定実」は、天武紀十年にある皇子や臣下たちの事業で終えているとみなす矢嶋泉の立場がそれです（『古事記の歴史意識』）。古事記「序」の文章と天武紀にある事業とを一体化させてしまうという荒技です。そして、「天武が自ら阿礼に語って聞かせた帝皇日継と先代旧辞とを暗誦させた」という通説は、「誤読の歴史が作り上げた幻想以外の何ものでもない」といって切り捨てます。どちらが「誤読の歴史」を積み重ねることになるのか、と反論せざるをえません。

矢嶋説はずいぶん都合のいい説明のように、わたしには映ります。それが事実なら、こんなまぎらわしい文章を書かずに、もう少しじょうずに説明できたのではないでしょうか。「序」への疑いを消し去ろうとして屁理屈をこね、苦しまぎれの反論をしているとしかわたしには思えないのですが、どうでしょうか。

なぜ二つの異なった歴史書を、律令国家の史観や歴史認識のもとに統一して把握しなければならないのでしょうか、わたしにはそこが理解できません。古事記「序」の表現をごく素直に読んでみた時、いくつもの矛盾や疑問が生じます。その辻褄を合わせようとするのではなく、もっとも納得できるかたちで理解するとどうなるか、わたしの思考の道筋はそれだけです。書かれていることは正しいのだとか、どちらも国家にかかわる書物だというような前提を排して「序」を読みなおしてみる、そうした態度がないと、反論のための反論をするということになってしまいます。

## †「序」への疑惑

以前から指摘されている古事記「序」への疑惑は、西條勉の論考「偽書説後の上表文」を借りれば、次のような項目に整理できます。

①　序といいながら上表文の体裁をとる。
②　署名が不備である。
③　稗田阿礼が疑わしい。
④　壬申の乱の記事は日本書紀に基づいている。
⑤　序文の日付は仮託されたものである。

まず①の、「序」としながら上表文の形態をとっているという点については、「序」を疑う人も疑わない人もほとんど異論がないようです。古事記には「序并」（真福寺本古事記）とありますが、実態は上表文ですから、当初から存在したとしても、本文とは別個の、一枚の紙片として存在していたことになります。現在に伝えられている真福寺本のように「序」として本文の前に付いてはいなかったのです。

遺された上表文と「序」との関係を検討した西條さんは、弘仁三（八一二）年に行なわれた「日本紀の講書」（日本書紀の講義）において「古事記が参照」されており、その時の講書の博士が「安萬侶と同族の多人長《おおのひとなが》」であったことも考えると、「ひょっとしてそのときに上表文を「序」として併合した写本が作られたのかもしれない」（前掲論文）と推測します。たしかに弘仁の講書と古事記「序」とのあいだには見過ごしにできない問題が横たわっているとわたしも考えていますが、多人長の作為は、上表文として存在した文章を「序」と書き換えて古事記本文の前に付けたというようなうわっつらな改変ではすまないのではないかとみています（後述）。

また、本書の校正の最中に聞いた矢嶋泉の研究発表によれば、中国の文献を網羅的に検証してゆくと、上表文の体裁は揺るがないが、「序」の場合は、上表文とおなじような形式の謙譲表現を用いた文例が数多く認められ、「序」と上表文とを厳密に区別することはできないということでした（発表時の題名は「表／序問題の再整理」二〇一〇年九月十六日。なお、本書刊行までに読むことはできないが、雑誌『国語と国文学』二〇一〇年十一月号に掲載される矢嶋さんの論文で詳細は明らかになるようだ）。これは、「序」の文体を考える上で画期的な見解で、その矢嶋説にしたがえば、上表文のようにみえる「序」が和銅五（七一二）年の段階から付いていても支障はないということになります。もちろん、だから古事記には最初から「序」があったと決定できないのは当然ですし、古事記「序」があやしげな存在であるのも変わりません。

なお、「序」への疑惑のなかの②の署名が不備である、③の稗田阿礼が疑わしい、④の壬申の乱の記事は日本書紀に基づいている、⑤序文の日付は仮託されたものだといった疑惑は、「序」を疑う者と信じる者とのあいだで水掛け論になるだけで、どちらの立場にとっても決定的な理由にはならないのではないかと思います。あえて言っておくとすれば、どの理由も、その疑いが正当とされたとして、疑惑は「序」のみで完結するものであり、古事記本文に嫌疑は及ばないということです。あくまでも古事記「序」の問題であって、本文とは無関係に論じられるべきだということになります。

わたしは、古事記「序」はのちに付け加えられたと考えるのですが、そのことを主張するために、従来論じられてきた疑惑をあらためて取りあげるつもりはありません。それは、従来の主張には決定力がないからです。わたしには、二つの歴史書が併存するのはなぜかという疑問だけが重要です。その理由さえきちんと説明されれば、「序」への疑惑は解消すると思っています。

## †「序」の要約と本文とのずれ

二つの歴史書が併存すること以外に、従来あまり指摘されない「序」への疑惑を付け加えると、「序」の内容と三巻から成る本文とのあいだに見出せる認識のずれは気にかかります。先に箇条書きで示した「序」の構成の1の部分（神々の事績や歴代天皇の事績の紹介）に述べられている内容を、古事記本文に照らして確認すると、それほど重要ではない部分や取るに足りない部分がいくつも含まれています。そればかりか本文の神話をよく理解していないのではないかと思われるところもあります。

たとえば、「懸鏡吐珠而百王相続喫釼切蛇万神蕃息与」という文章がありますが、これをわかりやすく訳すと、「鏡を榊の枝に懸け、口に入れた珠を吐き出して子を成し、その子孫が百代にもわたって相継いで地上を治め、剣を口の中で嚙《か》み砕き、恐ろしい蛇を切り散らし、万の神が増えひろがった」というふうになります。わかったような気がしますが、じつは、鏡を懸けたのはアマテラスを岩屋から引き出そうとする神々、珠を吐いたのはスサノヲ、百代（百王）にもわたってというのはアマテラスの子孫、剣を嚙んだのはアマテラス、ヘビを斬り散らしたのはスサノヲ、増えひろがったのは地上の神々という具合で、述語ごとに動作の主体が違っており、このままで文意をとろうとしてもほとんど理解不能です。四六駢儷体《べんれいたい》という美文に整えるための対句はそういうものだと言われると反論のしようはないのですが、あまりにも首尾一貫しない文章だと言うしかありません。

また、上巻を紹介するのに古事記の神話のなかでもっともまとまった分量をもち、前後の展開を考えて主要な位置を占める「出雲神話」について、ヲロチを斬った場面を除くとまったくふれていません。古事記の筆録者が書いた文章であるならば、「万神蕃息与」という以外に、葦原の中つ国についてふれてほしいものです。そうでないと、「序」に記された紹介では日本書紀をもとに要約したのと変わりなく、古事記の内容を端的に表していることは考えられません。

中・下巻の叙述についても同じことが言えます。ワカタラシヒコ（成務天皇）やヲアサツマワクゴノスクネ（允恭天皇）のこまかな事績（国境を定めたとか姓を正したとか）をことさらに称揚するという態度も、古事記の要約としてはいかがなものかと思います。この点については、「国家の形成を《建国→神祇祭祀→仁政→国県制定→正姓撰氏》の史観」（西條勉、前掲論文）として認識しているためだとか、「主題に即して説話や事件が選ばれるのは当然のこと」（矢嶋泉、前掲書）という説明がなされて疑問は消し去られます。しかし、「史観」だとか「主題」だとかいうもっともらしいことばは、「序」の中に取りあげられ並べられた項目を無理やり納得させるためにこじつけた説明のようで、説得力がありません。これならどの部分を取りあげた紹介でも、同じようにこじつけることができるのではないかと思います。

## †太安万侶のしたこと

「序」の執筆者には古事記本文に対する認識不足があって、本文を筆録したのと同一人物であるとはとうてい考えられない、わたしにはそう感じられます。そのために、古事記「序」は、本文とは別に、のちに付け加えられたのではないかと考えるようになりました。

おそらくその時期は、大和岩雄が主張するとおり、和銅五年よりも百年ほどのちの九世紀初頭のことで（『新版 古事記成立考』）、太（多）氏またはその周辺に伝来していた書物を権威化するために、天武天皇の誦習命令から始まったとする「序」が偽造されたのではないかと考えています。その実行者をあえて挙げるとすれば、前に弘仁の講書で名前の出た多人長ということになるでしょう。

誤解のないように言っておきたいのですが、「序」は九世紀に書かれたのに対して、本文は、和銅五年より数十年前、七世紀の半ばから後半には成立していたというのがわたしの見解です。その理由は、上代特殊仮名遣いと呼ばれる音韻の研究によって明らかにされている「も」という仮名の二種類の書き分けや、神話・伝承にみられる古層的な性格などによって、本文の古さは保証できると考えるからです。出雲神話を大きく取りあげるのも、古層の歴史認識とかかわっています。

また、中巻以降にも古層的な性格がさまざまなかたちで露出しているという点については、今までの論述のなかで執拗すぎるほどに指摘したつもりです。「語り」の表現が濃厚に認められるというのも、古事記の古層性を示す大きな証拠ではないかと考えています。

古事記が「語り」の表現や性格をもつという点については、古事記の文体が語りや和語を意識的に方法化することによって生じたと考えるのが、現在の古事記研究の一般的な認識だろうと思います。もちろん、わたしもそれを否定しようとは思いませんが、「語り」や音声は、意外になまのかたちで古事記の表現に関与しているのではないかという考えも同様に否定できません。

制度論の立場から古事記を研究する呉哲男は、「『古事記』には「文字」（中国的発想）によって失われた（とみなされる）共感（感情）の共同性を想像的に回復しようとする意志が明確に読み取れる」と言います。むずかしい言いかたですが、古事記には文字のない昔はよかったという思い込みがこめられているとでも通訳するとわかるでしょうか。

そしてそうした認識が生じるのは、研究者に、「オーラルな表現から文字表現へ、稚拙な変体漢文体（『古事記』）から洗練された純漢文体（『日本書紀』）へという発展段階論的な発想が抜き難くある」ためだというのが呉さんの主張です（『古代日本文学の制度論的研究』）。呉さん自身は、「はじめに中国的発想（『日本書紀』）」があり、それが「文字の抑圧」として作用することによって『古事記』のような文体があらわれることになったのだと考えます。

## †日本語表記史を踏まえて

これは、わたしにとっても魅力的な論理です。しかし、近年の「日本語書記史」を踏まえて考えた時、はたして妥当な方向性をもっているのかと、あらためて問いなおしてみる必要がありそうです。

というのは、ここ数十年のあいだに木簡類の発掘が膨大に集積され、その結果、近年になって日本語の表記に関する考えが根底的に変化したのではないかと思うからです。日本列島に渡来した文字の使用について、従来の、純漢文体の使用を経て変体漢文や音仮名表記の用法が可能になったとみなす表記史の流れは、否定されてしまいました。「日本語の文を書くための基礎技術は七世紀のうちに開発済みであった」(犬飼隆「文字から見た古事記」)というのですから、古事記の変体漢文がいつ書かれたかという認識の幅は、以前では考えられないほど広くなったのです。

テキスト研究を通して古事記研究を牽引してきた神野志《こうのし》隆光でさえ、従来の文字表記史を自己批判せざるをえなくなりました(『漢字テキストとしての古事記』)。これは、とても大きな出来事ではないかとわたしには思えます。ことは日本語をどのように書くかという日本語表記史の根幹にかかわる前提が崩壊したと言ってもよいのですから。それを古事記に限定して言えば、古事記の表記がどのように成立したかという道筋が、根源から崩れてしまったわけです。

そこから考えると、「序」の内容を箇条書きに要約した中の、5にあたる部分(265

頁)、太安万侶が、元明天皇の命令で阿礼が誦習していた「勅語の旧辞」を撰録することになった、その作業を遂行する上で文字とことばに関する困難さを克服するのは容易ではなかったという自分の作業について説明した部分は、ほとんど大嘘だということが明らかにされてしまったということになります。たとえば、古代日本語の表記を考える犬飼隆は、「七世紀後半から八世紀前半の日本において、文体の主流は変体漢文であったと考えて良い」とみなし、古事記の音仮名表記が「当時の一般的な万葉仮名の用法に立脚しつつ、それを「精錬した」状態を呈している」と述べています(『古事記と木簡の使用』)。

ということは、古いことばをどのように書き表すかということに大いに腐心し、古事記のような文体を工夫したと安万侶が思い入れたっぷりに述べている部分について、少なくともそれが自分の創案であるがごとき書きぶりは信用できないということになります。そのために、安万侶は、「本文には手をくわえず、注を付ける作業にのみ携わった」(西條勉、前掲論文)とみなす見解も出てくるのです。しかし、このように断じてしまうと、古事記「序」の内容が疑わしいばかりか、古事記本文の成立自体が「序」の説明とはまったく矛盾しているという結論を導いてしまいます。わたしにはありがたい結論ですが、西條さんはそれでいいのでしょうか。

## †太安万侶のしなかったこと

古事記「序」が述べていることのうち、整合性のつかないところが生じると、都合のいいように解釈しなおしてしまうのですが、それでは、極端な言いかたをすれば、「序」の内容など何が書かれていてもいいということになってしまいます。そうではなく、「序」の内容のうち、5の部分の叙述が表記史とのあいだで矛盾をきたすのであれば、表記史に誤りがあるのか、「序」の内容に誤りや誤解があるのか、そのどちらに蓋然性があるのかと考えるべきではないでしょうか。

古事記「序」が述べている5の部分は、八世紀初頭に実際に文字を自在に使用していたであろう従四位上の高級官僚の発言としてはありえないとみなすのが妥当です。そこから、昔はきっと文字の使いかたに腐心したのだろうなと考える後世の人が、安万侶の胸中を慮って記述したと考えれば納得できるのではないかと思います。そして、その化けの皮は、次の言挙げのなかにあらわれているのかもしれません。

しかしながら、遥か上古の時代は、言葉も意味もともに朴直《ぼくちょく》であり、文字面《づら》を整え句を構成するに際して、渡来の文字を用いて書き記すのは困難を伴うことであった。

すべての言葉を唐《から》の文章によって叙述したのでは、記された言辞が上古の心に及ばない。また逆に、すべての言葉を音《おと》を生かしながら書き連ねたのでは、文字の数があまりに多くて伝えたい趣旨が間延びしてわかりづらい。［然、上古之時、言意並朴、敷文構句、於字即難。已因訓述者、詞不逮心、全以音連者、事趣更長。］

三十数文字の原漢文の内容を補足しながら解読しましたが、「序」の筆者は遠い時代の表現をこのように説明します。ここに出てくる「上古之時、言意並朴」、昔はことばも意味もすなおでという言いかたは、懐かしく耳慣れた物言いに聞こえます。たしかに、だれもが言いそうな古代憧憬《しょうけい》と浅薄な今への嘆きですが、これは、八世紀の初頭にあって発せられることばなのでしょうか。

昔はよかったという言いかたは常套的な表現なので、いつ口にしてもかまいません。しかし、わたしはこの発言を読むと、つい斎部広成《いんべのひろなり》が『古語拾遺』の「序」で、「上古の世に、未だ文字有らざるときに、貴賤《きせん》老少、口々に相伝へ、前言往行、存して忘れず」と述べていたのを思い出します。

文字がない時代には、人はだれもが口頭によってさまざまなことがらを語り継いでいたというふうに述べて、広成は、昔を称賛し今の乱れを嘆きます。自称「安万侶」の嘆きとは違うかもしれませんが、昔の「朴」を懐かしんでいるのは変わりません。フルコト（古事・古語）という表現に強くこだわりながら古事記「序」を分析した藤井貞和も、「思想的に同一のことを言っている」と指摘します（『物語の起源』）。

斎部広成が『古語拾遺』の「序」を書いたのは、大同二（八〇七）年のことでした。そして、その時代になると、こうした老いのくり言が発せられるのはよくわかります。それはまさに文字の時代であり、遠くの語り（口々に相伝へ）をなつかしむ時代であったと思うからです。しかし、変体漢文や音仮名を自在に使いこなす時代に入った、その真っ只中ともいえる七一二年は、それを口にするには早すぎるのではないか、わたしにはそう思えてなりません。

表記法としては変体漢文や音仮名がすでに定着しており、文章を書くのに、「敷文構句、於字即難。已因訓述者、詞不逮心、全以音連者、事趣更長」（285頁）というような苦心を必要とする時代ではないはずです。また、三、四十年前に天武天皇によって「削偽定実」がなされた「勅語の旧辞」の意味が不明なら直接、目の前にいる稗田阿礼に確認できたはずです。阿礼が書かれた文字の訓《よ》み方を伝えていたのだとすれば、撰録はなおさら簡単だったはずです。元にできる文字資料がすでに存在するのですから。

## †古事記を書いたのは誰か

すこし前の発言にもどって言いますと、西條勉さんは、太安万侶を古事記本文の筆録者ではないと考えました。安万侶は注を付けただけで、すでに本文はそれより前に書かれていたというのが西條さんの見解です。では、誰が書いたのかという点について西條さんは、謎解きの面白みはあまりなく、犯人がわかっても事件の真相は追えないとしながら、天武紀十年三月条に記された史書編纂の詔に、「みずから筆をとって筆録」したと記されている中臣連大嶋と平群臣子首ではないかと考えています（「古事記は、だれが書いたか」）。しかし、こうした見解は、古事記と日本書紀とを、ともに国家の史書とみなす立場から出てくるもので、わたしには納得できません。

旧著『古事記のひみつ』を書いたあと、古代史研究者の関根淳によってていねいな批評がなされました。わたしが指摘した二つの歴史書への疑問には妥当性があり賛意を表したいとした上で、「古事記そのものを誰が何のために書いたのか言及がない」と批判しています（「日本古代「史書」史をめぐって」）。たしかにそのとおりです。

わたしは、旧著では、太（多）氏に伝えられていた史書があり、その権威化のために九世紀のはじめに「序」を付けたというふうにしか述べていません。ほんとうは、「天皇記・国記」になりたかったのだが、『先代旧事本紀』という氏文《うじぶみ》が、先に聖徳太子と蘇我馬子とによって書かれたという「序」を偽作してしまったので、次善の策として天武天皇の史書編纂に結び付けていったというふうな述べかたをしたのですが、それは、古事記という歴史書が「天皇記・国記」として書かれたのではないかと考えていたからでした。

その意味で、関根さんによって書かれた批評の後半において展開される、歴史学の立場からの「史書」史に大いに興味を寄せています。そのなかで関根さんは、推古朝をどのように把握するかという点を指摘し、「帝紀・旧辞」を「推古朝における支配論理で統一、再編成しようとしたのが『天皇記・国記』ではなかったか」と述べています。

それが現存する古事記にどのようにつながっているかという点については論及がないのでわかりませんが、古事記を書いたのは誰かという問題を考えようとする際に有効な視点であろうとわたしも思っています。ただし、それが「古代天皇制の成立過程や国家形成史」に直接つながるものかどうか、その点については注意しながら考えたいというのがわたしの立場です。

もちろん、天皇制や国家という問題は外せないのはとうぜんですが、それを言い出すと、古代の文献はすべて国家へと収斂《しゅうれん》してしまいます。結果的にはそうなるのかもしれませんが、わたしとしては、古事記という作品は、少なくとも古代律令国家が求めた歴史ではなかったという方向性だけは見失いたくありません。

古事記という作品は、「序」が付けられることによって国家の枠組みに組み込まれ、それが遠因となって、近代においては国家を支える精神的支柱として使われました。しかし、古事記が律令国家の求めた歴史であったことは一度もなかったのです。それどころか、律令国家とは一線を画したところに、古事記の本文は存在し続けたのではないか、それがわたしの今の認識です。

誰がという問題は、今も答えが出せません。まことに残念なことですが、わたしには出せないままに終わってしまいそうです。ただ、古事記をどう読むか、「序」とはどのような存在かという認識さえ誤っていなければ、古事記を書いたのは誰かということを考える人が続いてくれるに違いないと信じています。

# 参考文献

古　事　記＝日本思想大系（青木和夫・石母田正・小林芳規・佐伯有清校注、岩波書店）のほか、日本古典文学大系（倉野憲司校注、岩波書店）、新潮日本古典集成（西宮一民校注、新潮社）、新編日本古典文学全集（山口佳紀・神野志隆光、小学館）、岩波文庫（倉野憲司校注、岩波書店）など。
日本書紀＝新編日本古典文学全集（小島憲之・直木孝次郎・西宮一民・蔵中進・毛利正守校注、小学館）のほか、日本古典文学大系（坂本太郎・家永三郎・井上光貞・大野晋校注、岩波書店）など。
風　土　記＝新編日本古典文学全集（植垣節也校注、小学館）のほか、日本古典文学大系（秋本吉郎校注、岩波書店）など。
万　葉　集＝講談社文庫（中西進訳注、講談社）
倉野憲司『古事記全註釈』七冊、三省堂、一九六六〜八〇年
西郷信綱『古事記注釈』四冊、平凡社、一九七五〜八九年（ちくま学芸文庫、八冊、二〇〇五〜〇六年）
三浦佑之『口語訳　古事記』（文藝春秋、二〇〇二年。文春文庫、二〇〇六年）

＊

青木周平「『先代旧事本紀』の価値」（『東アジアの古代文化』第一三七号、大和書房、二〇〇九年一月）
石母田正「古代貴族の英雄時代」（一九四八年発表。『神話と文学』岩波現代文庫、二〇〇〇年）
犬飼　隆「古事記と木簡の使用」（『木簡による日本語表記史』笠間書院、二〇〇五年）
「文字から見た古事記」（三浦佑之編『古事記を読む　歴史と古典』吉川弘文館、二〇〇八年）

大林太良『日本神話の起源』角川選書、一九七三年
大和岩雄『新版　古事記成立考』大和書房、二〇〇九年
折口信夫『古代研究（国文学篇）』全集第一巻、中央公論社、一九六五年
角川源義「和邇部の伝承」（『悲劇文学の発生』青磁社、一九四二年）
川田順造『聲』筑摩書房、一九八八年
神田秀夫『古事記の構造』明治書院、一九五九年
倉塚曄子『巫女の文化』平凡社、一九七九年
神野志隆光『漢字テキストとしての古事記』東京大学出版会、二〇〇七年
小島憲之「古代歌謡の彼方」（『国語国文』第二四巻第一号、一九五五年）
呉　哲男『古代日本文学の制度論的研究　王権・文学・性』おうふう、二〇〇三年
「古事記　序と本文――古事記・日本書紀の成立　一」（『相模国文』第三十一号、二〇〇四年三月）
「古事記の世界観」（三浦佑之編『古事記を読む　歴史と古典』吉川弘文館、二〇〇八年）
西郷信綱「古代叙事詩」（『日本古代文学』中央公論社、一九四八年）
『日本古代文学史』岩波書店、一九五一年
「柿本人麿」（『増補　詩の発生』未來社、一九六四年）
『古事記の世界』岩波新書、一九六七年
『古事記研究』未來社、一九七三年
西條　勉「古事記は、だれが書いたか」（『古事記の文字法』笠間書院、一九九八年）
「偽書説後の上表文」（同前書）
『古事記と王家の系譜学』笠間書院、二〇〇五年

上代語辞典編修委員会編『時代別国語大辞典　上代編』三省堂、一九六七年
関根　淳「日本古代「史書」史をめぐって――三浦佑之氏著『古事記のひみつ』を読んで」（『上智史学』第五十二号、二〇〇七年十一月）
高木市之助『吉野の鮎』岩波書店、一九四一年
高木博志『近代天皇制と古都』岩波書店、二〇〇六年
アラン・ダンダス『民話の構造』池上嘉彦ほか訳、大修館書店、一九八〇年
津田左右吉『日本古典の研究』上・下、岩波書店、一九四八・一九五〇年
外池　昇『天皇陵の近代史』吉川弘文館、二〇〇〇年
直木孝次郎『日本古代の氏族と天皇』塙書房、一九六四年
中西　進『万葉史の研究』桜楓社、一九六八年
『天降った神々　古事記をよむ2』角川書店、一九八五年
『河内王家の伝承　古事記をよむ4』角川書店、一九八六年
兵藤裕己『琵琶法師』岩波新書、二〇〇九年
藤井貞和『物語の起源――フルコト論』ちくま新書、一九九七年
藤田富士夫『古代の日本海文化』中公新書、一九九〇年
「古代出雲大社本殿成立のプロセスに関する考古学的考察」（『立正史学』第九十九号、二〇〇七年四月）
古川隆久『皇紀・万博・オリンピック』中公新書、一九九八年
松木武彦『列島創世記　日本の歴史　第一巻』小学館、二〇〇七年
松前　健『出雲神話』講談社現代新書、一九七六年

松前健ほか『渡来の神　天日槍（環日本海歴史文化シンポジウム）』いずし但馬・理想の都の祭典実行委員会、一九九五年
松村武雄『日本神話の研究』四冊、培風館、一九五四〜八年
松本信広『日本神話の研究』東洋文庫、平凡社、一九七一年
丸山眞男「歴史意識の『古層』」（『日本の思想6歴史思想集』筑摩書房、一九七二年）
三浦佑之『浦島太郎の文学史』五柳書院、一九八九年
『古代叙事伝承の研究』勉誠社、一九九二年
「イケニヘ譚の発生」（同前書、所収）
『神話と歴史叙述』若草書房、一九九八年
『古事記講義』文藝春秋、二〇〇三年。文春文庫、二〇〇七年
『古事記のひみつ』吉川弘文館、二〇〇七年
『古事記を旅する』文藝春秋、二〇〇七年
「国定教科書と神話」（三浦佑之編『古事記を読む』吉川弘文館、二〇〇八年）
三輪磐根『諏訪大社』学生社、一九七八年
矢嶋　泉『古事記の歴史意識』吉川弘文館、二〇〇八年
柳田國男「有王と俊寛僧都」（『物語と語り物』柳田國男全集　第十五巻、筑摩書房、一九九八年）
『一目小僧その他』柳田國男全集　第七巻、筑摩書房、一九九八年
吉井　巌『天皇の系譜と神話』塙書房、一九六七年
『ヤマトタケル』学生社、一九七七年

# あとがき

「序」はあとから付けられたとみるわたしの古事記成立論に反論する人がいると、あなたの論理では古事記を国家に親和させるだけですよ、それでいいのですか、といささか挑発的に切り返すことにしている。

お読みいただいた通り、わたしは古事記を、律令国家からも近代国家からも距離を置いたところで理解しなければならないと考えている。従来の古事記研究を根底からくつがえす考え方かもしれないが、あらかじめ政治的思想的な立ち位置を決めて、ことさらに反国家・反天皇制の論陣を張ろうとしているわけではない。

律令国家がどのような歴史を求め、古事記はどのような歴史を語ろうとしているかを考えていたら、ごく自然に律令国家の外がわに古事記を位置づけざるをえなくなったのである。ということは、この帰結はわたしにとってきわめて自然だったということになる。

一九七〇年代から八〇年代にかけて、わたしは古事記の神話や伝承にみられる「語り」について考えていた。その成果が『古代叙事伝承の研究』（一九九二年、勉誠社）となり、そこから発展して『口語訳 古事記』(二〇〇二年、文藝春秋)や『古事記講義』(二〇〇三年、同)が生まれた。

そして九〇年代以降、わたしはおもに古代の歴史書について考えてきた。そのなかで、律令国家が求めた歴史と古事記が描こうとしている歴史とでは、おなじ出来事を描きながら背を向けあっているということに気づいた。それを最初にまとめたのが『神話と歴史叙述』(一九九八年、若草書房)、そこから展開して古事記の成立を論じたのが『古事記のひみつ』(二〇〇七年、吉川弘文館)であった。

しかしそこでは正史「日本書」についての論述が大きくなったこともあり、出雲神話の位相や古事記の口承性(語り)をその成立と重ねて議論するまでは深められなかった。ただ、古事記における出雲神話の特異性については『古事記講義』で論じていたし、語りはわたしには親しみのあるテーマだったので、それらを成立にからめて読みなおしてみた。

その到達点が、本書『古事記を読みなおす』である。

以上のような流れのなかで書かれた新書だが、直接的には、NHKラジオ第二放送の「カルチャーラジオ」という番組の副読本『古事記への招待』(二〇一〇年、日本放送出版協会)が元になっている。毎週一回三〇分の放送を一二回という制約があり、扱えない部分も多かった。そこで今回、新たに加筆し書きなおして不足を補った。分量はおよそ一・七倍、見くらべていただけば明らかだが、まったく別の本になったと思う。

じつは、この説明にはいささかの省略がある。ちくま新書で『古事記を読みなおす』という本を出しませんかと誘っていただいたのは、今から七、八年前にさかのぼる。ところが、もろもろの事情によって手つかずのまま時は過ぎた。そこにNHKラジオの企画が持ち込まれたのをこれ幸い、放送後に新書として出すことを条件にラジオの講義を引き受けた、というのが事実に近い経緯である。

これでようやく負債のひとつを返済することができて、安堵している。ずいぶん前に声をかけていただき、今、編集作業を担当してくださっている増田健史さんに、心からのお礼とお詫びとを申しあげる。若かった増田さんも近ごろでは白いものが交じりはじめたようで心苦しい。せめて、待たせた甲斐のある内容になっていればいいのだが。

あわせて、『古事記への招待』を出していただいた日本放送出版協会の皆さんと、NHK文化センター青山教室で行なわれた録音作業にかかわってくださった聴講生をふくむ皆さんにもお礼を申し上げたい。

*

古事記入門書の決定版をめざし、わかりやすくたのしめる内容と表現とを心がけた。おもに上巻の神話を対象とした入門書が多いなかで、古事記三巻を体系的・網羅的に取りあげているというのが本書の売りである。

古事記の成立にかかわる部分について、攻撃的な論じかたをしたところがあるが、もちろん意図的である。そうしたほうが反論しやすいだろうし、議論も活発になるのではないかと考えたのである。そうでもしないと、「序」を後付けとするわたしの古事記成立論はまちがいなく無視されてしまう。それだけは、どうしても避けたいのだ。

はてさて、このあとどのような展開が待っているか。叩かれるのはいやだし不安もあるが、たのしみも大きい。

二〇一〇年　秋分の日に

三浦佑之

## 【歴史書年表】

| 年次 | | 史書 | 律令 |
| --- | --- | --- | --- |
| 推古一二 | 六〇四 | | 「憲法十七条」の制定（「法」の起源）聖徳太子 |
| 二八 | 六二〇 | 天皇記・国記・氏族本記の撰録（「史」の起源）聖徳太子・蘇我馬子 | |
| 大化　元 | 六四五 | 天皇記・国記が焼失する（船史恵尺が、焼ける「国記」を蘇我の邸から取り出し、皇太子中大兄に献上する） | 乙巳の変（大化の改新）＝法の発布（国司任命／男女の法／良賤の区別／公地公民／戸籍・計帳・班田収受法・新税制など）これもまた起源 |
| 二 | 六四六 | 境界の書と図の作成 | |
| 天智　七 | 六六八 | | 近江令二十二巻、制定 |
| 九 | 六七〇 | | 戸籍の作成（庚午年籍、永久保存の「起源の戸籍」） |
| 天武一〇 | 六八一 | 三月、「帝紀・上古諸事」記定の詔を発布（川嶋皇子・忍壁皇子ら十二名） | 二月、「律令」撰定の勅命がでる（「人を分けて行ふべし」） |
| 一一 | 六八二 | 「新字」（史書・律令編纂に必要な漢字字典か）四十四巻を造る（境部連石積ら） | 天武朝＝律令国家確立の時代（「天皇」「日本国」などの名称は、天武朝に用いられ始めるという。最初の貨幣「富本銭」の鋳造など） |
| 一二 | 六八三 | 諸国境界の限分を実施（伊勢王ら） | |
| 一三 | 六八四 | 天武朝＝古事記「序」によれば、天皇は「帝紀・本辞」の削偽定実を行うために舎人・稗田阿礼に「帝王日継・先代旧辞」を「誦習」させた | 八色の姓を制定<br>諸国境界の確定 |

| | | | |
|---|---|---|---|
| 持統 三 | 六八九 | 撰善言司（史書編纂のためか）を任命（施基皇子ら七名） | 「令」二十二巻を班つ（飛鳥浄御原令の施行） |
| 五 | 六九一 | | 「祖先の墓記」上進を各氏に命令 |
| 文武 四 | 七〇〇 | 持統朝末～文武朝初＝この頃、伊預部馬養「浦島子伝」が成立（「日本書　伝」の材料として書かれた） | 「令文」読習の詔が出る<br>「律令」撰定の命令と賜禄（刑部〔忍壁〕親王・藤原不比等ら十九名） |
| 大宝 元 | 七〇一 | | 「新律令」の撰定成る（大宝令、刑部親王・藤原不比等ら） |
| 二 | 七〇二 | 「国造記」成立（諸国国造の氏を定める） | 「律令」を諸国に頒下する |
| 和銅 四 | 七一一 | 元明天皇、太安万侶に対して「旧辞」撰録の詔（古事記「序」による） | |
| 五 | 七一二 | 「古事記」成り奏上（太安万侶から元明天皇へ）と古事記「序」にあるが疑わしい | （注）古事記本文は七世紀半ば～後半、「序」は九世紀初めの成立か |
| 六 | 七一三 | 「日本書　志」の構想（地誌の作成を諸国に命ずる〔いわゆる風土記編纂の命令〕） | |
| 七 | 七一四 | 「国史」撰定の命令（紀清人・三宅藤麻呂に対して） | |
| 養老 二 | 七一八 | | 「養老律令」完成（藤原不比等ら） |
| 四 | 七二〇 | 「日本書　紀」（紀三十巻、系図一巻）成り奏上（舎人親王ら） | |

## 【古事記関係年表】

| 年次 | | 古事記および史書に関する事項 | 歴史事項および備考 |
|---|---|---|---|
| 養老七 | 七二三 | 七月、太朝臣安万侶、没 | 墓誌、出土（一九七九年） |
| 天平五 | 七三三 | 出雲国風土記、撰録（出雲臣広嶋） | |
| 七 | 七三五 | 舎人親王、没（日本書紀編纂） | |
| 天平宝字六 | 七六二 | この頃、淡海三船、天皇の漢風諡号を撰進 | 漢風諡号の成立はこれ以降 |
| 延暦八 | 七八九 | 高橋氏文、成立 | |
| 延暦一三 | 七九四 | 続日本紀の一部を撰進（藤原継縄ら） | 平安遷都 |
| 一六 | 七九七 | 続日本紀を完成（菅野真道ら） | |
| 大同元 | 八〇六 | 先代旧事本紀、この年以降承和六（八三九）までに成立とも | |
| 二 | 八〇七 | 古語拾遺、撰上（斎部広成） | |
| 弘仁四 | 八一三 | 多人長、日本紀を講ず（嵯峨天皇） | |
| 六 | 八一五 | 新撰姓氏録を撰上（万多親王ら） | |
| 一四 | 八二三 | 〜八二八頃まで、弘仁私記、撰録（日本紀講の記録） | 弘仁末頃、日本霊異記、成立 |
| 天長七 | 八三〇 | 新撰亀相記、成立とするが疑問 | |
| 承和七 | 八四〇 | 日本後紀、撰進 | |
| 貞観一一 | 八六九 | 続日本後紀、撰進 | |
| 元慶三 | 八七九 | 日本文徳天皇実録、撰進 | |
| 延喜元 | 九〇一 | 日本三代実録、撰進 | 六国史の最後 |
| 承平六 | 九三六 | 先代旧事本紀、これ以前に成立（物部氏） | 聖徳太子・馬子の偽「序」 |
| 天慶三 | 九四〇 | | 一説に、将門記、成立 |
| | | 十世紀末頃、住吉大社神代記、成立（津守氏） | 落窪物語、成立 |
| | | | 鎌倉時代 |
| | 十三世紀初 | | 平家物語、成立 |

| | | | |
|---|---|---|---|
| 文永一〇 | 一二七三 | 古事記裏書（卜部兼文、注釈） | |
| 応安　四 | 一三七一 | 真福寺本古事記、筆写（〜応安五年） | 南北朝時代<br>現存最古の古事記写本・国宝 |
| 永徳　元 | 一三八一 | 道果本古事記、筆写 | |
| 応永三一 | 一四二四 | 道祥本古事記、筆写 | 室町時代 |
| 三三 | 一四二六 | 春瑜本古事記、筆写 | |
| | 一四七一〜一五三六 | 兼永筆本古事記、筆写 | |
| 大永　二 | 一五二二 | 祐範本古事記、筆写 | |
| 寛永二一 | 一六四四 | 寛永版本古事記三冊、開版 | 江戸時代<br>最初に刊行された版本 |
| 貞享　四 | 一六八七 | 鼇頭古事記三冊、刊行 | |
| 元禄　三 | 一六九〇 | | 万葉代匠記（契沖）、成立 |
| 宝暦一〇 | 一七六〇 | 〜明和五（一七六八） | 万葉考（賀茂真淵）、成立 |
| 一三 | 一七六三 | 本居宣長、賀茂真淵に面会（松阪の一夜） | 石上私淑言（宣長）、成る |
| 明和　元 | 一七六四 | 本居宣長、賀茂真淵に入門 | |
| | | この頃から、古事記伝の執筆をはじめる | |
| 天明　七 | 一七八七 | | 玉くしげ（宣長）成立 |
| 寛政　二 | 一七九〇 | 古事記伝、出版開始（第五巻まで） | |
| 九 | 一七九七 | 古事記伝、第十七巻まで出版 | |
| 一〇 | 一七九八 | 古事記伝（本居宣長）完成（浄書） | 執筆に三十五年間を費やす |
| 享和　元 | 一八〇一 | | 本居宣長、没（七十二歳） |
| 三 | 一八〇三 | 訂正古訓古事記三冊、刊行 | |
| 文政　五 | 一八二二 | 古事記伝、出版完了（全四十四巻） | 三十二年間を要して出版完了 |

ちくま新書
876

古事記《こじき》を読《よ》みなおす

二〇一〇年一一月一〇日　第一刷発行
二〇二二年　八　月二五日　第五刷発行

著　者　三浦佑之（みうら・すけゆき）

発行者　喜入冬子
発行所　株式会社 筑摩書房
東京都台東区蔵前二‐五‐三　郵便番号一一一‐八七五五
電話番号〇三‐五六八七‐二六〇一（代表）
装幀者　間村俊一
印刷・製本　株式会社 精興社


ISBN978-4-480-06579-7 C0295